中央财政支持地方高校发展专项资金资助项目
中国作家协会2011年度重点作品扶持项目成果
湛江师范学院学术著作出版基金资助项目

国家级特色专业（汉语言文学）
建设点学术文丛

国家级特色专业（汉语言文学）
建设点学术文丛

张德明 著

新世纪诗歌研究

暨南大學出版社
JINAN UNIVERSITY PRESS

中国·广州

图书在版编目（CIP）数据

新世纪诗歌研究/张德明著．—广州：暨南大学出版社，2013.11
（国家级特色专业（汉语言文学）建设点学术文丛）
ISBN 978-7-5668-0663-5

Ⅰ.①新…　Ⅱ.①张…　Ⅲ.①诗歌研究—中国—现代　Ⅳ.①I207.22

中国版本图书馆CIP数据核字（2013）第156046号

……………………………………………………………………………………………

新世纪诗歌研究
著　　者：张德明

出 版 人：徐义雄
策 划 人：熊家良　杜小陆
责任编辑：杜小陆　谭水漩
责任校对：李　庆

地　　址：中国广州暨南大学
电　　话：总编室（8620）85221601
　　　　　营销部（8620）85225284　85228291　85228292（邮购）
传　　真：（8620）85221583（办公室）　85223774（营销部）
邮　　编：510630
网　　址：http://www.jnupress.com　http://press.jnu.edu.cn
排　　版：弓设计
印　　刷：佛山市浩文彩色印刷有限公司
开　　本：787mm×960mm　1/16
印　　张：13.75
字　　数：240千
版　　次：2013年11月第1版
印　　次：2013年11月第1次
定　　价：32.00元

总　序

湛江师范学院汉语言文学国家级特色专业建设点的“学术文丛”正式出版了，这是一件可喜可贺的事情。

作为湛江师范学院最早设立的专业之一，汉语言文学专业经过30多年的不懈努力，坚持以课程建设为基础，以学科建设为龙头，团队水平不断提高，实力不断增强，教学科研齐头并进，专业建设各个方面得到了健康、协调的发展。在汉语言文学专业基础上组建的中国语言文学学科是湛江师院学术知名度最高、学科门类最齐全的一级学科，也是最能体现湛江师院办学特色的学科之一。自20世纪90年代以来，中国语言文学学科已形成了一支高职称、高学历、高水平和充满活力的教学科研队伍。学术前辈劳承万教授继《审美中介论》（增订本，2001年）之后，近年又出版了《中国古代美学（乐学）形态论》（2010年）和《中国诗学道器论》（2010年）两部专著，发表了一批高质量的文章，形成了他的“美学三论”的宏伟构想，在学术界产生了较大反响。此外，刘周堂教授的中国传统文化研究及赵金钟教授的家族文化研究，刘海涛教授的小说学研究，张应斌教授的文学发生学研究，王阳教授的模态叙事学研究，李珺平教授的抒情学研究，李新灿教授的《红楼梦》研究，唐雪莹教授的地方戏曲研究，阎开振教授的京派文学研究，张德明教授的新世纪诗歌研究，王钦峰教授的后现代主义文艺思潮和法国文学研究，朱城教授的语文辞书释义研究，方平权教授的古汉语词义理论研究，葛佳才教授的全方位、多层次比较下的东汉特殊语法研究，陈云龙教授的粤西濒危方言调查研究，马显彬教授的普通话教学研究，以及杨泉良教授的语文职业技术教育研究和周立群教授的语文课程与教学论研究等，都具有一定的学术影响。学科的部分成果在国内学术界具有开拓性，有的成果地方特色鲜明，为地方文化建设发挥了指导、引领作用。

近年来，该学科团队共主持科研、教研项目50余项，其中国家社科基金项目8项，部级项目13项，省级项目20项，厅级项目13项，科研教研经费总额近600万元；获省级优秀教学成果奖3项，省级哲学社会科学优秀成果奖5项，市厅级优秀科研成果奖15项；在《中国语文》、《方言》、《文艺研究》、《文艺理论研究》、《文艺理论与批评》、《外国文学研究》、《国外文学》、《民族文学研究》、《中国现代文学研究丛刊》、《语言研究》、《古汉语研究》、《语文研究》、《课程·教材·教法》、《发展教育研究》等权威刊物发表论文90余篇，核心刊物发表论文330余篇；在人民出版社、人民教育出版社、中国社会科学出版社、北京大学出版社等出版学术专著和教材70多部；成立了“康德—牟宗三研究所”、“粤西方言与文化研究所”、“南方诗歌研究中心”、“粤西语文教育研究所”等研究机构，设立了“暨南大学汉语方言研究中心湛江师院分中心”、“上海高校比较语言学E－研究院湛江分院”、“中山大学中国非物质文化遗产研究中心湛江工作站”等；举办了“中国诗经学会第十届年会暨学术研讨会”、“第十届国际闽方言研讨会”、“21世纪中国现代诗第六届研讨会”、“第九届全国古代汉语学术研讨会”、“广东省第九届外国文学年会”、“广东省中国语言学会2010—2011学术年会”、“中法文学和文化关系暨纪念卢梭诞辰三百周年国际学术研讨会”等国际、全国及全省学术会议，产生了良好的反响。在“网大”大学排行榜中，湛江师范学院的文学类排名曾连续三年进入全国百强。

经过多年的建设与发展，中国语言文学学科现已建成6个比较成熟的二级学科，每个二级学科均有3~5名教授和2~4名博士，各自形成了2个以上稳定而鲜明的研究方向。学术研究的总体方法和特点是：借鉴文化学和比较研究视野，探讨中国语言文学的特征与规律。其中汉语言文字学学科的研究工作在理论、实践价值以及社会效应、地方意义上已形成一定特色，词义训释与辞书编纂有机结合、文献与方言相互参证以及从个人韵文入手研究方言史、从系统层面分析虚词、从禅宗切入讨论修辞等，视野开阔而角度新颖，方法科学而影响深远；语言学及应用语言学学科在普通话教学研究、现代汉字研究和对外汉语教学研究等方面成绩不菲，尤其普通话教学研究在全省乃至全国都有一定的影响；文艺学学科立足于学术前沿，研究文学理论的基本命题与范畴、中外文论和中外美学的关系、中国文论对西方现代和后现代主义文艺美学思想的选择与转换、中国文艺学学科发展的最新动态以及文艺学学科发展中其他具有学术价值和现实意义的课题；比较文学与世界文学学科以文化学的视野和方法，研究中西文学关系、外国文学与文化关系、比较文学理论和翻译理论等，在福楼拜研究和叙事学领域引起学术界较多的关注；中国古典文学学科在诸子百家研究、释家文化研究、六朝小说研究、明清小说研究、近代戏剧研究等领域形成了一定特色，突出哲学、宗教文化与文学、人生的交互影响与渗透，注重理论阐述与文本分析的有机统一，传统与现代的兼容，宏观、中观与微观研究的交互运用；中国现当代文学学科注重加强学术研究与现实生活和当下人文思潮的密切对话，保持研究的时代感和鲜活性，对地域文学与文化、京派海派作家、七月诗派、朦胧诗、第三代、中间代、“70后”诗人群等都有较系统的研究。

近年来，中国语言文学一级学科认真凝练自身的教育特色和科研方向，认为本学科的基础理论研究已经取得比较扎实的成果，同时服务地方教育、文化建设的研究也渐渐崭露头角。因此，决心立足学科可持续发展和地方文化教育需求，依托教育部、财政部“第三批高等学校特色专业建设点”和校级重点学科，对属下的二级学科进行新的规划，对研究方向作出新的设计，对服务功能作出新的定位，对团队成员进行归并调整、优化组合，构建以学科形态建设为中心的基础理论研究、以粤西非物质文化遗产为中心的地方文化研究、以语文教师职业素养为中心的语文教育研究“三位一体”的科研创新团队，并已获得中央财政支持地方高校发展专项资金的资助。其中基础理论研究方向主要研究以学科形态建设为中心的美学、文学理论、中国文学、外国文学、语言文字学等各基础学科的本质规律和特点；地方文化研究方向主要研究粤西地区和雷州半岛的非物质文化遗产、方言、艺术、文化史、法国殖民史，以及粤西文化与岭南文化、中原文化乃至东南亚文化的关系等；语文教育研究方向主要研究大、中学语文教育的基本规律和特点，包括文学教育、语言教育、语文课程教学论研究，重点研究中学语文教师的职业素养、专业技能，以及粤西地区语文教育的现状、特点等。学科建设将以重大科研项目为纽带，以获取重要科研成果为标志，以锻炼、培育科研创新人才为核心，以成为国家级优秀创新团队为目标，从而彰显基础理论研究优势，形成应用研究特色品牌，增强服务地方社会文化和教育事业发展的功能，全面提升团队的科研实力、竞争优势和服务社会的贡献力，探索基础研究与应用研究和谐发展、教学科研与社会服务互补共赢的新路子，为地方高校的学科团队建设与发展提供经验和参考借鉴，促进高等学校文科科研模式的转型和师范院校教学模式及内容的变革，从而使学科专业建设水平迈上新的台阶。

正是基于这样的设想，我们在出版了“国家级特色专业（汉语言文学）建设点系列教材”（一套10本，含《古代汉语专题教程》、《近代汉语专题教程》、《现代汉语专题教程》、《中国古代文学专题教程》、《中国现代文学专题教程》、《中国当代文学专题教程》、《当代外国文学专题教程》、《高中语文教学专题教程》、《大学语文实用教程》和《新写作》，该套教材被列为21世纪中国语言文学通用教材和高校公共课精品教材，由中国人民大学出版社以及高等教育出版社出版）之后，计划再推出“国家级特色专业（汉语言文学）建设点学术文丛”。此次交由暨南大学出版社出版的7部著作即是“基础理论研究—地方文化研究—语文教育研究”之“三位一体”科研创新团队的部分成果：

陈云龙教授立足湛江，在粤西地区濒危方言的整理、分析上有重大拓展，他所主持的国家社科基金项目《粤西濒危方言调查研究》以及教育部项目子课题、中国社会科学院A类重大科研项目子课题等，有力推动了地方方言的调查研究。此次出版的《马兰话研究》即是对汉语濒危方言“马兰话”的抢救性研究，具有特殊的重要意义。

侯昌硕博士的《新时期旧词新义现象研究》对新时期以来普通话词义的动态变化作了较为系统的研究，其中又重点对专用词语语义泛化和词义的渗入作了比较详细的分析与探讨。汉语词义最直接、最深刻地体现着汉民族的思维方式、汉文化的历史背景和内涵，因此，研究汉语词义系统受到外来语的影响、渗透而发生变化，无疑具有很高的语言学价值。

张应斌教授学养深厚，视野开阔，并且一向对民间文化和地方文化情有独钟，其《啸文学简史》以时间为线索，由古而今，由源及流，考察“啸”的发生及其作为音乐意境在中国文学中的发展演变历程，追寻“啸”在中国古代文学中形成的一个相对独立的特殊文学简史，从音乐与文学相结合的角度，从特殊的文学题材史的角度，补充和丰富了中国文学史。

鲁红平教授的《理想的追寻，尘世的超越——汉魏六朝文学研究》有感于人类因生存时间的局限而产生的对死亡的恐惧所带来的生命毁灭感和因生存空间的局限而产生的尘世束缚所带来的生命不自由感，认为中国人正是在儒家、道家、神仙家这三种文化交融碰撞之下，在理想与现实的矛盾纠葛中，形成了他们特有的解脱生命悲剧的方式，以求超越尘世，获得生命的永恒与自由。鉴古以观今，别具一番意味。

杨泉良教授的《语文教学的当下视野》正视转型期语文教育教学存在的制度与政策的矛盾、理论与实践的矛盾、观念与行为的矛盾，以语文新课程理念为依据，以语文新课程内容范畴为边界，以语文新课程及实施中存在的问题为线索，以解决具体问题为目的，构建起独具一格的语文教育教学研究体系，突出了其实用价值和可读性。

张德明教授的《新世纪诗歌研究》系在博士后出站报告基础上修改而成。该著对新世纪10年来的诗歌创作现象及文本进行全面考察，梳理其与当代文化思潮的关系，概述其思想内涵与美学特征，同时分析了存在的问题及相应对策，为新世纪诗歌的未来发展提供了某些可行性方案。这是学界从整体上研究新世纪诗歌的首部专著，对于了解中国新诗在新世纪以来的基本状况和发展走势、分析现代思想文化对新诗创作的影响等，均有重要的参考价值和指导意义。

郑军博士的《留学生课外汉语使用情况及影响因素调查研究》采用定性与定量相结合的方法研究了留学生课外汉语接触情况与影响因素，发现母语是学生交际的主要语言，汉语是学生交际的次要语言；从学生自身和学生外部即中国人的角度研究了影响留学生课外汉语交际的因素，通过个案分析展现了留学生课外语言接触及影响因素的复杂性与动态性，从汉语资源利用最大化的角度对教育者和学生提出了行之有效的积极建议。

2011年岁暮，湛江师范学院首次设立了“学术著作出版基金”，资助校内教师出版学术研究成果；2012年底，湛江师院的中国语言文学学科又获得中央财政支持地方高校发展专项资金（人才培养和创新团队建设项目）的资助，这都有力地推进了该院特色专业与学科建设的步伐。这套文丛以及前套系列教材的出版发行，倘能得到各高校和学术界的专家、学者们的关注、帮助和指教，那将是湛江师院汉语言文学专业和中国语言文学学科的荣幸！

熊家良
2013年5月

如何认识新世纪诗歌（代序）

关于新世纪诗歌，我和张德明兄有过多次讨论，甚至共同开展过一些研究和编辑工作。这部书稿的起初，也是我们讨论的结果。但最终，我生性懒散，没再深入，而德明兄经过辛苦研究，终于写出这部沉甸甸的心血之作。在很多观点上我们有着一致性，基于这理由，他邀请我写序。

关于新世纪诗歌的特征和情况，我与英国大诗人叶芝有着类似的历史循环论观点。即大致是在一种高级的精致文明衰落后，会重新进入一个相对粗糙的多样性阶段，各种原创性的元素自发生长与竞争，中间可能出现某种野蛮的状况，但最终，会再升华转化为新的文明，逐步升级并最终到达高潮。

我认为当代诗歌具有“草根性”特征，这其实只是一种客观的现实的判断。而且此概念的提出已有近十年，很多情况已发生变化，但在较长时间内，我认为依然有效。

其实这也并非我个人的见解，可以说是一些已有的共识。比如在前些年举行的首届博鳌青年思想沙龙上，就有一些青年评论家讨论到新时期以来甚至“五四”以来的主流文学失效的问题，认为从生产机制、传播方式到评价体系，新文学都存在很大问题，比如精英主导，观念先行，严重缺乏本土传统与民众基础，一切以西方现代文学为唯一尺度和标准，以获得西方承认为最高荣誉，在传播上采取从上到下强制阅读灌输。对此，我表示赞同，同时认为当代文学正面临着重大挑战。但总体而言，我对此不是持悲观的态度，我觉得危机也意味着契机，危机可以转化为出路。我提出随着网络时代的到来，这一情况可能有所改变，这就是我说的文学的“草根性”的出现，有可能发起新的文学革命，并创造新的文学高潮。

所以，“草根性”这一概念，要从两面来看，它是一个事实描述，并不代表一种很高的评价。但其中，暗含生机、潜力与契机，这是对某种诗歌的活力的肯定。下面我试着从几个方面加以阐述。

一、新诗的起源、现状及存在的问题

新诗是外来之物，作家李锐称五四新文学是从天上“盗来的火”，诚哉斯言。新诗是从上而下的，始终难接地气，无法深入普通中国人心灵深处，与古典诗歌不是一个级别。但几代诗人不懈努力，为其中国化探索各种路径，包括向民歌民谣的学习等，但后因战争及灾难被打断。

当代诗歌三十年，朦胧诗继承延续了五四新文学传统，重新接轨，仍然是“自上而下”的产物。一小批高干高知子弟得益于文化专制与垄断，比较早地接触到西方现代主义诗歌，读了所谓的“灰皮书”，向其学习模仿后——而且可能是断章取义的学习，引进至中国语境，没想到给封闭已久的沉闷空间打开了一扇窗口，朦胧诗迅速引起轩然大波，产生广泛影响。但是，这种表面的热闹其实是隐含危机的，具有泡沫化的特征，因为这种自上而下的示范性创作类同于精英号召或领导指示，其实并不一定有什么民意或民众基础，为什么“朦胧诗”被认为“朦胧”，其实说的是这种诗歌并没有广泛的市场和心理需求及基础，并不能真正打动普通民众的心灵，深入他们的内心深处。这种震动的情况只不过类似于，因为相信这些高干高知子弟们是见多识广的，他们说的东西可能是好东西，再加上专家们善意地扶持和评论，人们才勉勉强强先接受下来，但其实不一定经得起时间考验，其实可能只具有时代价值而没有真正的艺术价值。这就是为什么最近有年轻一代学者指出：其实是出于一种急切的现代化的愿望，人们将先锋小说过早经典化，但现在看来却有些承受不起。我觉得，朦胧诗的情况也完全类似，以至一个海子出来后，仅仅二十多年，朦胧诗都似乎有被遗忘和遮盖的迹象。

但朦胧诗毕竟开了一个头，从此，新诗不断下行，随着社会稳定带来的教育普及，新诗向中国的最基层渗透。虽然至第三代（含“60后”），当代汉语诗歌仍然具有精英化特征，以学院体制完成启蒙任务。按当时的说法，是“补课”。第三代诗人主要由中国各地大学的诗歌骨干构成。但比起初期只有一个北京中心，当代诗歌开始呈现多个中心的局面，地方性诗歌开始起主导作用，比如四川等地。但是，新诗真正被广泛接受，我觉得是只有到了21世纪初才发生，即“70后”、“80后”产生后，才比较彻底地完成其中国化、草根化过程，新诗才开始成为中国年轻一代的真实心理需要与精神追求，成为一个自下而上、逐步升华提高的过程。

这个过程还是一个激烈竞争、相互融化吸收、不断淘汰的过程，在这样的基础上，被逐渐得到公认和接受的具有独特天赋的个性化诗人和具有融合能力的优秀诗人脱颖而出，并得到广泛传播。在我看来，新诗的真正希望正在这里，可以断言，当代汉语诗歌开始进入一种自然生长、自由竞争、相互融汇的良性状态。只有这样，产生的诗人与诗歌才真正经得起时代与历史的考验。

在这一缓慢的、逐渐变化的过程中，我觉得特别要强调三个具有重要意义的事件：第一个是盘峰论战，负责诗歌启蒙的精英们意识到问题的严重性，并为此展开争论。刚才说了，朦胧诗本身是文化垄断的产物，其源头是“灰皮书”，在文化专制时代，只有高干高知子弟才能看西方现代主义作品，受其启发，从而一部分具有天赋的青年开始文学探索，加上占据北京的中心位置，便于传播，先在小圈子，然后通过公开刊物辐射。第三代虽然显得更丰富多样化，但大部分还是向西方现代主义学习的延伸，按当时的说法，是“补课”。1989 年事件导致这一历程被打断。90 年代中后期盘峰论战，撕开了诗歌垄断的口子。这是知识分子精英内部的分裂，一部分继续寻求新诗现代化，侧重于向西方学习，但他们寻求西方诗歌技巧与自身个人生活的联系，探索“叙事性”；另一部分主张要与中国普通民众相联系，吸纳中国本土资源，他们主张“口语化”，自称“民间”，其实他们并非民间，他们只是想代言民间。相当于，一部分强调诗歌写作的专业性，另一部分强调诗歌写作的公共性。但总体而言，仍然是精英化的知识分子，仍然主要注重对西方资源的吸取借鉴，但已由中西碰撞转向内部碰撞，是具有关键性的转折点。从这一意义上说，盘峰论战值得肯定，它撕开了诗歌垄断的一个口子，这个垄断以前是被学院、公开刊物和西方邀请的诗歌节等构成的。这是对旧的诗歌体制与机制的突破。神秘感被破除，秩序从此被颠覆，旧有规矩被打破，诗歌再一次迎来众声喧哗的“狂欢”。这一事件，也揭示了原有的一套文学生产、传播、评价机制走入了一个死胡同。当代诗歌在此触底反弹，大撤退后大反攻。从此，拉开了当代诗歌由下而上的反弹。

诗歌界内部竞争碰撞，激发了一个空前活跃的局面，也刺激彼此互相关注吸取对方长处。但潘多拉的魔盒一旦打开，就再也收拾不住，再加上网络、手机等新技术应用和作用。新世纪以后，诗歌界进入我称之为“草根性”诗歌时代，进入诗歌的百花齐放、百家争鸣、相互竞争的阶段。现阶段，诗歌追求及主张很多，呈现多种诗歌路径，风格日趋多样化，但互不买账。在这一阶段之后，经过一种自由创造与自由竞争，在大混乱之后，也许就会出现融合性很强的被广泛接受的大诗人和诗歌。

第二个事件则是"打工诗人"的出现，前面说了，诗歌始终是精英们主导的，但其实，随着教育的普及，诗歌悄悄深入乡村城镇，悄悄深入中国年轻一代的生活和心灵。我觉得，正是在这一背景下，打工诗歌、打工诗人浮出水面，引起关注，比如郑小琼、谢湘南、许强、刘大程等。这些打工诗人大多出身于偏僻地域，却得益于时代开放，教育普及，能完成和大城市同龄人同样的诗歌启蒙与诗歌教育，接触并学习经典。然后在工业化最迅速的珠江三角洲经历时代风雨的洗礼与个人痛苦感受的抽打沉淀，完成了人生阅历与社会经验的积累，领悟和思考一系列或细微或重大的生活和心理问题。于是，众多外在条件和因素刺激他们的灵感和写作欲望，天赋与才气得到激发，诗歌创作处于一种喷发状态，得到诗歌界同仁的关注与扶持。再通过网络，他们的诗歌获得广泛传播，最后也被主流诗歌界接受。这也证明了，只有自由生长并经过真正的激烈竞争后获得的承认，才是基础牢固的。如果只是因为天然占据一个高的起点与位置，即使短暂地获得声誉，也是靠不住的。打工诗人们在没有任何个人背景的情况下，迅速地难得地获得了学院、官方和民间乃至普通底层民众较为普遍的认同，这样的诗歌才有持续的生命力。与盘峰论战比较，打工诗歌和打工诗人的出现，说明新诗已经开始在普通民众之中扎根，并且在这一基础上，由下而上不断提升。

第三个事件就是"梨花体"、"羊羔体"事件，我觉得这恰恰说明不是大众远离诗歌，而是大众开始关注新诗，诗歌正在以一种奇特的形式重返大众的关注视野，重返文化和舆论的中心。同时，人们对新诗也有了自己的要求和标准。外来的新诗要本土化、草根化，必然地，要经历大众化、普及化的检验，在这一检验过程中，一些诗歌、诗人受到严厉审视、挑疵，几乎是必然的现象。只有经历大众挑疵、精英审查，当代诗歌才可能获得一个更广泛的接受面，达到最大的接受程度，才可能出现诗歌的高潮。甚至，在一个全球化的时代，还有来自国际诗坛的认可的问题，新诗必须经历这一切，这也是它的命运。

新诗走到这么一个阶段，产生这么一些新的情况和现象，我个人称之为"草根性"：一种自由、自然、自发的诗歌写作出现了，一种日常化的深入普通人生活和心灵深处的诗歌写作出现了，一种由天空而来的诗歌终于接地气了。我所说的"草根性"，是基于个人的经验感受，针对的是新诗完全从外移植引进过来，因而水土不服，无法深入普通中国人心灵，所以，当代诗歌应该完成其草根化、本土化的进程。因此，我强调一种立于本土传统，从个人切身经验感受出发的诗歌创作，也就是"草根性"。所谓"草根性"，如果用一句话来概括，就是指一种自由、自发、自然的源于个人切身经验感受的原创性写作。但其实，“草根性”并非诗歌的最高标准，只不过是新诗的一种基本要求而已。就像当年惠特曼等人为摆脱英国诗歌而强调美国诗歌一样。“草根性”是诗歌的本体艺术自觉的必然产物，就像唐诗、宋词、元曲、明清小说的发展历程，就是每当文学从高潮走向低潮，面临僵化、模式化、八股化时，文学的本体自觉就会使之重回起点，再度“草根化”，向下吸取“地气”，再度走向新的创造与辉煌。

在我看来，“草根性”具有这么几层涵义：一、由于教育的普及，为文化民主化创造契机，这一次的诗歌浪潮是自下而上的，具有更扎实的基础，大量底层诗人甚至农民诗人、打工诗人出现可说明这一点。新诗历经九十年，终于深入中国最底层；二、网络及手机等新媒体的出现，为诗歌的自由创造与传播奠定技术条件，开辟一个更大的平台。在理论上，一个身处边缘乡村的诗人和北京、上海、纽约的诗人可以接收同样多的信息和观念，进行同样多的诗歌交流，并且，优秀的诗歌也可以在一夜之间传遍全世界；三、新诗九十年，也是一个不断积累发展的过程，思想上技巧上都有明显变革，再加上开放与全球化背景，当代汉语诗歌在短短三十年中大量吸收消化了中国古典诗歌、西方现代诗歌、前六十年新诗三大传统，到了一个由量变到质变的阶段，一定会有一批突出的诗人横空出世。这几乎与盛唐初期极其相似，一批具有“布衣感”的贫寒之士，借助唐代的开放氛围和上升气势，积极进取，共同开创了盛唐气象，林庚先生因此称盛唐诗歌为“寒士文学”。

关于“草根性”，用一位诗人最形象也最恰如其分的一句话描述，就是：如果说朦胧诗是当代诗歌的第一声春雷，那么，现在大地才真正觉醒，万物萌发，竞相争艳，生机勃勃。

二、网络与诗歌的“草根性”

在我看来，诗歌“草根性”的出现与网络有极大关系。其实，每一次文学革命的背后都有技术因素。每一次技术革命也必然带来文学的变化，释放文化创造力，创造文化新潮流。

甲骨文时代，文学的读者必然非常之少，作者也不多，因为，能阅读或用甲骨写作的，非贵族不能为。因其成本过高。文化成为垄断之物。到了竹简时代，情况有所好转，故出现中国历史上第一次大的文化高潮，诸子百家争鸣，但竹简仍是士大夫私有财产，平民百姓难以接触。东汉蔡伦发明造纸术，使得图书制造成本更为低廉，书本携带更为方便，中小地主得以获得教育机会，其创作也方便传播，大大释放了文化创造力，故积累一段时间之后出现盛唐，刚才说到林庚先生称唐文学是“寒士文学”，有“布衣感”，颇有道理。李白、孟浩然这样出自偏僻之地的诗人，借助新技术的创造，读到流传至穷乡僻壤的文学经典，又能通过个人天才的创造获得认可，迅速进入中心。这些寒士布衣的创造，成就了最伟大的文学高潮。再往后，活字印刷术的出现，使长篇小说创作成为可能，在明清小说广泛流行的基础上，最终出现《金瓶梅》、《红楼梦》……可见，在每一次大的文学创作的背后，都有技术的影子。技术产生两个有益的效果：一是教育得以更加普及，培养了创作者，进而释放文化创造力，同时也培养了读者，没有优秀的读者也就无法激发创造性；二是创作得以方便流传，使创作者获得动力与信心，创造更优秀作品。总之，文学借助技术的翅膀，迅速飞翔。

网络时代的到来，同样带来文学的繁荣与活跃。网络文学已成为不可忽视的现象。网络，还包括手机，使教育及传播更加便捷。在理论上，全球一体化时代，一个身处乡村的孩子，通过视频，可以接受和哈佛大学学生同样的教育，同样，他的创作也可以在一夜之间传遍全球。当然，“诗有别材”，文学有其神秘的一面，绝非仅仅技术就能成就，新的文学高潮的出现，还依赖长时期的积累，天才人物的出现，时代的风气与氛围等诸多要素。但是，网络，手机，以及由此带来的全球化，文化民主，文学大众化，是其必要条件和基础，是伟大创造的催化剂，使其具有可能性。

作为最自由的文体，诗歌尤其受网络影响。网络解构了文化的垄断，使得诗歌更加普及，蔓延至每一个偏僻角落，同时也改变了诗歌的流通发表形式，原来以公开刊物为主渠道的诗歌流通发表体制被无形中瓦解了。只要你的诗歌特点突出，就会在网络上迅速传播。网络诗歌还打破了诗歌的地域限制，呈现更加自由开放的趋势，非常适合诗歌天然地自发自由生长的特点。网络诗歌发展尤其迅猛，据不完全统计，据说当代诗歌网站近万家。其中有代表性的诗歌网站和诗人有“若缺诗歌论坛”的陈先发、汤养宗、杜绿绿等；“下半身”的沈浩波、尹丽川、朵渔等，这两个论坛的诗歌追求比较明确；“文学自由坛”的臧棣、王敖、孙文波、明迪等，他们构成了一个跨国的诗歌网络；还有“平行诗歌论坛”的张执浩、小引等，以武汉诗人为主，包括杨晓芸等外地诗人；广东诗人俱乐部的宋晓贤、阿斐、沈渔等，是以珠江三角洲为中心，涵盖港澳台……很多诗歌新锐力量借此迅速冒出，并引人注目。网络诗歌正在成为最具建设性的一股诗歌力量。

当然，网络诗歌的低门槛，过于放纵随意，也经常遭到诟病。但总体而言，网络释放了自由的创造的力量，随着诗歌自身的发展，秩序和标准自会逐渐出现，创造文学新的高潮。

三、地方性诗歌的兴盛

诗歌的地方化其实有很早的历史渊源。在历史上，中国地方文化之多样性，就是奇特的景象。首先这与中国地形地貌之复杂性有关。世界上最具多样性的国家，仅从地形地貌上来说，只有两个国家，就是中国和美国。这两个国家同时拥有沙漠、森林、大海、高山、冰川、雪地，几乎所有的地形地貌都有，其他的国家地形比较单一。而我们都知道，文化与地形地貌是有很紧密的关系的。历史上我们也从来没有“中国文化”这样一个概念，中国文化的概念实际上是在遭遇现代性危机、和西方文化发生碰撞后产生的。以前我们说文化，我们习惯性地说有所谓的江南文化、岭南文化、楚文化、巴蜀文化、齐鲁文化乃至西域文化、藏文化等，为什么？其实是因为历史上中国文化中心始终在不断移动之中，从未固定在一个地方，这就造成了各种文化互相竞争、相互融合促进的状况。

我个人认为这种文化的多样化及其自由竞争，恰恰是中国文化几千年来能够不断自我更新升华的原因，常常在一种主导主流文化衰落后，又有新的地方性文化注入新鲜因子，激发其内在活力。所以孔子说：“礼失，求诸野”，其实可以理解为“礼”在当时的中心地区衰败后，可去偏僻边缘地区寻找，那些地方也许保存有，并反过来反哺中心地区；近代最典型的例子是清朝的所谓“中兴”，其实是湘楚文化拯救的，因为中心地区早已衰败。当代诗歌正在恢复这一古老的传统，地方性诗歌及其团体极其活跃……这样的局面与情况，与 80 年代确有不同，那时候朦胧诗一枝独秀，集中在北京，至第三代，情况稍有好转，但还是只有四川、华东两三个中心，四川诗人更是靠游走、诗歌串联来自创传播流通的渠道。如今，尤其是互联网诞生后，却是处处皆中心，反过来也可以说处处无中心，诗歌在各地顽强茁壮成长，地方性诗歌团体如雨后春笋，向上争夺生存发展空间，充满生气活力。地方性文化保留的元气、阳刚之气，野性，也正是当下萎靡不振的文化重新振兴所需要的。

地方性诗歌团体由于其人员涉及各行各业，可以利用的资源较多，如在公开报刊组织诗歌专版，发起诗会，甚至对外交流，其能量辐射范围相当强大，力量和影响也逐渐壮大。同时，地方政府也对此种文化发展持支持态度，可以预计在相当时间内，地方性诗歌及其团体会有大发展。

这一情形类似初唐和盛唐，出现过地方化过程。地方性诗人结成地方诗歌团体，游山玩水，饮酒赋诗，互相切磋，对外交流，充分地享受生活并表达着、创造着。盛唐初期的第一个大诗人孟浩然就是一个地方诗人，然后由他开始，地方诗歌团体之间通过竞争，逐渐出现一些得到公认的大诗人。这与当代诗歌的现状何其相似，现在已经出现不少地方诗歌团体和地方性的著名诗人，但还缺少得到广泛公认的大诗人，还需要经过一个淘汰与挑选的过程，才会出现为所有地方团体承认与社会广泛承认的诗人。当然，这需要时间。

地方性诗歌团体的兴盛，以前就曾有过，但未像现在这样多而持久，这其中的一个重要原因是和平发展时间延续较长，地方经济文化逐渐增长，导致社会相对稳定，诗人也能够潜心于对诗艺的摸索和雕琢。事实上，现在中国各地已经开始出现这一趋向。在一个相对稳定、和平、发展尤其是上升的时代，人们不需要什么核心、中心的引导。人们以各自的智慧和力量来建设各自的城市家园、完善各自的生活、创造各自的世界，这种时候，地方性资源和文化就会得到弘扬。现在很多地方，都有一个很有意思的现象，那就是每个地方的人都对自己的家乡充满骄傲感，这跟80年代是完全不一样的。80年代的风气，对自己的家乡是很鄙弃的，所以大家都往外跑。现在情况有所不同了。每个地方的人总能找出一些自己家乡的优点。比如云南贵州人觉得自己环境好，广东上海人觉得自己有钱，陕西河南人觉得自己历史悠久、文化深厚，总之，每个地方的人都自我感觉很好。这种地方性不断得到加强，就会产生很有创造性的文化。比如现在我们一说舞蹈，就会说云南的杨丽萍，这本身就是一种奇迹与创造；比如我们一说民歌，就会说到广西，这也成为独特性。

诗歌界这些年的地方化尤其明显。江南是中国诗歌传统最丰富深厚的地方，这些年，苏州的“三月三诗会”，采取纯民间形式，恢复古代的文人雅集形式，成为江南和全国诗人的盛会。目前已历五届。是国内最自由随意的开放性诗会，融踏春、饮酒、吟诵、创作于一体。苏州“三月三诗会”由江南诗人庞培、陈东东、潘维、张维、杨健、长岛等发起，其发起词里是这样写的：“江南山水平远，历属诗之胜境。三月三，大地回春，根据汉代以来的民间风俗，每年农历的这一天，人们纷纷到水边饮宴，去郊外春游、踏青。漫长的冬季过去，温暖的阳光拂面，诗人从纽扣眼里取出明媚的春风。‘忽听儿童欢拍手，花梢吹落美人筝’（杨蕴华诗：《春日》）。1633年（癸酉春）‘三月三虎丘诗会’首次在中国苏州的乡间亮相，且以纯民间诗人雅集形式，历久弥新，在中国南北各地造成深远广泛的影响，诗人和百姓同乐，和自然、节令同庆。今天，我们力主恢复这一传统，尝试这样一份古老悠久的诗歌精神，在新诗即将迎来百年诞辰之际，通过汉语诗的不断更新，面向新诗的力量之源——民间；于每年的三月初三（农历），不避年龄，不讳风格，定期在苏州的虎丘（诗会发源地）或江南周边地区，举行一年一度的‘三月三诗会’。”确实，这是对传统的继承，又是新的诗歌的开始。江南是中国最现代化的地方，又是传统和古典保护最好的地方，也许，正因为守护了传统最基本最核心的价值，反而能获得创新的力量。

此外，云南诗人于坚、雷平阳都堪称地方性诗人的代表人物，其诗歌写作地域特色明显；甘肃诗人群古马、叶舟、娜夜、雪潇、于贵锋、梁积林等，扎根于西部，可以说是一种现代的边塞诗歌；山东近年来年轻诗人以群体崛起，引人注目，江非、王夫刚、邰筐、辰水、徐俊国、阿华、徐颖等的影响逐渐辐射到全国；海南诗人群被称为“诗歌海军”；湖北尤其活跃，有两个既联系又竞争的诗歌论坛平行诗歌论坛和或者诗歌论坛，又有《中国诗歌》、《汉诗》、《象形》三个刊物构成的诗人群，有联系又有区别；广东也是如此，《中西诗歌》、《诗歌与人》等民刊很多，诗生活等网站也很多，聚集了姚风、卢卫平、黄礼孩、世宾、莱耳等诗人，各个区域如深圳、珠海、中山等地本身就很活跃，还有大量移居广东的诗人如东荡子、梦亦非、阿翔、安石榴等，相互补充融合；陕西，一个古老的文化悠久的地方，却奇怪地酝酿着先锋诗歌，80 年代的韩东、丁当等，现在则有阎安、伊沙、周公度、李小洛等人；此外，安徽、河北、广西、山西、四川、宁夏等地的诗歌群体和诗人们也非常活跃，各地诗歌团体互相应和、竞争，正形成一个良好的既互相激发又互相融汇的诗歌氛围，可以说是新诗九十年来最好的时期，并最终推动当代汉语诗歌走向一个新的创造高潮。

四、新红颜写作的兴起

“新红颜写作”诗歌现象，是指一种网络时代尤其是个人博客出现以后的女性诗歌潮流。由于教育的普及，女性诗歌创作群体的增长，网络和博客带来的创作交流与传播的方便，极大地解放了女性诗人的创造力。而且，女性诗歌和女性经验在以往的诗歌历史中相对薄弱和匮乏，因此反而带来新鲜感和新的创作方式。我个人觉得，作为男性诗人的一个对比和参照。女诗人们已经和正在写出一些了不起的诗歌，也许最终将改变当下的诗歌生态，这是很有历史意义的事情，因为诗歌史上留下的女诗人及其作品显然太少。也许从这个时代开始会有所改变。而且女性诗歌创作天生依赖经验感受，不像男诗人那样过于拘泥于观念，这很适合我对“草根性”的强调。再者女诗人大多不陷入圈子之争，相对超脱，不像男诗人容易产生观念义气之争，排斥不一样的写作，也就能更广泛地吸收，所以反而可能兼容并蓄，成就大器。

回顾当代女性诗歌的历史，在朦胧诗时代，舒婷等是最早恢复女性美的，第三代中的女诗人则普遍受西方现代主义影响，自白派的风气较浓。而且女性诗歌命名的提出，本身是挪用西方的概念，是在全球性的女权运动的潮流下产生的概念，强调权利平等。而在中国，当时为摆脱意识形态过于强求男女一致，最早的女性主义者恰恰是强调性别差异，如早期的翟永明、陈染、林白，均突出女性意识，并且也正是以强化这一点吸引注意力。早期的女性诗歌，西化味道是非常浓厚的。

与之相比，“新红颜写作”明显有向中国古典传统回复的特点，这背后也许有国学热、文化民族主义全面回潮的背景。但是，毕竟我们处于现代社会，“新红颜写作”群体的现代性也相当突出。张旭东谈过既现代又中国的观点，用在这里非常合适，张旭东在评价“五四”的意义时说：在“五四”以前，中国与现代是对立的，要中国就要回到传统，要现代就要面向西方。但“五四”解决了这个困局，“五四”以后，我们发现其实可以既现代又中国，中国从此走向现代，现代并不排斥中国。可以在传统的基础上，吸收包容人类已有的优秀文明文化，最终构建中国新的文明文化。而新红颜写作就是立足传统，开拓其新的现代性。

新红颜写作群体之中我大致区分为三种倾向，一种是强调现代社会里自由独立的女性对生活和命运思考、探索，如金铃子、横行胭脂、衣米一、胡茗茗、玉上烟、阿华等，女性一旦意识到自己的现代命运，也就意识到了一种自由独立所带来的沉重与艰辛，在实践中，必然会格外痛苦，这是自由的副产品，一种巨大的孤独，有时，甚至是一种悲剧感。这一点当然并非由她们开始，但与以前的女诗人更多停留在观念上比，她们将之具体化了，因为她们处身于一个更加市场化、竞争激烈的时代，女性所经受的艰难要更多更大。在金铃子、横行胭脂的诗中，她们有一种对自身坎坷命运的勇于承担，但她们也享受自由所带来的喜悦，在诗歌中，表现出了一种玉石俱焚的气质；还有一种，就是对传统文化和古典诗意的守护和回归，这一点在前几代女诗人中比较少见，可以说是一种新的倾向和追求。其实这也是女性诗人的优势，她们可以在这方面尽情展现女性的细腻独特感受。虽然她们已经是以一个现代女性的身份来进行的，但女性身上的传统色彩其实始终比男性多，这方面施施然、林莉、冷盈袖、灯灯、代雨映、冯娜、姚月、翩然落梅等比较突出，而且有这种追求的女诗人越来越多，有可能成为一种新的潮流；这其中有强调对地方和传统经验进行深度挖掘和反思的，典型的有李成恩等。还有一类比较特立独行，难以归类的，比较典型的有叶丽隽、李晓旭、朱巧玲、张小美、旧海棠、李速等人，她们游离于各种风格、追求之间，难以定性……她们正构成一种上升性的力量。

新红颜写作汇聚成为一股潮流，其原因可能是多方面的。从现有的情况来看，大批“70后”、“80后”女性正在逐渐成为当代诗歌创作主体，女性诗歌发表量逐年增长，尤其在年轻一代中有高于男性之势；此外，女性诗人所占比例也明显增加，有影响的女诗人越来越多。当然，其背后可能的原因有：女性受教育人数与比例增加，大学文科主要人群发生变化，以女性居多，因而导致文学创作主体和人群的变化；另外相对而言，女性生存压力小于男性，因而可以更专心于创作；同时，网络本身的特点适合女性创作，学习交流便利，居家写作也自由方便，传播也更为迅速便捷。应该强调“新红颜写作”的两个特征：一是其女性的维度，女性在历史上尤其在中国传统中是弱势群体，“新红颜写作”的命名，堪称中国诗歌史上第一次对女性诗歌命名，即使在世界诗歌史上，也是少见的；二是其中国性的维度，因为，此前的现代中国女性诗歌，在某种意义上，可以说是对西方现代诗歌的亦步亦趋，基本上是模仿、借用、引进，当然，也有部分是转换性创造，但在世界范围内没有个性，缺乏独特性。

“新红颜写作”应该是现代性与中国性的结合。“新”，乃是其主体是自由独立之现代女性，而且，其指向应该是创新，是一种自由自主自然自发的创造，并且借由这种创造，打破传统女性的历史悲剧命运；“红颜”一词则具有中国传统美学色彩，是来自传统的，吸收了传统美德、传统文化与传统美学，因此，又有传承。新红颜写作的出现，可能会冲淡当代诗坛的争斗、暴戾、萎靡之气，恢复诗歌最基本的品质：真、善、美与爱。

五、中西诗学存在根本分野

我认为：网络诗歌、地方性团体与新红颜写作是当代诗歌的三股建设性力量，那么，为什么这么说，是因为放在整个诗歌史来看，他们试图开拓一条不同于西方现代诗歌的中国现代诗歌之路，也许他们是无意识的，但他们正在这样做。

在这里，还是需要再次先对新诗的历程做一简单回顾。新诗可以说是“五四”一些知识分子完全为了功利的目的引进模仿来的。鸦片战争以后，中国遭遇现代性危机，“五四”知识分子觉得必须从根本上把中国传统文化铲掉，而这个传统文化的基础就是诗歌，所以“五四”新文化运动必须从新诗革命开始。而新诗革命是一帮根本不懂也不会写诗的人进行的，比如胡适，他写诗的目的也完全是功利的。胡适对于新诗革命的目的说得很明确：我们要进行思想革命，而进行思想革命就要从文化革命开始，就要从文学革命开始，就要从诗歌革命开始，因为古典诗歌在当时是最普及、最广泛、最基础的，不把这个中国文化之根铲掉，怎么可能进行革命呢？所以，连根都拔了，完全采取一种新办法来写新诗，所以新诗的起点是非常低的，基本上是从零开始的。新诗和古典诗歌基本没有关系，基本是模仿来的。新诗的情况最能代表中国现代性变迁过程，基本是在“全盘西化”的思路下发展的。因此，它也热衷于追逐西方诗歌思潮，从所谓浪漫主义到象征主义，再到现代主义，再到诸如垮掉的一代等，我们经常说朦胧诗、第三代接上了“五四”传统，其实也可以说是重新与西方诗歌潮流接轨。因此，新诗发展九十年来，社会评价非常低。甚至有人认为新诗完全可以取消。如此激进的观点，我不能苟同。同样，持此论者显然也没看到诗歌不现代化就会走进死胡同。“五四”前夕，古体诗歌也已走入穷途末路，完全不能适应时代。僵化、模式化、空洞化，是那时诗歌的普遍特点。汉语诗歌的现代化势在必行，需要讨论的其实只是，怎么样来完成新诗的转型。是彻底抛弃过去全盘西化还是有所继承融化中西？是强行蛮力铲除传统之根还是在继承中开出新局面？在这一点上，“五四”前辈急功近利，显然缺乏深入考虑，觉得只要革命就成功了，看不到革命之后也许带来更多问题。所以直到现在，新诗的草根化、本土化也还未完成，甚至还只是刚刚开始。

创新有时要从“复古”开始，或者说，新诗需要从传统中吸取创新的资源和力量。中国诗歌与西方诗歌在根本上就有分野。在西方，西方诗学尤其是现代主义强调“批判”、“个体”观念，此一观点对中国诗歌界影响甚大，尤其是朦胧诗，几乎都是这一思路，最终，一些诗人成为斗士，另一些则走向崩溃，这与他们的西方师傅们比如萨特、梵高之类的结局是一样的。近几年更出现诗人自杀潮，后果堪忧。而中国传统诗学观念，在我看来，更多的是强调“超越”、“和谐”，中国古代就有“诗教”传统。重实用讲世俗的儒家文明怎样获得生存的超越性意义，其实就是通过诗歌。中国古代依靠诗歌建立意义。因为在没有宗教信仰的儒家文明中，唯有诗歌提供超越性的意义解释与渠道。诗歌教导了中国人如何看待生死、世界、时间、爱与美、他人与永恒这样一些宏大叙事，诗歌使中国人生出种种高远奇妙的情怀，缓解了他们日常生活的紧张与焦虑，诗歌使他们得以寻找到现实与梦想之间的平衡，并最终到达自我调节内心和谐。所以，几乎每一个中国古代文化人都写诗，每一个古代中国人都读诗。把诗歌学习作为人生成长的基本课程，孔子更要求小孩子就要学诗。诗歌抚慰了所有中国人的心灵。诗歌在中国，既是教育，教养，又是宗教。因此，可以说：西方有《圣经》，中国有《诗经》。

西方“批判”、“个体”的观念，是产生于西方特定的历史与社会背景的，西方有一个外在于人高于人之上的宗教、上帝，诗人是直接听从上帝的，是站在上帝的立场与角度的，诗人就是人间的上帝，所以他要随时随地批判、纠正不完美的现实与人，诗人与社会的关系永远是紧张的，这样就产生了“批判”、“个体”，这是西方诗歌永恒的主题——上帝与魔鬼之争，天堂与世俗社会之争，精神与物欲之争。所以西方的诗人们总是处于焦虑、孤独、不安、绝望、虚无与抗争之中，总是激烈的、暴力的。但其实就社会和生活的真实情况而言，“批判”、“个体”从来就不是人类社会或个人生活的全部，甚至不是常态。中国传统诗学对“超越”、“和谐”的追求，则是基于中国文化的基本理念“阴阳互补”，阴与阳是有差别的，但不是对立的，是相互补充并最终构成和谐圆满的。所以，中国诗人们向来相对是心平气和的，如苏东坡，即使经常身处逆境，也总是微笑着悲悯地对待一切，对待身边的事物和人，将一切融化在诗歌中，在诗歌中化解一切。所以中国文化人一说到苏东坡，总是会会心一笑，苏东坡这个名字就缓解了很多人紧张的精神，他的诗歌更是治愈了很多人的心理疾病。也正因为人生不完美圆满，所以需要诗歌提供升华超越的价值精神。

因此，中西诗歌颇多不同之处，西方诗人讲自我、个性，中国诗人则讲境界、人格。前者是保持差异对抗、强调“个体”的产物，因自从上帝死后，人成了孤独的个人，人和人之间的关系是冷漠的，自私的，个人要在荒漠般的尘世获得立足之地，就要有“超人”般的强力意志，就要与他人、世界决裂，所以，“他人就是地狱”，人皆崇拜“强者”、“自我”，讲个性，求独特。而中国诗人没有这么激烈，没这么愤世嫉俗，中国是群体性社会，人和人之间是相互依存的关系，所以中国诗人更强调境界、修养与人格，与世界、社会及他人的和谐共处。即使是个人修炼，中国诗人遵循大道，“纵浪大化中，不喜亦不惧，应尽便须尽，无复独多虑”（陶渊明），这种超然的态度，可以说就是中国人的世界观，是

“道法自然”的必然心得。投身大道，安居人群之间，并不矛盾，并从中获得自由。这样的价值取向，强调先从个人修身养性做起，从一点一滴开始。修身齐家治国平天下，才能达到大境界，获得人格力量。而这是自我修身养性、内在超越的结果，是不断自我升华的产物。诗歌就是最好的内功修养之路，可从中通向大道、大境界。

就诗歌本身而言，“批判”是一个彻底否定对方价值的概念，所以西方诗歌喜欢强调“断裂”，强调一种诗歌对另外一种诗歌的反叛；而中国诗歌中的“超越”本身含有肯定对方价值、部分包含对方价值的意思，所以喜欢讲继承，强调来历、典故，诗歌也以有来源为荣。

我个人认为：新诗包括当代诗歌始终未能如古典诗歌深入人心，也许正是过于西化的原因，与传统及社会彻底断裂的原因，如今，是重新认识和反省的时候了。不解决这一重大问题，中国诗歌无法前进，也无法超越西方现代诗歌。当然，像前面所说，这种超越里已包括吸收、肯定西方现代诗歌精髓的含义。

六、诗歌自由创造与竞争时代的带来

温家宝总理在英国有过一个讲话，他说中国近三十年取得的一切，是出于中国人民的自由的创造。我们也可以说，中国当代汉语诗歌所取得的一切成就，是出于中国诗人们的自由的创造。

我们现在正处于一个自由创造的时代，诗歌也是如此。也许有人会问我为什么现在诗歌不能被广泛接受，我觉得这需要时间，《红楼梦》在清代的时候也没有被广泛接受，起码没有被主流文坛接受，只是民间流传。杜甫在他所处的时代也备受冷落。所以，我们无须悲观，中国的诗歌现在非常活跃，但现在的主流文坛没有关注这个事实，我想没有关系，时间会说明一切。我们不必急于总结。我们只要创造就行，把总结和研究工作留给后人。

此外，创造总是新的，因此必然会引起争议，新的创造必然打破旧的条条框框，创立新的标准，因此为人接受也需要一段时间。很多伟大作品，刚出现时总是有很多争议，为什么？因为具有创造性的作品，有时反会挑战习见，所以会引起争论。因为创造即会与以前不同，与一般人的固定趣味与传统标准不同，否则有什么创造而言。对于唐诗，宋词不过是艳曲，元曲更等而下之，小说者，更是街头之言。所以在伟大的唐朝之后，如一切以唐为标准，后世人就无法创造，更遑论超越。所以，必然地，作为一种挑战，宋词脱颖而出，元曲再度突围，总算也显示某种创造力。

我经常说，如以西方现代小说为标准，连《红楼梦》都不能算小说，关键是你的标准是什么？是墨守成规还是挑战创新。这也是我对当代小说评价不高的原因，因为它们太像西方现代小说，以西方现代小说为标准，难怪在以正统自居的西方评论家如顾彬看来中国当代小说是垃圾。人家是真的这么认为，你不是模仿他们的吗？你还能指望他给你高度评价？他能把你当成研究了解当代中国社会的资料看，已经是很尊重你了。人家分得清好坏，对唐诗宋词人家推崇备至。他读中国当代小说，是因为他是汉学家，他的专业就是研究中国社会情况，他有这种需要，想从小说中找一些材料，知道一些信息。至于艺术性创造力，对不起，你就是模仿的。你跟托尔斯泰、雨果比比，或者与狄更斯、马尔克斯比比，没有原创性的模仿还敢称大师吗？不过也好，正因为还没有大师，就人人都有希望。

我有时去学校讲课，为了鼓励学生写诗，经常跟他们说，正因为当代还没有李白杜甫，恭喜你，你有希望了，你就可能成为当代李白杜甫。玩笑归玩笑，新诗正因为起点很低，所以要超越前人并不难，比如超越郭沫若徐志摩之类的，难的是超越同代人，因为大家起点一样，难啊，谁都在努力在进步，中国那么大那么多人，你敢说自己第一第二吗？当代诗歌一直还处于上升状态，还很难总结。也许已经有大师出现了，我们对他还不了解，因为其作品的传播还需要时间。不过就我视野所见，我觉得可以说已经出现一些有独特个人风格的成熟的诗人，但还很难说是大诗人。我心目中的大师，是李白、杜甫、苏东坡这样的，各类题材风格都了然于心，写出来却让人一看就是他自己的。当代诗人似乎还没有这样的，风格比较单一，而且沉湎于个人单一风格中超脱不出，比如一些口语诗人、学院诗人，只能写自己这一类的，写不了也超越不了不同类的。应该打破自我封闭自我循环，方能成大器。而大诗人应该是高于这些的。当然，在这个基础上，还是可能出现大师，因为大师出现的基础，就是各种个性诗人很多了，多样化多元化为大师的融汇提供了基础。杜甫就曾向很多二、三流诗人学习，但最终都融会贯通，超越了他们——正如前面强调，超越是中国古典诗歌的最重要的概念。所以大师往往是集大成者。他的生活阅历丰富，见识渊博，最重要的，他包容广大，最终成就强烈的个人风格。这是很有意思的，你越开放，你个性才会越强大，因为你经受了各种诱惑磨难，你抵挡住了，没有被同化，也就不会失去自我，并且说明你的个性何其强大，没有人能兼并你、消灭你。最终，你一定会百炼成钢，熔铸成最坚硬的。我理解的大师，就是这样造就的。伟大的创造，是这样产生的。

我一直坚信诗歌的高潮正在到来。中国本来就是一个诗的国家，诗是中国文化和文明中最基本和最核心的。我相信，诗歌还会成为我们文化和文明的基础，诗歌的复兴和繁荣必然会到来。因为，诗歌是最具有想象力和创造性的，没有这个基础，中国文化和文明就会缺乏原创性，难以从“中国制造”转化为“中国创造”，难以从一个大国迈向强国，难以最终实现中华文明的伟大复兴。而诗歌的地方化浪潮，是这一过程必经之路，就像经济学界认为中国改革是“自主制度创新”，但其路径是先由地方试验探索，取得成功后广泛推广，自农业责任承包制开始就是如此，先是安徽试验，效果突出后再全国实行。当代汉语诗歌也正经历这样的过程，地方性诗人和诗歌团体的创造，由于其“草根性”的浓厚基础，注定具有更顽强的生命力，一些地方性诗人和团体正在脱颖而出。

我认为，这一轮的“诗歌热”具有的自下而上的特点，比起八十年代“诗歌热”，这一次的基础更为扎实。八十年代的“诗歌热”是虚热，有很大的泡沫成分，追逐时髦成分，所以市场商业大潮一冲击，就风流云散。连诗人自己都不能坚持，大量诗人停止和中断创作。而这一次的诗歌热是人们的真实有效的需要，上至国家领导人、亿万富翁，下至农民、底层工人，都发自内心地需要诗歌，自发地创造诗歌，虽然诗歌可能不能给他们带来任何功利名声。他们很多人也不需要这些功利名声，比如大量匿名或化名的网络诗人，因为这是他们真正的内心需要，没有诗歌，他们就觉得活得不完美，或者，生活没有意义，这就是诗歌作为中国人“宗教”的价值体现。

所以说，这一轮“诗歌热”是在解决温饱之后，建立在人们真实的心理需要和精神需求上，而时代亟须确立价值与信仰，诗歌这一古老然而深入人心的类似“宗教”的精神元素，正好适得其所。我相信，在这样的体验和基础上发展并创造出来的诗歌，在相互竞争和严酷的过滤淘汰之后，那些能被广泛接受和传播的诗歌，将成为真正深入中国人心灵深处与内在精神需要的诗歌，而无疑，那将是伟大的诗歌。

前面还说到过“诗教”对于中国人的意义，对于中国文化的意义。可以说，没有诗歌的复兴，就不太可能有中华文明的伟大复兴，因为诗歌乃是中华文化与文明的核心和基础。正是在这个意义上，可以说诗歌正在迈向其通向伟大的道路上。

李少君

目 录

绪论　何谓“新世纪诗歌”

照理说，“诗歌”作为四大文学体式之一，是属于“文学”这个集合名词统摄的对象，“新世纪诗歌”的话语内蕴，也就理所应当蕴涵在“新世纪文学”的理论表述之中。因此，当我们谈论“新世纪诗歌”时，倘若从“新世纪文学”的高度来理解它的表现形态、审美特征和文学史意义，一般是不会有差错的。在这个基础上，张未民所指出的“新世纪文学”的发展特征即时间向度上的“生长性”和空间拓展上的“盛大性”与“自主性”，无疑为我们分析与阐释“新世纪诗歌”的精神质态提供了极为重要的理论视角[①]。与此同时，张炯、雷达、白烨、张颐武、陈晓明、程光炜、孟繁华等学者对“新世纪文学”的基本特征和内在规律的学理阐发[②]，也构成了我们从不同层面洞察“新世纪诗歌”内在肌理的必要的理论基石。问题是，既然有那么多学者已经对“新世纪文学”进行了极为深刻和全面的研究与剖析，是否还有必要用专文来阐释“新世纪文学”主概念中已经包含着的“新世纪诗歌”这个类属性概念呢?

我们的回答是肯定的。原因主要在于：一方面，很多时候，对种概念所具有的共性的描画，往往是以牺牲类属概念的个性为前提的，“新世纪文学”的理论探讨恐怕也难逃此宿命；另一方面，由于上述学者阐释“新世纪文学”时，用以支撑其观点的文学对象主要是小说，对诗歌鲜有论及，而新世纪小说与新世纪诗歌各自面对的具体问题、表现出的文本形态以及在新世纪文学中占有的历史地位显然不能同日而语，由此带来的结果是：当“新世纪文学”已经成为学术界

---

① 张未民：《新世纪文学的发展特征》，《作家》2006 年第 3 期。

② 相关文章为：张炯：《“新世纪文学五年”与“文学新世纪”之我见》，《文艺争鸣》2005 年第 4 期；雷达、任东华：《新世纪文学初论》，《文艺争鸣》2005 年第 3 期；白烨：《新世纪文学的新格局与新课题》，《文艺争鸣》2006 年第 4 期；张颐武：《新世纪文学：跨出新文学之后的思考》，《文艺争鸣》2005 年第 4 期；陈晓明：《多极化与文学伸展的力量》，《文艺争鸣》：2005 年第 6 期；程光炜：《“新世纪文学”与当代文学史》，《文艺争鸣》2005 年第 6 期；孟繁华：《中国的“文学第三世界”——新世纪文学读记》，《文艺争鸣》2005 年第 3 期。

认可的理论术语，“新世纪小说”也被推置到历史的前台时，“新世纪诗歌”的面貌在我们的视线中却始终不甚明朗和清晰。基于以上两个原因，我们认为将“新世纪诗歌”单独提出来加以辨析和阐发，是非常有必要的。

一、盘峰论争：“新世纪诗歌”的历史起点

今天的现实状况总是过去时代历史情形自然而有序的延伸。当我们论述“新世纪诗歌”时，很容易想到新世纪之前的诗歌发展状况，而在对此前的诗歌历史加以回视和反省的过程中，20 世纪末中国诗歌界发生的“盘峰论争”成了我们绕不过去的一个重要历史环节。作为“一次真正的诗歌对话和交锋”（张清华语），“盘峰论争”既可看作是对 90 年代若干诗学问题的集中争辩，也可看作是对新世纪诗歌的一种开启，因而构成了新世纪诗歌的历史起点与逻辑起点，新世纪诗歌中出现的诸多创作迹象和存在的相关问题，都可以顺着这场争辩寻找到某些暗伏的历史线索。

1999 年 4 月 16 至 18 日在北京平谷县盘峰宾馆召开的“世纪之交：中国诗歌创作态势与理论建设研讨会”，由北京市作家协会、中国社会科学院文学研究所当代研究室、《北京文学》杂志社以及《诗探索》编辑部等几家单位联合主办，这次会议本来是想站在世纪之交的历史节点上，对新时期以来的诗歌创作态势作一次全面的回眸与总结，对即将到来的新世纪的诗歌发展趋向加以预测和展开前瞻，不过，由于会上以西川、王家新、唐晓渡、程光炜、臧棣、陈超、孙文波为首的“知识分子写作”群体和以于坚、伊沙、沈奇、杨克、徐江等为代表的“民间立场”群体的针锋相对、互不相让，这次大会不免散发出较为浓重的硝烟味。这次激烈的争论表面看是由《岁月的遗照》和《1998 中国诗歌年鉴》两本诗歌选本引发的，但深究起来，又是中国社会经济和政治文化转型所导致的诗歌地位下滑、诗人身份裂变而带来的必然结果。

“盘峰论争”的出现，说明 90 年代以来，中国新诗面临着前所未有的困境和问题。首先，诗歌资源严重匮乏。毫无疑问，经济体制的变化更改了人们的生活态度、思想观念和行为方式，正如吴义勤所说：“随着市场经济中心的确立，人们的价值观念、行为方式和文化态度都发生了转变。传统的文化理念面临挑战与嬗变，以卡拉 OK、肯德基为标志的世俗化文化广泛渗透于当今社会生活，人们

最具日常性的行为也被烙上了商业文化的烙印。”[①] 因为经济体制的转型，当代文化一时间出现了价值迷乱的精神危机，诗人的写作处境显得极不乐观。在一篇长文里，西川一针见血地指出，“当代生活使精神陷入尴尬”，他认为：“当代中国国家意识形态事实上的困境有其历史的必然性。由于精神远景历史性的丧失，纯经济手段难以平衡，中国人一下子把欲望浮生到了最高层面，似乎每一个人都不反对自己成为一名投机商。社会的投机心理毁掉了我们的道统、法统和学统，使得中国社会进入一种前命名状态，即它既不是完全的封建主义，也不是完全的资本主义，也不是完全的社会主义，它成了投机、空想、野心、世俗化、原始平均主义的大杂烩，这时社会的道德理想便陷入混乱。”[②] 在此基础上，当代文学不可能再复现80年代那种受到全社会普遍关注和热烈讨论的繁盛景观，而是面临迅速由社会的中心向边缘滑落的残酷现实，与小说相比，诗歌滑落的趋势更明显。在90年代日渐浓厚的商业语境里，诗歌很快淡出了人们的视线，有一段时间，社会上甚至出现过将“诗人”作为贬义词来相互揶揄的怪异现象。诗歌资源的匮乏，不仅包括社会关注程度的锐减，还包括诗歌读者群的缩小。“写诗的比读诗的多”一时间成为人们描述新诗读者日减的典型话语。在这样的严峻形势下，争夺为数有限的诗歌读者，使自己的作品能够继续为人关注，不至彻底从大众视线中消失，成为了一些诗人的当务之急。《岁月的遗照》和《1998中国诗歌年鉴》这两本诗歌选本在编选策略上的有意规划，显示的正是这样的心理动机。

其次，诗人的文学史焦虑异常突出，这种现象其实也是由诗歌不再受人追捧的残酷现实所导致的。一般来说，当文学处于社会的核心位置，在文学作品一旦诞生就受到全社会广泛关注的时代，作家的创作能迅速得到大众的普遍认可，其“被重视欲”能得到及时的满足，因此他们的文学史焦虑是不会显明的，但当文学处于社会的边缘位置，大众对文学创作的关注度很低，作家苦心经营出来的文学作品诞生之后未能在社会上引起应有的反响，作家的艺术才华无法在第一时间得到人们的首肯，这个时候的作家就会出现明显的心理焦虑症候。“盘峰论争”可以说正是诗人在90年代普遍具有的文学史焦虑心理的一次曝光。参与论争的两派诗人，其实在艺术观念上并无水火不容的隔阂和冲突，诚如张清华指出的那

① 朱栋霖、朱晓进、龙泉明主编：《中国现代文学史》（下），北京：北京大学出版社2007年版，第255页。所引部分来自第十二章：90年代文学思潮，该章为吴义勤撰写。

② 西川：《写作处境与批评处境》，见王家新、孙文波主编：《中国诗歌　九十年代备忘录》，北京：人民文学出版社2000年版，第225页。

样，“诗人之间的分歧并不令人惊讶，令人惊讶的是双方竟然在‘民间写作’和‘知识分子写作’两个词语下进行交锋。其实，它们的含义不但不是对立的，而且是统一的，在当代的语境中尤其如此，‘知识分子’的非体制性同‘民间’的概念很接近。从写作来看，两者一个强调活力，一个强调高度；一个倾向于消解，一个倾向于建构，正好优势互现，不足互现，因此大家要达成兼容互谅，保持自省”①。张清华的阐释是很有道理的。作为诗学争鸣，“盘峰论争”与其说是为了辨明某些诗学观念，不如说是用一种策略来给在商业文化语境下日显颓势的中国新诗注入一剂强心针。这样的论争可以从主观与客观两个层面来加以分析。从主观愿望上说，论争双方心照不宣地共同参与了“权利阴影下的‘分边游戏’”②，他们都希望借助论争使自己在中国诗坛的地位有效升迁，用罗振亚的话说，“出于一种为确立自己在90年代诗歌史上位置的文学史焦虑，两个‘阵营’在利益驱动下，竞相进行狭隘的派系经营和话语权力争夺，功成名就者希望借此巩固在诗坛的霸主地位，边缘的新贵们欲借此赢得诗坛的确认”③。从客观效果来看，论争的出现的确在一段时间内促成了大众对诗歌的更多关注，而且参与论争的双方借助这次争论增强了自身的社会影响，获得了某种文学史效应。

在新世纪10年里，诗歌所面临的文化环境与90年代没有多少差别，而且可能更不尽如人意。社会对诗歌关注程度依旧不高，诗歌读者群相当有限，诗人们的文学史焦虑仍然十分突显，在这样的情势下，诗歌论争也在频频上演，尤其是网络上的诗歌论争更是硝烟不断④。耐不住寂寞的新世纪诗人，常做自我标榜，喜欢结派拉帮，不断提出一些诗歌命名，鼓吹某些标新立异的诗学主张，这与“盘峰论争”有几分相似。可以说，“盘峰论争”是新世纪诗歌的历史起点与逻辑起点，了解“盘峰论争”的前因后果，挖掘其中深含的诗学意蕴，对于理解新世纪诗歌的现象和本质来说，是极为关键和有效的。

二、网络、民刊与地域：新世纪诗歌的草根性显现

新世纪以来，李少君在不少场合都论述过“草根性”这一诗学范畴，虽然

---

① 张清华：《一次真正的诗歌对话与交锋——“世纪之交：中国诗歌创作态势与理论建设研讨会”述要》，《诗探索》1999年第2期。

② 张闳：《权利阴影下的“分边游戏”》，《南方文坛》2000年第5期。

③ 罗振亚：《朦胧诗后先锋诗歌研究》，北京：中国社会科学出版社2005年版，第229页。

④ 陈仲义将诗歌论争好戏持续上演的网络空间比喻为“新‘古罗马斗兽场’”，见《新“古罗马斗兽场——十年网络论争缩略》，《文艺争鸣》2009年第12期。

这个范畴在李少君的不同文章中其内涵并不一致，但强调新世纪诗歌的自然生长、自由发展，显示出日益中国化和本土化的色彩等情形无疑构成了“草根性”这一术语的基本内容。诚如李少君指出的那样，新世纪中国诗歌已经不像80、90年代那样流派奋起、潮流涌动了，“现在已经没有什么潮流了，诗歌恢复到一种自生自长的自然状态，在很多偏僻的角落，也有人在那儿潜心于诗艺本身的雕琢、培育与发展”①。也就是说，新世纪诗歌从格局到面貌都与八九十年代迥然不同，草根性力量的崛起是导致这一变化的最重要因素。其中，网络、民刊和地方性诗歌的繁兴，构成了草根性力量凸显的三大主要标志。

除了公开发行的文学刊物外，新世纪诗歌的发表与传播离不开两大载体：网络与民刊，而这两大载体在一定程度上构成了新世纪诗歌存在与发展的重要阵地。要想准确了解新世纪诗歌的生存格局和美学风貌，对于网络与民刊的深度追踪是极为必要的。

当互联网作为一种新型媒体进驻中国领地时，不仅给中国人的日常生活带来了异常显著的影响，而且也直接促成了文学尤其是诗歌的创作、发表、批评、传播等方式的巨大改变。自从中国大陆最早的诗歌网站《界限》在1999年1月成功入住互联网空间后，中国当代新诗由此与网络结下了深厚的情缘。在新世纪的10年中，诗歌网站和诗歌论坛的创建成风起云涌之势，许多旧作和新作都借助网站和论坛的平台纷纷出笼，网络成了人们及时阅读诗人新作、准确了解当代诗歌现实格局和发展态势的一个最为重要的舞台。网络给中国文学的发展注入了无限的生机与活力，这是不言自明的。许多学者对于互联网将极大促进新文学的快速发展持乐观态度，曹顺庆曾指出：“互联网借助技术的手段来承载人文信息，传播古今文化，它为文学爱好者去熟悉历史、了解传统，自由地表达情感、书写心声、探索技艺提供了无限丰富的历史舞台，在互联网上将诞生出具有全新的审美眼光、开阔的世界胸怀和自由的表达欲望的新一代作家群体，他们有可能突破新文化运动以来形成的盲目追随西方、一味抛弃传统的坚厚壁垒，重建中国新文学的美学规则，创作出超越过往的艺术作品。”② 那么在互联网语境下，新世纪诗歌出现了哪些新的征象呢？换句话说，网络给新世纪诗歌的生存与发展带来了

---

① 李少君：《新诗需要树立标准》，见曹成杰、李少君主编：《九十年代以后：当代汉语诗歌论丛》，海口：南方出版社2006年版，第238页。

② 曹顺庆：《互联网与中国文学的复兴》，见曹顺庆著：《跨越异质文化》，济南：山东友谊出版社2007年版，第174～175页。

什么样的影响与变化呢？

在笔者看来，网络对当代新诗产生的影响至少体现在四个方面。其一，网络的出现，将诗歌发表与传播的路径极大地拓宽了，这在一定程度上缓解了90年代以来中国新诗资源严重不足的矛盾。互联网是一个可以无限加载的具有超大容量的数字化空间，这为诗人们特别是尚未成名的诗人们诗歌作品的发表（“准发表”）提供了最为便利的条件，而网络的无处不在，又使得人们在诗歌阅读中不再受到时空的限制，只要进入诗歌网站、论坛和博客，随时随地都能读到新近出现的新诗作品，这无形中加快了新诗的传播速度。其二，互联网与新诗联手，使得诗友之间的互动与交流变得异常方便和快捷。在诗歌论坛上，某个诗人将一首新近创作的诗歌“发表”上去后，立时会有人来点击阅读，赏析品评，相互切磋，这种及时交流和对话的情态只有在网络空间中才有可能发生，传统纸媒时代是无法做到的。其三，网络也催生了大批新世纪诗歌创作的生力军，借助网络提供的各种便利，年轻诗人如雨后春笋一般涌现出来。互联网给人们的阅读、发表和交流提供了相当便利的条件，在这些便利条件的庇佑之下，年轻一代诗人得以迅速成长起来，从而使新世纪诗歌阵营中不时添加新面孔，不断输入新的血液。其四，网络也使部分搁笔多年的“老”诗人纷纷“归来”。不少诗人在80年代曾发表过诗作，但以后由于种种原因，不得不告别了诗坛。当网络作为新世纪的重要媒介出现在他们眼前时，其发表的快捷、传播的迅猛、品评的及时等特性自然会刺激他们的思维神经，从而点燃他们心中一度熄灭的诗歌火种。自然，互联网的出现给新世纪诗歌造成的积极影响远不止这四点，可以说，网络促进了新世纪诗歌全方位的变化，甚至可能从根本上改变诗歌生存与发展的历史轨迹。

与网络诗歌的火爆相一致，新世纪诗歌民刊也呈现出繁盛的景观。改革开放以来，诗歌民刊的印行和传播就成了中国当代文学一道亮丽的风景线，以《今天》为招牌，连同继起的《非非》、《他们》等，民间诗歌刊物呈现出持续潮涌、不断丰富的态势。到了新世纪，民刊的数量依旧有增无减，作为一个独特的文学载体，民刊在推举诗歌新人与新作方面是功不可没的。通过民刊这个窗口，我们可以全方位了解当代诗歌的写作群落、探索风向和人文特征，也能及时发现正在冒出、不断茁壮的文学新苗，并由此追寻中国新诗的未来与希望。

民刊可以看作诗人们通过某个诗歌出版物实现的民间雅集。谈到民刊，我们会很自然想到自由、开放、个性、试验、探索、先锋、另类、别趣、野性、肆意等诸多词汇，毋宁说，民刊这一诗歌阵地的留存，为新诗的多向度展开和全面性实验创设了开敞的空间。民刊的组织形式是多样化的，可以按照诗人的性别、年龄、籍贯、身份、工种、诗学理想、形式追求等来集纳群贤，彰显诗意。晓音的《女子诗报》、周瓒的《翼》等是引人注目的女诗人大本营，当代许多优秀的女性诗人都在这样的阵地上抛头露面，一展才华。江雪的《后天》、胡应鹏的《诗·70P》、王西平的《核诗歌小杂志》是“70后”和“80后”集结的域所，显示出极为明显的年龄特征。鲁亢、顾北的《反克》、宋醉发的《多面主义》、孙文波的《首象山》、徐江的《葵》、黄海的《唐》各自有着较为鲜明而特定的审美追求。更多的民刊，则是一种具有兼容性和多元化特征的诗歌汇集，如《太阳诗报》、《大象诗志》、《有巢诗刊》、《人行道》、《自行车》等。

不管以什么方式集结，诗歌刊物最后要看的还是文本质量，也就是说，民刊的价值几何最终取决于所刊发诗作的艺术档次的高度。《今天》、《非非》、《他们》之所以成为民刊中的里程碑，是因为这些刊物推举出了当代诗歌史上堪称典范的诗人与诗歌作品。所以，有眼光的民刊主持人，都会不遗余力地争取一些质量上乘的诗歌稿件，以之作为刊物实力展示的重要砝码。

民刊作为中国新诗发表与传播的重要阵地，一定程度上构成了当代诗歌发展与行进的风向标，它为我们了解各种诗歌潮流在当下的存在形态和变化趋势提供了及时而有效的美学信息。比如有关口语化写作的基本情态，我们就可以从民刊中找到许多印记。新世纪以来，中国诗坛崇尚口语化写作的审美取向是比较盛行的，此方面的创作成果也颇为丰富。从各种民刊刊载的一些代表诗人的诗作之中，我们可以看到这一路诗潮的新动向。《诗歌现场》（2009年总第6辑）登载于坚的《芳邻》一诗，应该是诗人的近作，诗歌不长，全录于此：“房子还是这么矮/樱花树已长得高高/向着晴朗朗的蓝天/亮出一身活泼泼的花/就像那些清白人家/在闺房里养出了会刺绣的好媳妇/这是邻居家的树啊/听春风敲锣打鼓/正把花枝送向我的窗户”，语言干净、漂亮，情感纯美、古雅，二者之间形成高度的共振，这首诗已经剔除了于坚在早期口语写作时显露的某种粗糙、简陋的毛病，代表了这类诗体在语言选择和价值认同上的新态势。刘川是口语写作的后继者，其载于民刊《后天》（2008年第3期）的《拯救火车》一诗可以作为我们窥探“70后”诗人口语写作面貌的一个范例。诗歌将“火车”比喻成一只苞米，以典型的农业文明意象来喻指工业文明的产物，而当诗人看到“苞米粒一样”的人群散落在城郊的时候，诗人产生了一个巨大的思想困惑：“我该怎样把他们带到田野”。在这里，工业文明与农业文明的紧张和龃龉，异乡人难以回归故土的怅惘，种种情绪都在诗行中显现。也许主题上的新意并不见得怎么突出，但诗人显然找到了新的观照视角和表意词汇，因此读之仍不乏新奇之感。

民刊和网络为新世纪诗歌的生存与发展提供了坚实的物质基础，不过它们对诗歌所产生的负面效应我们也必须充分认识到。由于民刊和网络可以容载诗歌文本的空间较大，这使得不少质量低下、艺术性欠缺的诗歌也获得了发表（“准发表”）与传播的机会，以致造成新世纪诗歌泥沙俱下、良莠不齐的现实局面，这在一定程度上会进一步损害诗歌在读者心目中的形象。同时，由于网络和民刊的审稿制度尚未建立，或者说较为宽松，诗人们被“自由之轻”[①] 所蛊惑，写作上的随意性被不断放大，这使得诗歌精品诞生的机会大大减少。在近百年新诗史上，新世纪 10 年来生产的诗歌数量可以说超过了此前 80 多年的诗歌之和，然而，新世纪诗歌的经典作品又相对较少，这种反差的存在，说明了网络与民刊在促成新世纪诗歌热闹和火爆的创作态势的同时，也给新世纪诗歌的发展造成了一定的障碍。

与此同时，由于网络的飞速发展和民刊的层出不穷，各个区域性、地方性的诗歌创作也呈现出极度繁荣的景观。不管是在都市还是乡村，不管是江南还是塞北，都有钟情于诗歌的人们在笔耕不辍，他们用分行的文字，记录着自我的心灵踪迹，记录着人与世界的交流和对话。地方性诗歌的发展，是新世纪诗歌中不容忽视的一种奇特的诗学风景，给人不时带来鼓舞与欢欣。

三、回归与超越：“新世纪诗歌”的美学诉求

与 90 年代诗歌相比，新世纪诗歌不仅在发表、传播、批评等方式上有了许多新的变化，而且还出现了不少新的美学迹象，主要体现在三大回归（回归现实、回归传统、回归自由）和两大超越（社会学超越和语言学超越）上。

在 90 年代，由于对“个人化写作”的不恰当理解，一些诗人将新诗创作导入到一味书写个人呓语、完全与时代和社会无关的诗学歧途上。进入新世纪以后，随着草根阶层的不断觉醒和持续崛起，新诗中底层表述的篇幅日益增多，并逐渐成为重要的话语形态，新世纪诗歌也悄然实现了从悬置当下到回归现实的范

---

① 沈奇：《“自由之轻”与“角色之祟”——有关“新世纪诗歌”十年的几点思考》，《南方文坛》2010 年第 5 期。

式转换。以打工诗歌为例，新世纪10年来，以郑小琼、柳冬妩、许强、罗德远等为代表的打工诗人，都曾有过在东莞、深圳、广州等地打工的不平凡经历，他们一边从事繁重的体力劳动，一边不忘用分行的文字把自我对生活的体验、对社会的思考、对故乡的怀念书写出来，他们的诗歌不是躲在精神的象牙塔里冥思苦想的结果，而是受到现实生存和繁重劳动的炙烤之后的一种心灵反馈，因此较为真切地传递了反映当代社会生活和底层生存状态的信息。张未民将这些诗人的创作称为“在生存中写作”，赞赏他们的作品“充满了真实的现实精神，既有硬度和反抗，也有细腻和妥协，一句话，很现实。没有多少审美的精神幻觉”[①]。张清华也对“打工诗歌”的美学意义进行了充分的肯定，他指出：“我确信它给我们当代诗歌写作中的萎靡之气带来了一丝冲击，也因此给当代诗人的社会良知和‘知识分子性’提供了一丝佐证。在这一点上，说他们延续了一个真正的现实主义的写作精神也许并不为过。”[②] 其实不光打工诗歌是现实生活的直观写照，体现着与现实的血乳联系，另一些被批评家指称为“草根诗人”代表的，如雷平阳、杨键、江非等，他们的诗歌也不是凌虚蹈空的梦呓之作，而是深深扎根在现实的土壤上，是对生活深切体味、对人生反复咀嚼之后所流溢出的真情道白，他们的代表作如《祭父帖》（雷平阳）、《暮晚》（杨键）、《时间简史》（江非）等，都散发着浓厚的现实主义精神气息。

新世纪诗歌的第二个回归是向传统的回归。如果说新世纪诗歌向现实回归有力凸显了新诗的当下性的话，那么，新世纪诗歌向传统回归则是其寻找“中国性”、体现民族气质和民族特性的生动反映。中国新诗是在西方诗歌的影响下生成并发展起来的，这决定了近百年来中国诗人始终在追慕着西方诗人的踪迹，也始终摆脱不了西方诗歌的阴影，由于过度迷恋西方，中国新诗的民族特色和民族个性迄今都不甚显明。新世纪之后，在网络和民刊等优质的发表与传播条件的保障下，中国诗人们在新诗与传统的有效接通上作了多向尝试，也取得了丰硕的成果。比如博客语境下的女性诗歌书写，其诗歌文本有浓厚的传统意蕴，将民族经验和民族性格加以诗意彰显。翩然落梅的《胭脂痣》曰：“今晚，我还会做旧时妆扮/白纱衫缀上茉莉/丁香花籽研做香粉，红玫瑰汁/晕上双唇。我身段袅袅/穿过花园的鲜露水/苍苔冷冷，绣花鞋悄无声息//小楼上那人却浑然不知/尚留月西

① 张未民：《关于“在生存中写作”》，《文艺争鸣》2005年第3期。
② 张清华：《“底层生存写作”与我们时代的写作伦理》，《文艺争鸣》2004年第3期。

窗，烛光微微/舐开窗纸，恰看到他呵/正饱蘸松烟，添画我肖像中最后一笔/锁骨上盈盈的胭脂痣”，读到这样的诗句，我们仿佛睹见一个富有古典气息的女性在清风明月中款款而行的曼妙风姿。通过古雅的意象撷取、幽谧的境界创设和富有传统色彩的人文情怀的吐露，博客时代的女性诗歌充分展露了汉语诗歌的美学魅力，实现了新诗向传统的努力回归。自然，向传统回归不是为了在传统中迷失，而是为了借助古典文化的艺术精神和思想资源，传达现代中国人的生命经验和人生领悟，也就是说，新诗的中国性应该是民族性和现代性的完美结合。

新世纪诗歌的第三个回归是回归自由。新诗是自由诗，自由既是它得以生成的诗学规则，也是它保持生命活力的重要根脉。历史经验告诉我们，当新诗的创作自由受到约束和限制时，新诗创作就将萎靡不振，其艺术性也会大打折扣，而一旦新诗的创作自由有了保障，新诗马上就充满了生机和活力，也为具有开拓性和创新性的作品诞生创造了条件。由于在一个相对宽松的环境中生存和成长，新世纪诗歌宛若春风吹拂下的百花园，具有不同艺术风格和思想情怀的各种诗歌作品在这里争奇斗艳，竞显芳华，新世纪诗歌创作一直都显示出勃勃的生机和繁盛的局面。

新世纪诗歌在实现三大回归的同时，还在价值取向和审美表达上完成了两大超越，即社会学超越和语言学超越。新世纪诗歌在价值取向上紧承第三代，不仅在思想观念上对后现代主义思想进行了更为广泛和深入的吸收和借鉴，而且在诗歌表达中往往走向极端，以“异端的伦理”逻辑生成超规越界的诗歌文本。在新世纪诗歌文本中，有不少标新立异的诗歌作品，充分挖掘了新诗创作所具有的野味和野趣潜能，甚至出现了一些格外扎人眼目、有意挑战传统价值的成品，如尹丽川《为什么不再舒服些》、沈浩波《一把好乳》等“下半身写作”文本，典裘沽酒《鲁迅，我脱掉裤子给你抬棺》、野狼《城市中最牛逼的老鼠》等“垃圾派”诗作。如果按照传统的诗歌美学观来衡量，这些诗歌肯定是不合格的。但如果从中国新诗创作的表现领域拓宽和尝试性努力等层面考评，这些诗歌又显示了一定的诗学意义，它们以其在社会学上的大胆超越，给新诗边界的扩展提供了某种可能。而从语言学层面说，新世纪诗歌几乎将所有的现代汉语词汇都用诗歌的形式一一进行了诗性检测，让所有的词汇都获得了成为“诗家语”的身份与权利。在这样的语言学超越中，现代汉语的诗意空间获得了最大限度的释放，而通过对所有汉语词汇的诗学检验，势必让人们更清楚地认识到：在诗美呈现中，语言的表达功效还是存在着高下之别的，也就是说，并不是所有的语词都适合用来进行诗性言说，这意味着诗歌语言不是日常语言的直录，而是需要对日常语言加以淘洗和拣择的。越界之后还需再度划界，这是重建新世纪诗歌美学的关键环节。

第一章　新世纪诗歌与网络语境

论述新世纪诗歌，网络语境是一个重要的观照点。网络既是新世纪诗歌的主要存在形式，也是新世纪诗歌出现的创作活跃、新作不断、鱼龙混杂的美学局面的客观条件和历史原因之一。可以说，新世纪诗歌的发展始终是和网络纠缠在一起的，自从互联网走进千家万户，中国新诗一下子进入了史无前例的快车道，在网络语境下迅速成长起来的诗人不计其数，他们创作的诗歌数量之大也令人瞠目结舌。自然，在互联网的庇护和怂恿之下，诗人写得太多，写得太快，以一种语言狂欢的态势来对待诗歌创作，也成为新世纪诗歌的显在痼疾。因此，网络语境中的诗歌所具有的麦当劳化、快餐化倾向，值得我们高度的警惕。

第一节　新诗快车道：网络诗歌发展简述

一、新媒体的出现

当20世纪90年代中国诗坛处于一片沉寂状态，诗人们在边缘化的角色认同里踽踽独行时，互联网恰逢其时地闯入了中国文化地盘。互联网的价廉、快速与网络文学作品发表的低门槛性，将人们堆砌文字的创作冲动与发表欲念重新勾起，仿佛在一夜之间，中国大地上冒出了数不清的诗人，他们在网络提供的数字化空间里，利用BBS的特殊窗口，粘贴“发表”自己的分行文字，并同网上的文朋诗友相互“短兵相接”，如切如磋，迅速及时地探讨诗歌技艺，交流写作心得。当诗歌遇到网络，诗歌借助网络的平台而走出低迷状态，重现创作热潮，这已经成为了20世纪末21世纪初中国诗坛一件最令人欢欣鼓舞的大事，正如诗人伊沙所说：“诗人在诗歌网站出没确已构成世纪之交最具新鲜亮点的一大风景。”[①] 网络诗歌的如期出现与极度火爆，令所有对此前中国新诗感到失望甚至失去信心的人们眼前一亮。在互联网出现之后，中国新诗的发展似乎进入了一条快车道，新人、新作如潮水一般不断涌现出来。

回顾中文网络诗歌的发展历史，我们不难发现，网络汉语诗歌最早出现的时间应该是 1991 年，留学国外的王笑飞创办了海外中文诗歌通讯网（chpoem - 1listerv. acsu. buffal. edu）；1993 年 10 月，计算机专业出身的方舟子在互联网中文新闻组（alt. chinese. text）上陆续张贴他的诗集《最后的语言》，但当时引起的反响并不大；1994 年 2 月，方舟子、古平等创办了第一份中文文学网络刊物——《新语丝》（http：//www. xys. org）；诗阳、鲁鸣于 1995 年 3 月创办了网络中文诗刊《橄榄树》（http：//www. rpi. edu/ ~ cheny6/）。1997 年伊始，《橄榄树》改为文学刊物，以诗歌诗评为主，不再是纯诗歌刊物。国内第一家网上诗刊是 1999 年 1 月出现在“重庆文学”站上的《界限》，它力推重庆及海外汉语诗歌精品，在国内外产生了一定的影响[②]。2001 年以后，网络诗歌论坛便如雨后春笋一般大量涌现，纷纷占据了互联网的虚拟空间，给中国新诗界带来了许多新的气象。

网络是一种现代化的传播媒介，这种传播媒介与诗歌的联姻，已经改变了并将继续改变中国新诗的群落分布，改变中国诗人的诗学观念，从而有可能引发中国诗歌书写的深度变革。对于网络诗歌的出现与繁兴，许多学者都是持乐观和肯定态度的，吴思敬先生指出：“诗歌传播新媒体的出现，是诗歌传播史上的一次深刻变革，它在改变着诗歌创作方式的同时，也改变着诗人书写与思维的方式，并直接与间接地改变着当代诗歌的形态。”[③] 王本朝先生也认为：“网络诗歌是中国诗歌史上的新事物，具有文学史的意义。”[④] 网络诗歌的大量涌现，是近百年来中国新诗史上的重要事件，理应引起我们高度重视。对之进行学理化的探讨与研究，对于认清中国当代的诗歌发展状况，了解当下中国诗人的存在境遇与创作心态来说是意义非凡的。

在网络诗歌的强势风暴之下，中国当代诗歌的创作格局发生了很大变化，许多诗人栖落在各自创建或者熟悉的网站上，将自己的诗歌作品和诗学观念公之于

---

① 伊沙：《中国诗人的现场原声》，《中国网络诗典》，马铃薯兄弟编选，南京：江苏文艺出版社 2002 年版，第 347 页。

② 参见王本朝：《网络诗歌的文学史意义》，《江汉论坛》2004 年第 5 期。

③ 吴思敬：《新媒体与当代诗歌创作》，《河南社会科学》2004 年第 1 期。

④ 王本朝：《网络诗歌的文学史意义》，《江汉论坛》2004 年第 5 期。

众，网络为我们提供了一个了解当下诗歌流派构成与风格特征的方便而有效的窗口。以网络为载体而发表与传播的网络诗歌，成为了中国新诗在新世纪的重要存在与表现形态。

二、中国新诗：从民间到网络

民间写作与主流诗坛的分立而治、各显其能，是中国当代诗歌创作领域的一个突出的文化现象，这也促成了民间诗歌发表与传播渠道的不断开辟，诗歌民刊正是在这种基础上应运而生的。20 世纪 60、70 年代，当官方对那种取缔个性、大量使用公共意象的“古典加民歌”的诗歌样式极力推崇的时候，“前朦胧”诗人多多、芒克和食指等，却作为一股民间的力量，在默默进行着追求个性、表达自我的潜在写作。朦胧诗派代表诗人北岛、舒婷、顾城等最早是作为民间诗人出现的，他们的作品也与当时的主流诗潮不相符合，在被正规刊物采纳和诗坛认可之前，最初也是大量刊登在他们自办的民刊《今天》上。《今天》从创办到停刊前后历时两年（1978 年 12 月 23 日——1980 年 12 月底），出版刊物共 9 期，全部为油印文字。在刊物上发表诗作的诗人除前面三位外，还有芒克、白魔（多多）、杨炼、江河、白夜、小青、方含等。

进入新时期以后，尽管诗歌创作的环境较之文革有了很大的改观，但正规刊物所能发表的诗歌相当有限，而且这些刊物的用稿制度还存在很多缺陷，正如徐敬亚指出的那样：“有一点我一直耿耿于怀——严明的编辑、选拔，严明的单一发表，大诗人小诗人名诗人关系诗人……什么省市地县刊物等级云云杂杂，把艺术平等竞争的圣殿搞得森森有秩、固若金汤”[①]。各种刊物形成了各自的圈子，许多有才华有开拓精神的青年诗人被排挤在外，这样，他们对官方的正式刊物逐渐产生了怀疑，失去了信心，只能借助民间的力量，通过自办民刊来发表和传播自己的诗歌作品，“朦胧诗后，这种对公开刊物的不自信，以一场局外的艺术大循环的民间形式出现了：巨量的自印诗集废弃了先进的文字流通形式旁若无人地自生自灭起来”[②]。在徐敬亚、孟浪、曹长青、吕品贵等人于 1988 年编辑出版的《中国现代主义诗群大观 1986—1988》一书里，我们看到了民间刊物的集体亮相

① 徐敬亚：《历史将收割一切》，见徐敬亚等编：《中国现代主义诗群大观 1986—1988》（前言一），上海：同济大学出版社 1988 年版。

② 徐敬亚：《历史将收割一切》，见徐敬亚等编：《中国现代主义诗群大观 1986—1988》（前言一），上海：同济大学出版社 1988 年版。

和民间诗人浮出水面，对这中间的许多诗歌派别和代表诗人诗作，我们至今都还记忆犹新。比如“非非主义”的代表诗人杨黎、周伦佑、何小竹以及他们的铅印刊物《非非》、《非非评论》，“他们”文学社的代表诗人韩东、于坚、小海及其自办刊物《他们》，海上诗派的陈东东、默默、王寅以及著名民刊《海上》、《大陆》等，莽汉主义的李亚伟、万夏以及他们的刊物《现代诗》、《中国当代实验诗歌》等。

然而，到了80年代末90年代初，随着中国社会的经济转型，商业化大潮在中国大地上席卷而来，中国新诗也受到了商业化的重大冲击，刚刚显露万千风采和无限活力的民间诗歌力量又一次消沉下去，不少诗人从诗歌创作的领地纷纷出逃，踏入商海劈波斩浪，诗歌的阵地已严重不保。

网络拯救了处于颓废之中的中国新诗，网络无限敞开的空间、自由自在的发表方式和交流方式以及迅捷便利的传播特性，都给中国新诗的发展重新注入了活力与增长素。网络使民间的诗歌力量再度浮出水面，中国新诗的舞台从民间搬演到网络上来。一些较有影响的诗歌网站，例如重庆李元胜的《界限》、江苏韩东、乌青与四川何小竹、杨黎的《橡皮》、广西桂林刘春的《扬子鳄》、广东凡斯的《原创性写作》、河南森子的《阵地》、广东茂名晓音的《女子诗报》、贵州梦亦非的《零点》、北京桑克与广东莱耳、白玉苦瓜的《诗生活》、北京灵石的《灵石岛》、福建康城的《甜卡车》、四川野川的《三台文学网》、四川绵阳范培的《终点》、湖南吕叶的《锋刃》、上海小鱼儿的《诗歌报》、四川德阳刘泽球的《存在》、河南简单的《外省》、河南安阳石破天的《诗先锋》、福建厦门李可可的《中国诗人》、陕西西安伊沙的《唐》、北京周瓒的《翼》、北京沈浩波、南人的《诗江湖》、北京安琪、谯达摩等人的《第三条道路》、广东深圳七星宝剑的《中华文学网》等，都集聚了许多有潜力的民间诗人，他们以网络这个特殊的场所为基地，不断提高写作技巧，持续发表自己的诗歌作品，从而逐渐获得了人们的认可。网络也是各种民间诗歌团体、诗歌流派的集散地，“甚而可以说，有多少诗歌网站就有多少网络诗歌流派”①。而各个诗歌网站所推出的网刊正在逐渐取代过去自费印刷的纸刊，成为民间刊物的新的表现形式。

---

① 王本朝：《网络诗歌的文学史意义》，《江汉论坛》2004年第5期。

三、网络诗歌发展的几个阶段

十年来的网络诗歌发展经历了若干个阶段，每个阶段都有一些值得回味的事项和特征。江非将这十年来的网络诗歌传承划分为五个阶段，即“早期的BBS时期（1999年以前）、大量的论坛时期（2000—2004年）、综合网站时期（2005—2006年）、网站专栏时期（2006—2007年）和现在的博客时期（2005年至今）”①，江非理出的脉络大致是清晰的，我只是对将早期的BBS时期划为一个阶段存有异议。我觉得，这个阶段是电子公告版时期，网络与诗歌的联姻关系并没挑明，算作网络诗歌的发展阶段稍微有些勉强，而且如今大学校园网站上仍保留着BBS论坛，它是大学生们交流情感、表露心声的最重要的舞台，只不过大学论坛的封闭性和局限性一定程度上妨碍了BBS与外界的正常交流。因此，我倾向于将网络诗歌的发展阶段划分为三个阶段，即网站—论坛时期（2000—2006年）、网刊—专栏时期（2004—2007年）、博客时期（2005年至今）。

诗歌网站与诗歌论坛的出现究竟谁先谁后，这好像是一个不好作出准确回答的问题。一般来说，如果将大型门户网站上开设的诗歌栏目算作诗歌论坛的话，那么很显然，诗歌论坛是在诗歌网站之前诞生的。不过，当诗歌作为一种文体形式在网络之中独立出来的时候，诗歌网站与诗歌论坛的创建与发展机会是同步的。这里以诗歌报网站和论坛为例加以说明。以诗歌报网站创业者之一的石生为例，“诗歌报网站是2000年5月份建立的，一开始的名字叫‘中华诗歌报’，只是站长小鱼儿的一个个人网站。”② 诗歌报论坛也几乎创建于这个时期，最早主持这个论坛的版主除了站长小鱼儿外，还有石生、石破天、见闻、兰逸尘、花语、梦亦非等。也许是出于对新生事物的好奇，初期投身于网络诗歌论坛与网站的诗人们，早晚混迹于此，甚至通宵达旦、足不出户，简直到了废寝忘食、乐以忘忧的地步。诗歌网站与论坛在世纪之初的火爆，与当时人们面对网络这个新媒体给诗歌创作与流传带来诸多便利的新气象是不无关系的，正因为网络上发表随意，讨论及时，修改方便，这与传统诗歌写作与发表相比，存在巨大差异。网络的诸多优势带给触网的诗人们无限的魅惑和强烈的新奇，无论是网站与论坛的版主，还是发帖回帖的网民，都对诗歌网站和论坛充满了好感与热情，他们共同催

---

① 江非：《网络传播革命带来“诗场”巨变》，见江非新浪博客：http：//blog. sina. com. cn/pingdunhu。

② 石生：《我与诗歌报网站：“网络诗歌”的实践与困境》，“诗歌报论坛”，2004年9月20日。

生了网络诗歌的兴旺局面。在网站—论坛时期，比较有影响的网站与论坛有“界限”、“诗生活”、“灵石岛”、“诗歌报”、“中国诗人”、“扬子鳄”、“诗江湖”等。这其中有专门性的网站，如“灵石岛”，专为收罗和刊载古今中外诗歌诗论，并不设立创评互动的诗歌论坛。有专门性的论坛，如“扬子鳄”、“诗江湖”等，只有一个供大家交流、争辩的诗歌创评互动场域，没有静态的网站设置。而多数是论坛与网站的合一体，如“诗生活”、“诗歌报”、“中国诗人”等。

如前所述，诗歌论坛与网站的火爆，倚靠的是诗人们对网络诗歌有别于传统诗歌的发表与传播方式而激起的极大热情，诗人与网络的亲密接触，使这股网络诗歌热潮借助论坛的特殊阵地而波滚浪涌，风生水起。不过，随着人们热情的消减，网络诗歌论坛逐步走向低落期。再者，由于担任论坛版主的诗人们在网上回帖评品大多是从事的义务劳动，大量的脑力投入和精神损耗也促使他们不得不选择适可而止，版主热情的退化和人员的缩编，也影响了诗歌网站与论坛的可持续发展。与此同时，随着论坛主帖的不断增多，网络诗歌的阅读也日益显得困难，精华旧帖的保存也被迫提到议事日程。种种情形的出现，迫使网络诗歌进入了新的发展阶段，这就是网刊—专栏时期。大约在 2004 年前后，“诗生活”、“诗歌报”、“扬子鳄”、“中国诗人”、“诗江湖”相继推出了自己的网刊。一些诗歌网站和论坛也纷纷设立了诗人和诗评家专栏。以“诗生活”为例，诗人专栏早在 2000 年就开始设立，到 2004 年后走向大规模化，截止 2009 年 12 月，“诗生活”共开诗人专栏 647 个，诗评家专栏 52 个，这是众多诗歌网站中阵容最强大的网络诗歌群体。如果说“诗生活”的专栏开设体现为兼容并包的原则的话，那么其他一些网站和论坛的专栏则是走趣味相投的路线。比如“诗江湖”，这个下半身写作的大本营，其专栏诗人包括伊沙、沈浩波、尹丽川、李红旗、南人、朵渔、春树、李师江、巫昂、巫女琴丝等，他们的创作理念是大致相近的，口语和下半身成为其重要的诗学关键词。

博客是英语 Blog 的音译，Blog 为 Weblog 的简缩形式，原意是“网络日志”。它是“以网络作为载体，简易迅速便捷地发布自己的心得，及时有效轻松地与他人进行交流，再集丰富多彩的个性化展示于一体的综合性平台（见百度百科“博客”，http：//baike. baidu. com/view/1509. htm）。”从 2000 年起，Blog 就已经出现在中国互联网的空间，但因当时的中国民众对网络这个新生事物尚处初识阶段，博客的意义和作用并不为人们所懂。直到 2004 年木子美事件出现后，人们才真正意识到博客的重要性。新浪、网易、搜狐、腾讯等各大门户网站纷纷启动博客工程，招揽各行各业的知名人士前来主站，以增加网站的文化品位、人气指数和点击率。诗歌博客的创建也在这个时期蔚然成风。目前，许多成名和尚未成名的诗人都建有属于自己的博客主页，作为发表诗作、迎候朋友、切磋诗艺的一个私人空间。在一定意义上，诗歌博客是此前的诗歌网站与诗歌论坛的简缩版，也就是说，它兼具网站与论坛的若干功能，但它的承载空间比论坛和网站要小得多。每个博客主人都是这个小型论坛与网站的当然版主，行使着发帖、回帖、链接等职权。一些门户网站上的博客，比如新浪博客，还设置有“发纸条”、“加关注”、“收邮件”等多种功能，使博主进入这个空间后，不只是发主贴和作回复，还能从事多项事务，获得更多的情趣与信息。

新世纪10年来的网络诗歌大体经过了上述三个发展阶段，不过现在看来，网络诗歌的历史使命似乎不会在短时间结束。我们有理由相信，随着网络技术的不断完善，网络诗歌还将出现新的面貌，展露新的美学风采。

第二节 审美日常化：网络诗歌的美学属性

一、网络诗歌写作与情感宣泄

从20世纪90年代末期至今，随着新诗与互联网的携手并肩，网络日益成为当代中国新诗最主要的创作平台、发表领地与传播空间。据不完全统计，每天在国内400多家大小诗歌论坛与网站上发表出来的新诗，总数达到4 000首以上(不包括在多家诗歌网站与论坛重复张贴的诗歌作品)。以此推算，每个月出现在网络上的诗歌新作数量要超过10万首。如此可观的诗作数量似乎向我们表明：网络就是新世纪诗歌的一个催生婆，它将无数诗歌爱好者、创作者的创造激情与发表欲望煽动起来，让那些诗歌的“婴儿”纷纷降临到互联网的界面之中，降生到无限敞开的赛伯空间里。互联网正在创造着中国新诗的当代神话。

在笔者看来，从创作情态上来说，网络环境中的新世纪诗歌表现为诗人们在虚拟世界中的一种胸臆倾吐和情感释放。

作为新媒体的网络构建出一个奇幻无比、包容性极强的虚拟世界，一些学者把这个虚拟世界称为“虚拟实在”或者说“虚拟实存”。根据最早引入“虚拟实在”术语的英国人兰尼尔的说法，“虚拟实在”的整个重点在于“分享想象，生活在一个可以互相表达图像和听觉的世界”①。这就是说，网络空间为人们提供了可以诉诸多种感官的艺术世界和在互动之中敞开丰富想象的历史舞台。当主要诉诸想象的诗歌创作与可以让人们“分享想象”的虚拟实在（互联网场域）不期而遇时，自然就会产生出强烈的共鸣和炫目的电光。与此同时，作为虚拟实在的网络空间又是一个可以无限敞开、没有空间限制的虚拟世界，它所依赖的符号本体“比特”是“一种数码信息，它无处不在又处处不在，可以无限贮存任何信息却不挤占任何物理空间，它用‘空中的文字’传递‘海量的信息’却将自己隐而不显”②。如果说传统媒体都有程度不同的时空限度与版面限制的话，那么，网络媒体在空间容载上则是毫无拘束、毫无局限的。正因为网络媒体跟传统媒体比起来有着上述这些独特的优势和特征，它便赋予了当代新诗创作前所未有的自由性、开放性、便捷性与可容性，从而为新诗在21世纪的繁荣与发展提供了相当有力的保障。

充满自由性、开放性、便捷性与可容性的网络世界，为诗人们敞开心扉、宣泄情绪创设了极为有利的技术环境，不少诗人在这里频繁出入，发帖回帖，通过诗歌与人们进行心灵的沟通、情感的交流和生命的对话。在网络诗人那里，创作常常显得相当自由和随意，正如吴思敬先生所说，“他们的写作更多是基于一种生命力的驱使，一种自我实现的渴望，一种无法控制的率性而为”③。有时他们随心所欲的创作甚至还与灌水相提并论，例如垃圾派诗人蓝蝴蝶紫丁香，曾说自己对于诗歌本来是失去了兴趣的，“可是，到了网络以后，我又对诗歌重新产生了浓厚的兴趣，我频频出现在诗歌网站论坛，我在无休止地进行肆无忌惮的灌水。所谓的灌水，不是指发口水帖一类的东西，而是不断地发贴回帖，以文字为水，以话语为水，以情感为水，以诗为水，不断地灌水。思维会越来越活跃，灵感会不断地喷发出来。奇思妙想，在灌水的时候层出不穷。不断地灌水，不断地给诗歌注入新的东西，不断地实验，不断地创造，也不断地分享灌水的快乐”④。蓝蝴蝶紫丁香的“灌水”说，事实上表明了自己网络写作的意图就在于以网络为阵地，以语言和诗歌为媒介，在尽情尽兴的书写之中达到情感宣泄的最终

---

① Michael Heim, *Virtual Realism*, Oxford and New York: Oxford University Press, 1998, p. 16.

② 欧阳友权：《网络文学本体论》，北京：中国文联出版社2004年版，第40页。

③ 吴思敬：《新媒体与当代诗歌创作》，《河南社会科学》，2004年第1期。

④ 蓝蝴蝶紫丁香：《为网络诗歌鼓与呼—在首届“福建青年诗人交流会”上的发言》，诗歌报论坛·诗歌理论与诗歌批评版，http://bbs.shigebao.com。

目的。

网络的虚拟性和面具化特征，客观上也为诗人袒露真实的心灵世界、表达直率的个人喜好准备了条件。在互联网上，诗人的出入是很自由的，没有现实生活中繁琐的身份“认定”和森严的门槛限制。诗人的名号是可以随意取用的，随意选取的某个语言符号起到了遮盖诗人真实身份的作用，诗人因此不用担心自己在网络世界的频繁出场会对现实生活产生什么消极的影响，带来什么不必要的麻烦。他们可以在网络这个无限阔大的虚拟世界尽情舞蹈，肆意狂欢，用分行的文字，将自己对世界的或深刻或肤浅的理解、对人生的或准确或并不准确的认识、对生活的或高或低的要求，书写出来，传达出来。在传统媒体中被称为“作家”、“诗人”的专业人士，到了互联网世界一律改称“写手”，既然是写手，就可以不再考虑作为“家”和“人”所必须具备的语言功力和思想涵养以及理应承担的道德责任和理应遵守的伦理准则，只要有一双手，能写就是了。从毫无顾忌的书写和言说中，也许我们更能准确地窥见诗人们真实的内在心灵世界和情感世界。

二、网络诗歌阅读与艺术采风

新世纪以来不断升温、异常火爆的网络诗歌，既从创作情态上对旧有的格套造成了强大的冲击，也在某种程度上改变了人们的诗歌阅读路径和欣赏方式。笔者认为，从阅读方式上来说，网络环境中的新世纪诗歌成为了读者穿行于文学社区的艺术采风活动。

经常游弋在网络天地、熟悉文学论坛情形的网民都应该知道，文学论坛的格局构造是很有特色的。它是一个集多种艺术形态于一体的丰富所在，往往会将文学、音乐、图像、卡通等交融在一起，从不同方面来刺激浏览者的多种感官，给他们带来立体化的、全方位的艺术享受。从文学的层面来说，绝大多数文学网站和论坛同时兼容着小说、诗歌、散文甚至戏剧，即使是专业性很强的诗歌网站和论坛，也并不排斥小说、散文、戏剧以及文学理论。文学论坛和网站的兼容并包、各体诸备，最大限度地满足了各类读者的不同精神需求。而各种艺术形态同场竞技，共同演绎出的审美境界，极大地改变了读者的阅读习惯、阅读心理甚至阅读思维。有论者这样指出：“在纸张上阅读和在电脑上阅读是两种很不同的阅读方式。如果说前者所面对的纸质文本是单一具体的物质形态的话，那么后者面对的电脑文本是一个非物质性的复杂文本世界，在这里，电脑文本不仅与声音、影像一起共舞，它还与信息、游戏等一起狂欢。"① 可以说，网络中的文学阅读，尤其是对文本形态短小的诗歌阅读，比纸张上的文学阅读更轻松，更自如，也能更及时地捕捉到审美信息，更迅速地获得情感的愉悦和精神的享受。与此同时，网络语境的图文化、镜头化和音乐特质等媒体特征，更赋予新诗以新颖的艺术气质，这些网络特征解脱了传统诗歌文本受约束的板滞样式，使当代诗歌"流动"起来，更接近诗歌艺术的本质，也更受大众的喜爱。

在互联网上，文学（诗歌、小说、散文）、音乐、美术、电视、电影和新闻、消息、快讯一样，都是作为一种信息而被承载和传播的，这和纸质的文学文本是很不一样的。欧阳友权教授指出："依托'第四媒体'的本体存在，网络文学有效利用了互联网的两大优势：强大的媒体容载和共享的信息资源，而这正是书写印刷媒体难以企及的优势。"② 互联网是继报纸、广播、电视之后出现的"第四媒体"，作为这种媒体上"共享的信息资源"，网络诗歌同其他信息一起，进入人们的日常阅读之中。这样，由传统纸张媒体所塑造出的"作品—读者"的文学关系链被网络世界中的"信息—用户"这一新的关系链所取代。如此改变对于文学尤其是对于诗歌来说，是意义重大的。它不仅意味着文学被数字化处理和比特赋形之后，进入了公众流通渠道而获得更快的流传与撒播，还意味着文学已经被迫放下了那种居高临下、唯我独尊的大架子，它终于以平民化的姿态出现在人们的视线之中，给人更为亲切与和善的感觉。而诗歌作为一种自由活泼、短小精悍的文学品种，当它以一种带有文学性的"信息"面孔出现时，由于耗时不多就能给人以某种完整的阅读体验，自然更能吸引网上冲浪者的目光，激发网民浓厚的阅读兴趣，赢得他们最终的青睐。

诗歌论坛的互动性与参与性特征也是致使诗歌爱好者、文学网民去而复来、流连忘返的重要原因。网络的包容性与开放性不仅表现为它对于文学创作者不设门槛，来者不拒，还表现为它能容纳各种不同的观点、意见和建议。在诗歌论坛上，几乎每一个主题帖子的下面，都有一个潜在的、可以无限扩充的话语空间，每个读者可以根据自己的爱憎喜厌，跟帖言说，即时发表自己的观感，提出自己的看法。读者可以自由地与诗歌作者进行论争、讨辩与商榷，可以将原作进行加工、改造、增删、重写，几乎无所不能也无不被人接受，只要这些跟帖没有政治

---

① 于洋、汤爱丽、李俊：《网络文学的自由境界》，北京：中央编译出版社 2004 年版，第 138 ~ 139 页。
② 欧阳友权：《网络文学本体论》，北京：中国文联出版社 2004 年版，第 40 页。

上的偏激或思想上的谬误，它们都将和主帖一起被保留下来、贮存起来。期待同人交往，愿意与人结识，希望向人倾诉，这些都可以说是人的天性，这些天性也都可以在网络之中找到表现的场所，得到一定的落实。尤其是当这些天性的显现与诗歌这一高尚的精神活动联系在一起时，主体所迸发的激情更是充沛的。诗歌读者在阅读过程中的参与和互动，提升了他们的网络阅读兴趣，也调动了他们的积极性和更多的主体投入，使他们能更主动和有效地去探求艺术的本质和规律，去接近艺术的本体和艺术的真髓。

网络上的诗歌论坛除设置有文学的版面外，大都开设了灌水区（不同的论坛叫法有所差别，除了大多数叫“水区”、“灌水区”外，还有的叫“龙王庙”或者“龙门阵”。不过，无论叫什么名称，这个地方都是网民畅所欲言，借用语言与符号来“寻欢作乐”、“插科打诨”的场所）。水区并没有对参与者语言表达的文学性提出什么特别的要求，但也并非完全远离文学、与文学毫无干系的一个地带。在这里，融文学性与娱乐性于一体的打油诗特别常见。打油诗本来就是民间文学的一种独特表现形态，有着趣味性、鲜活性、民俗性和平民化的特征，在艺术内涵上通俗易懂，在写作规范上也无太多讲究，因而成为网络上大量“水民”在灌水过程中喜欢操用的一种文学体式。当我们阅读这些诗作时，将在平易的文本构造中体会到生活的乐趣，获得某些精神上的快慰与满足。

三、日常生活的诗意赋形

网络环境中的新世纪诗歌不仅在创作情态和阅读方式上较之上个世纪有着很大不同，而且还显示出了新的诗学意义。新世纪诗歌借助网络的草根性生存与普泛化播撒，给人们的生活增添了富于浪漫主义色调的诗性氛围，从而在某种程度上实现了日常栖居的诗意赋形。

当今人类已步入数字化生存的时代，各种信息都能通过数据处理后借助因特网的电子媒体传输和扩散开来。随着网络纤维的不断延伸和四处蔓延，将有越来越多的人通过网络走近文学，认识诗歌，进而与之结下不解之缘，用它来充实自己的生活，寄托自己的理想，释放自己的情感。网络自始至终具有的自由性、开放性、随意性与生活本身的自由开放之间形成了某种同构关系，同时，无处不在的网络信息又不时地满足了人们随时可能兴起的阅读热望和猎奇渴求，网络的这种方便快捷优势是传统媒介无法比拟的。尼葛洛庞帝曾将书籍和电子文本二者作过一个比较，他指出：“书籍不仅印刷清晰，而且重量轻、容易翻阅，价钱也不是太贵。但是，要把书籍送到你的手中，却必须经过运输和储存等各个环节。拿教科书来说，成本中的 45% 是库存、运输和退货的成本。更糟的是，印刷的书籍可能会绝版（out of print）。数字化的电子书却永远不会这样，它们始终存在。”① 这里所说的数字化电子书的“始终存在”，不仅强调了这种电子书因可复制性强而带来的广泛流通，也说明了它的无所不在、取阅方便的特性。互联网上承载和流传的诗歌作品，正是这样一种“始终存在”的电子文本，是诗歌爱好者可以随时去点击、浏览、下载以至存档的数据库，它们时刻停留在万维网的虚拟空间里，守候在某个网络地址的端点上，随时恭候读者鼠标的碰触，随时准备用分行的文字去点燃人们的激情和理想，提升人们的精神生活内涵。

“始终存在”、永不绝版的诗歌电子文本在网络世界的葱茏问世、方兴未艾，为当今的诗歌爱好者和普通网民营造了一个诗情浓郁的人文氛围，进而在某种程度上实现了日常生活的审美化与审美的日常生活化的高度统一。进入新世纪以来，大小诗歌网站如雨后春笋一般不断诞生和涌现，迄今已逾 400 家。最近几年来，更具个性化的博客又流行和普及起来。因为博客的空间容载量一般是很有限的，所以它更适合于微型小说和抒情诗的发表与传播，这就不难理解为什么网络中的相当一部分博客是诗人创建的了。博客这种栖居在网络之中的电子记事本，通过不断更新和多方面链接，构造出一个个散发着浓郁文学气味的朋友圈和意义群，使网上冲浪者能不时领略到文学的风采与魅力。如今，上网已成为了人们的一种生活习惯，对于诗歌爱好者来说，进入诗歌网站和论坛去阅读与写作，也成了一种极为普通的日常行为，他们的生活与审美也因此构成了一种互动互生的意义关系。可以想见，随着中国电脑技术的逐步发展和互联网的不断普及，被诗情诗意所熏染和笼罩的年轻一代、更年轻一代的公民将会成倍地增长。诗意化的氛围会越发浓厚，生活的审美化与审美的生活化也将越发成为二合一的事情。

互联网环境中的新世纪诗歌在创作、阅读与诗学意义上，都对 20 世纪中国新诗的美学规范进行了较大的冲击、改写甚至颠覆，因此，要想更准确地认识新世纪诗歌的庐山真面目，我们必须建构一种新型的诗学范式，这就是“网络诗学”。新建的网络诗学，要求我们对互联网语境下诗歌的艺术本质、表现形态、文本特征、传播方式、鉴赏策略以及诗与世界的意义关系等方面加以系统的研究和阐发，作出一些新的定位。在笔者看来，建构网络诗学可能是新世纪诗歌研究中一个极为重要、意义非凡的理论课题。

---

① 尼葛洛庞帝著，胡泳、范海燕译：《数字化生存》，海口：海南出版社 1997 年版，第 25 页。

第三节　大学与网络的联姻：新世纪校园网络诗歌

中国新诗自诞生以来，就与校园有着密切关系，结下了不解之缘。龙泉明先生曾指出："校园始终是诗歌的最佳实验场所。大学生始终是诗歌这一先锋艺术最活跃的因子。"[①] 吕进先生甚至认为："可以说，中国新诗就是从校园诗歌开始的。留日的郭沫若等推出了中国新诗的浪漫派，留英、美的闻一多、徐志摩等组成了中国新诗的新月派，留法的李金发等形成了中国新诗的象征派。"[②] 新时期以来，随着校园诗歌社团的蜂拥出现与校园文学活动的丰富繁盛，校园诗歌在新诗之中的地位显得更为突出，有论者这样认为："大学生诗歌已成为一股重要的诗歌力量，参与和推动着中国当代诗歌的建设与发展"[③]。而今，在互联网成为新的历史时代中最通用的交流手段和资讯工具时，校园诗歌的电子承载与网络流传已经成为当代诗歌创作中的一大景观，校园网络诗歌构成了时下中国校园诗歌的重要文本形态。本文拟从校园网络诗歌与大学文学论坛、与80后诗人群的关系以及校园网络诗歌的审美特征等三个角度，来描述校园网络诗歌的现实状况，揭示它所蕴涵的诗学意义。

一、校园网络诗歌与大学文学论坛

校园网络诗歌产生与存在的基本阵地，应该是各个大学的BBS论坛与文学网站，这样的论坛与网站成为校园诗歌爱好者与青年诗人们交流诗歌创作体会，提高诗歌表达技巧，从而走向中国网络诗坛的最初的舞台。从20世纪90年代末起，各个大学都相继在互联网上建立了自己的学校网站，与此同时，几乎每所大学都开设了供本校师生（主要是学生）交流信息、发表言论的BBS论坛。大学BBS论坛是一个集学习、生活、文化、娱乐于一体的复合型网络媒体形式，在这个复合型的网络媒体形式里，"诗词歌赋"（或"现代诗歌"）是其中必不可少的版块之一。可以毫不夸张地说，有多少高等学府，就可能有多少BBS论坛下设的"诗词歌赋"原创区。大学BBS中的"诗词歌赋"（"现代诗歌"）原创区，

---

① 转引自张洁宇：《校园：诗神钟爱的地方》，《中华读书报》2003年4月16日。

② 吕进：《校园文化与校园诗歌》，《江汉论坛》2003年第7期。

③ 汪云霞：《反思与探索——当代大学生诗歌创作研讨会综述》，《诗探索》2003年第1期。

自然就成为了各个大学的诗歌爱好者练笔的场所，切磋诗艺的空间，感受大学诗歌氛围的最基本地带。笔者曾在2005年12月初（截止到12月11日）对国内十多所重点大学（包括北京大学、清华大学、复旦大学、浙江大学、南京大学、北京师范大学、南开大学、上海交通大学、武汉大学、中国人民大学、兰州大学、西北师范大学等）的BBS论坛中的“诗词歌赋”（或“现代诗歌”）版块进行了初步的考察，对相关数据作了一定的统计，从这些数据中我们可以看到校园网络诗歌在BBS论坛上体现出的某些共同特征。

首先，校园网络诗歌起步的时间大约在2000年初，2001—2003年间取得较大发展，2003年后已经形成了一定的气候和规模。也许是得电子计算机技术领先之助，上海交通大学和清华大学网络诗歌创作起步最早，在所有大学BBS上，我们能发现的最早“发表”的一首新诗，是上海交大BBS“饮水思源”站“现代诗歌”版块里fouca的《午睡》①，发表时间为2000年1月5日；其次是清华大学BBS“水木清华”站，第一首是yymemory（由jsdeng贴出）的《失恋者手记》②，时间为2000年10月18日。其他大学最早发表的诗作一般在2001—2003之间，比如北大BBS“未名”上发表的第一首诗是quarkman的《独角仙的童年》③，时间是2001年12月30日；复旦大学BBS“日月光华”里的是jiangfeng（蒋峰）的《我的诗歌几首》④，时间为2003年6月24日；浙江大学BBS“海纳百川”站里的是Hiric的《百合花》⑤，时间为2002年3月25日；武汉大学BBS“珞珈山水”里的是bluerhorse创作的《梦一场》⑥，时间为2001年2月9日。

其次，在各大学BBS诗歌版块里，往往是新诗与旧诗同台竞技，原创与转载各显其能。其原因大概在于，许多大学诗歌版块都名曰“诗词歌赋”，本身就显示了其承载内容的多样性、包容性特征，比如北京大学、清华大学、武汉大学等。另外一些命名，如复旦大学的“诗歌”，中国人民大学的“诗情无限”，华东师范大学BBS丽娃河论坛的“丽娃文学”也体现的是这种包容性，那么新诗和旧诗的同时出现自然就在情理之中了。即使有些大学的版块设置里明确标明是

---

① 见http://bbs.sjtu.edu.cn/frame2.html。

② 见http://bbs.tsinghua.edu.cn/frames.php。

③ 见http://bbs.pku.edu.cn/frames.html。

④ 见http://bbs.fudan.edu.cn/bbsmain.html。

⑤ 见http://bbs.zju.edu.cn/default.html。

⑥ 见http://bbs.whu.edu.cn/。

“现代诗歌”，如浙江大学、上海交通大学，但我们看到的还是新旧诗同聚、原创转载混杂的情形。这在某种程度上也反映出大学生中的许多诗歌爱好者文体意识还不强，创作水平较有限的特点。文体意识不强，所以新诗也写一点，旧诗也写点，尽管二者都还很稚嫩；创作能力有限，所以原创的贴一些，看到别人写的好诗也贴一些。同时，论坛自身所具有的宽容与自由特性也使大学生们的这些行为都得到了认可。当然，随着校园网络诗歌的不断完善和校园网络诗人创作水平的进一步提升，对新旧诗文体的明确区分，对诗歌原创的更加重视等，将成为大学 BBS 诗歌版块中的新亮点。

再次，各大学 BBS 上诗歌的发帖量存在很大差别。论坛发帖受多方面因素的影响和制约，既包括客观的因素，如计算机和网络上的技术支持、论坛开办的时间长短、论坛的稳定性等，也包括主观的因素，如学校有关部门对论坛的重视程度和宣传力度，学生对论坛的参与与投入程度等。在所考察的学校中，发帖量最多的是南京大学 BBS 小百合站，有帖子数 9 851 个；其次是清华大学，发帖量为 9 627 帖。其他高校一般在 2 000 ~ 5 000 之间，北京大学是 3 265 帖，浙江大学是 3 192 帖（其中主题帖 1 822 帖），武汉大学是 4 918 帖（其中主题帖为 2 941 帖）。相比之下，复旦大学的发帖数量较少些，只有 1 608 帖，其中主题帖子仅为 613 帖，此种情形与这个老牌文科大学的身份不太相称，出现这一情况也许与论坛宣传与管理投入不够有关。

大学 BBS 中的诗歌版块为校园诗人提供了一个很好的交流空间和创作平台，但它并不是校园网络诗歌生存的唯一地盘，实际上，不少大学除面向全校的校园 BBS 外，在中文系（文学院）也有自己的文学论坛，这里聚集的创作人员一般是来自中文系（文学院）的本科生，因此，这里的诗歌作者水平更专业，发帖更积极，质量相对也更高一些。北京大学中文系主办的北大中文论坛，辟有“现代诗歌原创区”，我在 12 月 11 日进行统计时，发现这里有帖子 34 197 帖，其中主题帖为 11 073 帖，可谓数量惊人。在置顶的帖子中，有“原创精品”、“外国诗歌推荐”和“诗论专栏”等固定的栏目设置。此外，北大中文论坛内，还有学生开设的个人文集（blog，“博客”），其中博客用户有 131 人，发表文章最多的是莹雪，总共有 105 篇文章，大多是原创的新诗与旧体诗，还有一些诗论词论文字。北京师范大学文学院中文论坛显然对现代诗歌格外重视和强调，在文学原创区里，有三个置顶的篇目分外显眼，它们分别是木叶的诗歌集子“木叶集”，雨纸的诗与散文合集“雨纸册”和纯粹者的诗与诗论合集“纯粹者说”，文集的主题帖数依次是876、463和146。作为地处甘肃的两所高校，兰州大学和西北师范大学中文系主办的中文论坛也各有特色。兰州大学中文论坛将原创天地这个栏目划分为“叙述类”、“戏剧类”和“抒情类”三个版块，诗歌作品一般贴在“抒情类”版块中。西北师范大学中文系主办的“我们文学”论坛，虽然开办时间不长（2002年11月始），其诗歌栏目“诗路花语”上的发帖数也不大（有主题帖222个），但有相对集中的创作群体，而且诗歌的质量也不错。笔者做过初步统计，发帖排在前四位的分别是无祈（40帖）、西北偏西（34帖）、柳絮衣裳（33帖）、龙飞凤舞（9帖），其他的作者发帖相对少点，只发1－2帖的占大多数。笔者仔细阅读了其中的诗歌，发现有不少相当出色的作品，比如肃南的组诗《焉支之约》，分别对千里陇原上的山、水、森林和牧羊女进行了诗意描画，写得清新婉丽；西北偏西的《岁末十四行》中有这样的诗句：“每条围巾下面都裹着一个冬天/每双眼睛里都写满了冷寒的字眼/在一种干燥而微弱的呼吸声里/天空变成一团团呵出口的热气”，准确地勾勒出西北大地冬日的冷寒情状，全诗在寒冷的形象写照里寄寓了对“年轻日子”的深切缅怀。

尽管大学BBS和中文系（文学院）的文学论坛为校园网络诗歌的生存与发展提供了极好的阵地，但相对于国内一些知名的诗歌论坛（如“诗生活”、“灵石岛”、“界限”、“扬子鳄”、“诗江湖”、“诗歌报”、“新诗大观”等）来说，大学的文学社区和论坛还显得较为封闭，较为冷清，而且信息反馈迟缓，互动性也不强。因此，大学内的这些文学社区和论坛多半只是一些诗歌爱好者与初学者练笔的场所，诗歌水平稍微高点的校园诗人（尤其是“80后”诗人群）已经不满足于在这些论坛上发帖评帖，他们纷纷走出校园，走向更大的网络空间，参与当代网络诗歌乃至当代诗歌的对话与建设。这就引发了我们对下面问题的关注与思考：校园网络诗歌与“80后”诗人群是怎样的关系呢？换句话说，“80后”诗人群在校园网络诗歌中扮演着什么样的角色，具有怎样的意义？

二、校园网络诗歌与“80”后诗人群

笔者一直认为，“80后”诗人是一个没有多大意义的文学命名，因为这个语词中的“80后”是一个时间跨度太大、含涉对象过多、内涵极不确定的年代表述，不具备文学流派所要求的概念周严性、精密性以及对象的明确性和创作风格的近似性等条件。在命名的当天，“80后”的理论发言人丁成就已承认，“80后

目前正处于一个群体混乱状态，没有一个相对稳定的秩序”①，可以说，这种对象的混乱很大程度上也是表述不当造成的。当然，为了确立它的合法性，丁成还是坚持认为“80后”这个术语所称述的对象以及具有的实质是相当明确的，他说：“80后，顾名思义，是在‘朦胧诗潮’和‘文革’过后，政治文化形势相对比较稳定的80年代出生的一拨人。是当下中国诗坛最年轻的一代诗人。由于他们先天性地避过了政治和文化上的‘风暴’期，不似此前的‘60后’、‘70后’甚至‘中间代’诗人那样经历丰富，他们没有走过‘艰难的岁月’，没有受过多少生活的‘磨砺’。相反他们出生的年代正是一个物质逐渐变得宽松的年代，他们是中国最‘幸福’的一代诗人，几乎都是在父辈的宠爱和呵护下长大，所以在诗歌文本上自然而然的体现出一种‘放纵’和‘躁急’。但是这种‘放纵’和‘躁急’对于当下日益困窘、日益老化、相对缺少激情的中国诗坛来说未尝不是好事！”② 在这段话里，丁成尽可能清晰地描述了“80后”区别于他们前辈的特定生长环境与文本特征，然而正如一些质疑者所说的那样，“80后作家”们在启用年代来称冠一个创作群体时，又武断地阉割了数字本身的真实意义：“‘80后’这个词本身对目前被命名在这一群体之下的写作者就是苍白无力的。大多数命名者都将一大批出生在70年代末的诗人归到‘80后’的麾下，并粗暴地忽略了1985以后出生的这一时代的另一半人”③。所以，对于未来的文学史叙述来说，“80后”也许将是一个很难取用的流派称谓（相应地，“60后”、“70后”也存在如此危机）。正因如此，诗人韩东一针见血地指出，“80后”命名的最大有效性也许是那种对于权力的渴求：“如果以年龄来划分写作群体，我以为唯一的问题就是权力。写作、出版、传播、批评、奖励，这些权力都是实实在在的，都是经年累月积攒起来的。除了权力，其他的都只是借口，都只是口实而已。如果以年龄划分写作，划分写作的人，权力乃是彼此都心知肚明而不被捅破的一个脓包。年轻人为什么那么‘冲’？那么大言不惭？因为深感自己没有权力而要鼓足勇气。中老年人为什么那么冠冕堂皇？那么顾左右而言它？因为需要‘维权’。谁如果超越权力的制约，自然也就超越了这纠缠不休的年龄。但，这

---

① 丁成：《推杆进洞的愿景与现实——80后生存现状》，《诗潮》2004年第1、2合期。

② 丁成：《光阴下的80后》，http：//yanruyu. com/jhy/author/11807. shtml。

③ 老刀：《命名·民刊·后现代及其他——〈蓝星·“80后”文论卷〉阅读手记，兼评“80后”》，http：//yanruyu. com/jhy/author/24226. shtml。

的确是困难的。”①

不过，当我们站在校园诗歌的视点上看待“80后”，尤其是从校园网络诗歌的角度出发来审视“80后”时，这一命名所隐含的文学史意义却能被鲜明地照亮。“80后”诗人在校园网络诗歌的诗学区间里，将获得显在的意义赋予和功能释放。首先，目前得到诗坛认可的“80后”诗人，大都是从大学校园走出的，阿斐毕业于北京理工大学，丁成毕业于江苏某职业大学，三米深2005年从福州大学金融系毕业，熊盛荣和田荞都曾是四川大学哲学系的高材生，嘎代才让2003年毕业于甘肃合作民族师专藏语言文学系，小凯的大学生涯在地处成都的西南财经大学度过，刘东灵2004年毕业于西南师范大学文学院，潇潇枫子2000—2004年在福建师范大学音乐系度过了大学时光，人面鱼2005年从云南大学获得本科文凭，蓝色冰独来自辽宁渤海大学新闻系，师永涛还在地处桂林的广西师范大学继续苦读，茱萸刚踏入同济大学不久……这些“80后”诗人的诗歌经验主要是由具有自由精神与开放空间的大学校园和网络诗歌论坛共同给予与培植的，他们也以校园诗人的特殊身份，在网络诗歌界广泛出击，张贴自己的诗作，发表有关诗歌的言论，从而逐渐引起人们的注意，并最终获得人们的承认。其次，大学校园保证了“80后”这个语词所具有的开放性与未完成性意义能最终得到贯彻和落实。严格地说，当下在诗歌界取得一定影响的“80后”诗人并不是这个称谓下的全集，他们只能是80后——82前、83前、84前最多85前的诗人，而85后的青年还在成长中，他们迈入大学不久，或者即将迈向大学。当这些“85后”的青年陆续成为大学生时，他们之中必定会有一些人将追随师兄师姐的脚步，跻身网络诗坛，从事诗歌活动。当他们不断成长起来，也理所当然地可以承接“80后”诗人的封号。四年一个周期，一年一个轮回，“80后”不断有人从校园走出，又不断有人跨入大学门槛，“80后诗人”就在这轮回之中从大学里不断涌现，不断生长，进而为中国当代诗歌贡献出一批批的创作生力军。可以预见，以大学校园和网络诗歌论坛为依托而不断成长与成熟起来的“80后”诗人群，将是新世纪上半叶中国新诗中的一道极为亮丽的风景线。再次，把“80后”限制在“大学”的话语空间，也有利于阻止这一语词的意义泛化，用大学校园、当代大学生等文化符号来饰扮和制约“80后”的意义指向，可以有效防止它的泛社会化倾向，并弥合其大而不当的表述缺陷。“80后”与校园网络诗人在很大程

① 韩东：《谈“80后写作”》，http：//yanruyu. com/jhy/author/47604. shtml。

度上是叠合的，这叠合的部分，也就构成了当代校园网络诗歌的骨干分子和中坚力量。

来自大学校园的“80后”诗人在网络诗歌论坛的强势出击与异常活跃，体现出校园网络诗歌在当代诗歌创作中的多重意义。其一，“80后”诗人借助网络这个大众媒体，把校园内的诗歌创作信息带向了当代诗坛，展示出校园诗歌创作的庞大阵容与不俗实力。2003年底，野草论坛曾举行“80后诗展”[①]的大型活动，其中涉及的诗人有来自广东的唐不遇（2002年毕业于中央民族大学）等8人，来自福建的潇潇枫子、三米深等12人，来自安徽的林溪（2003年在辽宁大学中文系毕业）等10人，来自四川的田荞、刘东灵（应为重庆）等9人，来自浙江的子溪等10人，来自贵州的熊盛荣等5人，来自湖南的荒地（就读于湖南文理学院）等3人，来自湖北的小凯等3人，来自云南的叠水（2005年毕业于西安外国语学院中文系），来自广西的萧风十一郎（2005年毕业于广西师范大学数学系）等3人，来自北京的木桦（毕业于沈阳师范大学中文系）等4人，江苏的丁成等6人，河南的刀刀（2004年毕业于吉林大学）等3人，河北的山上石（河南某理工大学毕业）等2人，陕西的人面鱼，辽宁的蓝色冰独等3人，内蒙古的阡陌尘子等，共计80多人。这中间的大多数人当时都正在高校就读，他们的整体出现，充分展现了当代大学生的艺术才华，也让诗歌界目睹了校园诗人一次精彩的群体演出。其二，“80后”诗人以当代大学生对于诗歌的真挚热爱、对诗神的虔敬呵护和对艺术的不倦探索，对网络诗歌进行了卓有成效的艺术改造与审美提升。网络诗歌的兴起，既带来了诗人创作与发表的自由空间，也为各种异样的诗歌形态纷纷出笼创造了条件，“下半身”写作、崇拜低俗、垃圾运动等，纷至沓来，自由的滥用、语言的狂欢与伦理的越界等情形，使网络诗歌一时间呈现出一派乌烟瘴气。从校园走来的“80后”诗人，则带着中学语文课堂与大学文学史教育中获得的对于中国新诗的美好印象与纯洁记忆，闯进网络诗坛，他们以质朴而高尚的思想自觉和节制干净的语言表达，维护了新诗的艺术形象。徐江这样描述过“80后”诗人人面鱼的情形：“2004年11月20日至12月2日，一个名叫‘人面鱼’的大四学生，在停顿了几个月的时间后，连续在‘诗江湖’、‘个’、‘唐’等诗歌论坛上，连续贴出两组新作，其中多首作品，以超乎作者年龄的沉稳和冷峭，令原先熟悉这个名字的人刮目相看。几乎同时，伴随着载有一

---

① http：//bj3. netsh. com/bbs/126168/25/62032. html。

系列不健康内容的前后‘垃圾派’、‘第三条道路’等成员的骂贴泛起网上，人面鱼迅速加入到了那些对论坛生态进行维护的诗人们的行列。”并特地指出，人面鱼诗歌“充满质感的酷，不只是靠语感和言说意识来完成，它还潜藏着一位年轻诗人独特的世界观与美学标准。人面鱼现就读于云南大学中文系，他所在的‘银杏’文学社，是当年于坚等人创办的”[①]。人面鱼是校园网络诗人中的一个代表，“80 后”诗人们在诗歌论坛大都充当着这种新诗护卫者的角色，他们起到了促使新诗健康发展的调节作用。其三，“80 后”诗人还借助网络赋予的自由、平等权利，与他们的诗歌前辈一起，深刻反思当代诗歌中的现象与问题，展开广泛的诗学对话，体现出年轻大学生们独特的审美眼光与高度的理论自觉。他们反思过“第三代”以来的新诗发展道路，也探讨过诗歌在网络、民间与官方等不同领域中体现出的差异和联系，也试图预测未来新诗的发展前景。他们尽管受益于诗歌网络论坛，但对网络诗歌创作隐藏的危险性也保持着高度警惕，被推举为“80 后”中“宋公明”的熊盛荣曾著文指出：“网络带动了一大批 80 年前后出生的青年诗人的成长，他们在自己的领地上摩拳擦掌，要发表自己的‘独立宣言’（事实上他们根本没有与前一代相对抗和断裂的资本）。因此，放眼整个网络诗坛，呈现出一派欣欣向荣的春天景象，成为传统诗坛新的增长点，并为之提供一种复兴的可能和契机。但是，透过网络诗歌的表层，我们看到的是狂欢后的浮躁和苍白。”这种“浮躁”与“苍白”，最终导致了“网络诗歌让我们过目即忘”的后果。[②]“80 后”校园网络诗人在诗学问题上的认真思考与积极发言，显示出年轻一代对中国新诗的历史与现状、前途与命运的敏锐洞察和密切关注。

三、校园网络诗歌的审美特征

随着教育改革的进一步深化和通讯信息技术的飞速发展，歆享了素质教育硕果的当代大学生，其人文素质较之以前有了很大提升，他们具有了更宏阔的思维视野、更广博的知识涵养和对时代社会更深厚的领悟能力，网络又为他们展示知识和技能提供了及时的场所和舞台，这使得当下校园网络诗歌创作无论在主题的选取还是情感的表达上，都体现着鲜明的时代特征和独特的审美韵味。当代校园

---

① 徐江：《点击 80 后：人面鱼出场》，原载《特区文学》，转引自 http：//my. clubhi. com/bbs/661550/30/ 40265. html。

② 熊盛荣：《网络诗歌：狂欢后的浮躁和苍白》，《山西文学》2002 年第 9 期。

网络诗歌在主题的选取上，主要体现出如下特点：

首先，地域风情的传神写照。如果说20世纪80年代的校园诗人侧重于描述校园生活的话，那么，在有了一定的文化积淀和诗学经验之后，当代校园诗人不再满足于仅仅将思维触角局限在课堂内外这狭小的活动范围，他们已经走出校园，把目光投注在历史意味更浓厚、文化价值更充分的地域空间，对特定地域所具有的风土人情和蕴涵的历史深意进行书写和敞现。在熊盛荣的“黔南”系列组诗中，贫瘠的大西南边地，生长着无数勤劳的庄稼汉子，尽管在这里，“随处可见的/是山峰，山峰连接着山峰/是石头，石头重复着石头”，但是，“一片被阳光打磨和风雨磨炼的息壤/ 拒绝懒惰的双手和浅薄的目光/接纳诚实的劳动和歌唱/ /比如梯田层层，像老祖母额上的道道皱纹/ 生长的庄稼和民谣一样的蓬勃和茂盛/ 风吹黔南，我看到十万镰刀扑向丰收的大地”，这里随处可见的是，“劳动的背影像蚂蚁、像细沙”（《在黔南》），人们“在二亩薄地和三分瘦田上追赶寒暑”，“又在一遍遍地挖掘着雨水和阳光”（《家乡》）。在诗人笔下，“黔南”不仅是关于勤劳和含辛茹苦的隐喻，还是一个积淀了深厚民族传统的文化符号。黔南偏北那个叫瓮安的小村庄，有着“火的魂，泥的胆”，“瓮：炎黄的传世衣钵/装着母亲的背影和父亲的酒歌/装着平民人家的炊烟和灯盏/让我摸到最初的鱼纹和祖先的血脉”（《黔南：瓮安》）；黔南的水深烙着历史的印痕，这是“百越之水。神赐的水/是水族的水。水：一个宗族的称谓/让我溯流而上，沿途记下：水龙。水廷。水尾……”（《黔南：水族的水》）；当婚嫁的喜庆笼罩黔南，那坐在正月的花轿上被称作“咪彩”的姑娘，如此的妩媚动人，“绣一针就柔情万千的咪彩/唱一声就山歌四起的咪彩/比一滴露水纯净，比一只鸟儿轻盈”（《黔南：正月的花轿》）。熊盛荣的“黔南”世界显得淳朴迷人，嘎代才让的“草原”则闪烁着神性的光芒，记忆中的甘南“睡在草原的绿色中/风一阵阵吹进与我共眠的羊群之侧//这个安静不了的有鹰的草原深处/能看见野花中奔跑的一匹马携带的哀伤/这忧郁，最后一次覆盖了它的面目”（《甘南记忆》）；冬日的乡村显出几分神秘，“黑夜的注视下：马车和一群羊穿过/村口的木桥/然后，格桑盛开在黎明前的岗子上”（《印象派画册中的冬日乡村》），那奔驰在草原上的白马有着神奇的魔力，“那匹白马始终坚持守着一种信念：踩着祥云/带我进入澄清的天空后，/马蹄要绕过花香，绕过河水，绕过桑烟袅袅的地方”（《素描：草原上出现一匹白马》）。从这两个校园诗人对地域风情的形象采写里，我们看到了当代大学生浓郁的乡土依恋和深刻的历史感悟，他们把地域文化的风采与民族传统的神韵进行了生动的展示。

其次，爱情季日的青春审视。爱情是人类永恒的主题，更是年轻人青春岁月里无法回避的生命主旋律。当代校园网络诗人不仅对爱情生活中的心灵体验作了诗情洋溢的描画，也对爱情本身具有的人生和社会意义进行了独特的审视。在诗人看来，想象中的恋人始终绽放着无限的美丽：“女孩儿的名字/是我折出来的美丽//我折一只漂亮的蝴蝶/在青春的花季/金盏菊次第开放/开成我眼中灿烂久了的/热爱//那个美丽的秋天/你打着花纸伞/站在远方/却撑圆了我整个温馨的/世界”（司马雨《女孩儿》）；渴望爱情的人也许是一只“等爱的狐狸”，“你”的到来令“我”难以抵御：“你的脚步声越来越近/会召唤我出洞穴/如果你驯养我”（刘芝艳《等爱的狐狸》）；收到女友寄自远方的照片，那是多么甜蜜的事情：“又收到小颖寄来的照片/依旧清秀绝俗/……//美丽的小颖，我钟情的姑娘/穿过青草、鸟鸣和流水/把花香和阳光带到我的身边/把我的记忆又带到从前”（熊盛荣《小颖，小颖……》）；沉浸在爱情天地里的情侣，幸福会写满他们的心窝：“天堂降下华美的盛宴/烦恼已被虹霓酿成美酒/拥抱着爱以及摇滚/今夜只有你和我/那就慢慢地走 慢慢地/把湖岸画出一个圆”（徐子芳《湖岸》）。对待爱情，青年人往往借用大胆的想象和虚构来尽可能美化她、圆满她，使她时时处处都显得魅力四射，光彩照人。因此，在校园网络诗人的诗歌里，爱情常常被涂抹上一层理想的色彩，镶嵌上一圈耀眼的光环。即使爱情遇到了波折，忧伤凭空袭来，他们也相信，温情的手臂可以遮挡一切风雨：“忧伤的枝条横在前面/不要害怕，更无须回头。亲爱的/相信我，我的手臂是忧伤延伸不到的地方”（吾同树《忧伤的枝条》）。自然，校园诗人们也认识到，爱情不仅是一种生命的美好，更包含着一种无可推卸的责任，当爱把两个年轻人联系在一起，彼此的关心和照应也就应运而生：“我们不停地谈论，/关于小草的羽毛，蝴蝶的/尾巴/甚至你牙缝里的/褐色小斑点。一切都是那么平静/像青菜叶子上的小气泡。而这一切，我把它都/给予你，关于神秘、信念/关于一个人走过街道时的沙沙声，关于爱”（小凯《责任》）。

再次，日常事物的诗意烛照与理性透视。当代校园网络诗人的视野是异常开阔的，感觉也格外锐敏，他们往往能在日常事物中发现诗意的所在，也能用年轻人特有的锐利目光来穿透现实物象，抓攫出某种本质性的人生折射与世界真谛。蓝色冰独这样写清风吹拂下的河流与倒影构成的“几何”图形：“退潮的阳光里我看见/我的影子和风一起倾斜/河流也倾斜/学校和河流/保持平行”（《几何》）；

雪马诗歌中所写的亮晶晶的“星星”，“每颗滴着涎水”，“好像刚从女孩儿嘴里/滑出来的棒棒糖/黏在阳光下”（《那么亮着》）；“搬家”本来是一件烦琐的事情，毫无美感可言，但小凯写来却意趣横生，诗意盎然：“你把声音包起来，把你养的花/采花粉的蜜蜂/都搬走。还有每个清晨窗台上的露珠/肥胖房东走路的沙沙声/你每晚踱步的地方……/都搬走”（《搬家》）；大象从人身上踩过的情形也许是令人十分恐惧的，但刘东灵却不这样认为，他写道：“我一直希望着有一天/一头大象用它肥厚、宽大的脚掌/从我身上踩过/我觉得/我肯定不会感觉沉重/而是一种说不出的轻盈/正因为这轻盈说不出/所以我一直很期待/如果它踩着路过我的时候/用它那长长的鼻子嗅闻我/我也希望它能够确认/我是一个人/曾经也想做一头大象”（《大象》）。除了将日常生活进行诗意描画外，校园诗人们还对深藏在事物内部的某些本质和规律进行了理性的透视和提炼。田乔飞透过城市的喧嚣，看到的是某种无法回避的社会灰暗：“当疾病和贫穷进入城市的血管——/漫长、繁芜、浓密，像多年未清理的信件/每个页码都生长着时间的斑点。”（《有关九眼桥》）同样是写“钓鱼”，阿斐看到的是一场实力悬殊的战争：“它们是水中的游民/我们是大地上的王/周末的午后/双方陷入僵持/犹如一场战争/我们拥有杀戮的工具/拥有消化一切的各种器官/它们是卑贱的/没有欢乐，没有梦想”（《钓鱼》）；八零则领悟到这事儿中透露出垂钓老人追求超逸精神境界的意味，鱼儿咬钩时，钓鱼的老者并没有觉察，因为“他老朽的眼睛/正躲在蓝色的烟雾里/打起瞌睡”，他在享受闲暇，所以，“我在一旁静静地看着/也没说出这个秘密/我一说/这个上午就会/成为一场生动的骗局”。在校园网络诗人中，丁成的思考也许更为深邃和用力，他在海子的影响下写成的长诗《八部书》，围绕疾病、人和死亡，火与水，梯子和哲学，彗星和灵魂，场景和虚构，黑夜和爱情等几组相应与相对的事物展开诗性言说，从深层次上将诗人对宇宙人生的若干体验和感触伸发出来，从而完成了一次精彩的“触击灵魂的写作”（丁成语）。

在不倦的艺术探求中，当代校园网络诗人逐渐形成了一些属于他们这群人的共同审美追求，他们诗歌的格调是向上的，语言是莹洁的，意象多是明亮的，思想也不繁复。他们的笔触常伸向凝聚着真、善和美的话语场域，对高昂的生命主题加以深情的抒写与阐发，例如三米深《童年的孩子》（“牧羊人在天堂放羊/草原是他的声音/淡蓝色的羊群/白色是燃烧在眼睛里的火焰”）、雪马《影子在水中》（“提着灯笼/光芒照水，水是暖的/夜是凉的/影子是空的”）、刘东灵《与星象有关的故事》（“他其实清楚地明白/一直扶持他，真正意义上的拐杖来自/他一往情深的妻子”）、周根红的《红杏》（“红杏。这些春天的灯笼/在高空飞翔的翅膀里/留下雪粒呼吸的痕迹”）等，都鲜明地体现着这一特征。在表达策略上，当代校园网络诗人较多地采取了多向抒情的方式，他们在诗歌面前表现出异常的真诚和纯朴，不愿将自己心中浓烈的情绪裹藏起来，而是希望用滚烫的诗句将这情绪倾倒而出，熊盛荣的“黔南”系列组诗，丁成的长篇诗作《八部书》等，都是多侧面、多角度地铺写热烈情感的代表之作。自然，正像西川所阐述的，“在抒情的、单向度的、歌唱性的诗歌中，异质事物互破或相互进入不可能实现。既然诗歌必须向世界敞开，那么经验、矛盾、悖论、噩梦，必须找到一种能够承担反讽的表现形式，这样，歌唱的诗歌便必须向叙事的诗歌过渡”①。20世纪90年代以来的诗歌大量地使用了叙事的写作技巧，“叙事成了诗人们介入诗歌和生活的‘平台’，叙事因素成了许多诗境的关键架构，叙事性上升为核心标志和建设性意义的审美倾向”②。受这种书写策略的影响，校园网络诗人也在诗歌表达的叙事性上做了很多文章，也取得了一定的收获，比较典型的如丁成的组诗《海门之行》、潇潇枫子《猫之风色幻想》、泽婴的《孤独回忆》、木桦的《火花》等。

第四节　麦当劳化：网络诗歌生产与消费的负面性

相对20世纪中国新诗而言，网络诗歌的生产和消费已然构成了新世纪诗歌中最为引人关注的诗学问题。客观地说，当下网络诗歌的创作尽管显得异常活跃，但其整体水平并不算高，诗歌创制中技术性含量的增强不仅未能带来艺术质量的提升，还造成了诗歌成色在一定程度上的滑坡。其原因恐怕在于，网络诗歌的生产与消费已经逐步麦当劳化，这种快餐化和技术化的趋势，极大地妨碍了诗歌创作在艺术上的精细打磨和深度探险。在这个意义上，有效地抵御麦当劳化或许是拯救网络诗歌的艺术困境、提升其审美境界的重要路径。

一、网络诗歌与麦当劳化

麦当劳是20世纪美国最负盛名的快餐业，不过它在美国的巨大成功乃至在

---

① 西川：《90年代与我》，《中国诗歌：九十年代备忘录》，北京：人民文学出版社2000年版，第265页。

② 罗振亚：《朦胧诗后先锋诗歌研究》，北京：中国社会科学出版社2005年版，第172页。

全世界范围的迅速推广，所具有的社会和文化意义远不止限于餐饮行业。美国社会学家乔治·里茨尔认为，麦当劳“引起的反响远远超出了美国的疆界，也远远超出了快餐业的范围。它在世界的很大部分影响了各行各业，的确也影响了人们的生活方式。而且，这种冲击力可能正以一种加速度进行着扩张”[①]。这种影响究竟有多深远呢？里茨尔进一步指出，麦当劳化不仅影响到餐饮业，也影响到教育、工业、医疗、旅游、休闲、饮食、政治、家庭，事实上影响到社会的各个方面。各种迹象表明，麦当劳化已成为一个无情的过程横扫世界上那些看来无以渗透的各种机构和部分。[②] 从麦当劳到“麦当劳化”，这标志着某类商业运作方式向一种社会范式的成功转型。从学理上讲，麦当劳化意味着马克斯·韦伯所说的合理化原则在全球化后工业社会背景下以更加灵活的方式对日常生活领域的延伸和渗透，并使全社会朝着更具效率、更加可计算、可预测和可控制的方向发展。互联网是“后工业社会的技术英雄”（欧阳友权），依凭互联网而生成与传播的网络诗歌自然也无法逃脱后工业社会的文化命运，其生产与消费的麦当劳化也就在所难免。

关于网络诗歌的界定，目前学术界尚未完全统一，但大致包括了三种类型的诗歌形态。第一类是传统诗歌文本的网络化，也就是将传统纸质刊物已经发表的诗歌传输到网络上，这类诗歌虽然在纸质文本中已被承载和阅读，但一旦进入网络空间，也被当作供网民浏览和消费的网络诗歌。第二类是在网上书写与发表的诗歌，这类诗歌有效利用了互联网的技术优势，以比特这种特定的电子语符将诗意数字化，在短时间内达成诗歌创作、发表、传播、反馈的一体化，形成“网络情景中的诗歌”（陈仲义）或者说“网络体诗歌”（桑克）。第三类就是超文本诗歌，借助多媒体组合和非线性链接等电子技术而构造起来的类似迷宫的诗歌样态，它可以称得上是网络诗歌的极端形式。本文要讨论的主要是第二类诗歌，这类诗歌是网络诗歌的主体部分，从中也最能洞察到诗歌与网络结盟时所呈现的写作特征、所具有的文化意味。在这个层面上的网络诗歌，其生产与消费往往是一体的，相互配合彼此默契，共同催生网络诗歌文本的大量繁殖。产生这种一体性的原因，一方面在于网络平台的即时性和互动性为诗歌的快速发表与瞬间传播提

---

① 乔治·里茨尔著，顾建光译：《社会的麦当劳化：对变化中的当代社会生活特征的研究》，上海：上海译文出版社 1999 年版，第 1 页。

② 乔治·里茨尔著，顾建光译：《社会的麦当劳化：对变化中的当代社会生活特征的研究》，上海：上海译文出版社 1999 年版，第 2 页。

供了极为便利的活动场域，另一方面还因为，网络诗歌的体式短小与分行排列，既给作者的创作提供了方便和快捷，也使网民的阅读、消费显得容易和轻松。不仅相对于传统纸介媒体文学，就是相对于网络文学的其他文体，网络诗歌的生产和消费过程都是最为直接、最为迅捷的。这种迅捷态势，一定程度上确实加大了诗歌的普及程度，同时也无疑加快了其“麦当劳化”的步伐。

网络诗歌生产与消费的“麦当劳化”主要有以下四种表现：第一，网络诗歌在创作、修改、发表、阅读、反馈、争辩上十分迅捷，这种一条龙的工作流程，体现出文学实践活动中的快节奏与高效率；第二，网络虚拟世界为诗歌创作和发表提供了一个可以无限延伸和扩张的载体与平台，再加上低门槛、低投入的生产环境，也为网络诗歌作品的不断诞生提供了可能。某种意义上，网络诗歌突出和强调的往往是作品的数量而不是质量；第三，在生产与消费过程中，网络诗歌论坛以一种较为统一的、规范化的技术格式和虚拟性氛围，为作者和读者之间的交流与互动提供了一个可预测的、相对安全的话语空间；第四，网络诗歌无论是作品主题帖的发表还是读者的跟帖反馈，都体现为电子技术控制下的文本自动生成，审美品质的低劣化和伦理立场的缺位也就在所难免。快节奏、高效率的生产与消费过程和大量化的操作原则，使得网络诗歌在体现出表面的活跃、繁荣的同时，也暴露了浅薄粗俗、粗制滥造的负面价值，这也是网络诗歌屡遭诟病的症结所在，而后两个方面涉及网络诗歌所置身的主客观背景，这实际上也是所有网络文学共同的身世遭遇和存在命运，一定程度上鉴照到消费主义文化逻辑和后工业社会的技术理性对文学审美的破损与戕害。

二、网络诗歌生产与消费的快节奏、高效率

如果仅就简单快速和追求数量这两个特征而言，“麦当劳化”其实是“快餐化”的代名词。麦当劳菜单上食品的每一步骤都被精简到最低的限度，工作人员只需要用最少的努力就能实现餐点的供应，顾客在用餐时间的投入上也不需很多。与麦当劳供应与歆享上的高效率相类似，网络诗歌的发表与传播也是极为快捷的，在互联网数字技术提供的无限敞开的拟想世界里，诗歌的出场显得毫无滞碍，几乎没有任何的关卡和阻力。网络诗歌的这种自如发表和迅即流传的高速率，是传统纸媒无法比拟的。吴思敬先生曾指出：“在传统的印刷媒体占统治地位的时候，诗人发表诗歌要受编辑的制约，一般编辑部对来稿实行三审制，有一审不能过关，稿件就发不出来。网络诗歌则取消了通常由编辑控制的发表的门

槛，只要写出来，想发表，贴到网上就是了。它是诗歌的卡拉OK，可以满足非职业作者在传统印刷媒体中无法轻易实现的自我表现欲。”① 在文学创作中，作品发表是连接作者创作与读者阅读的最重要纽带，作品的快速发表既能刺激作者的创作欲望，促使他们加倍努力地写作，也给读者不断带来视觉冲击，加速他们的阅读、浏览与消费。尽管网络上的所谓发表，带有一定程度的虚拟性与幻觉感，对专业作家来说可能不值一提，但对非职业作者来说是不乏积极意义的，尤其是当他意识到自己的诗作进入别人的视野，被点击浏览，被评头品足，甚至还被喝彩叫好，那种自我满足感是充溢在心的。网络上的诗歌阅读是由鼠标点击来实现的，随着手指的轻敲，一页分行文字就展现在读者面前，读者只需要短时间的屏前浏览，就能完成一次阅读行动，这比书本的阅读还要便利和简单。同时，网络论坛为读者的及时评点与论析提供了充足的空间，读者在阅读过程中如果有所感悟、体验、共鸣或者不满，可以马上在作品之后跟帖发言，与诗作者交流、讨论与商榷。在这个意义上，网络平台确保了诗歌生产与消费的快速循环。

麦当劳“快餐化”的另一个特征就是对数量的追求和强调。作为批量生产的食品，麦当劳无时无刻不在突出它所提供产品的“大”与“多”，比如“大麦克”、“大家伙煎饼”、“超大吞饮”、“三份奶酪包”等，给人制造一种以较低价格得到了大量食物的幻觉。与量大形成鲜明对照的是质劣，有人无意掰开鼓圆的汉堡，发现里面“就像是一块布里罗垫子”②，而无论法式炸薯条还是蜜甜雪果，都给人“口味很重”的感觉③。网络诗歌在数量表现上的过分突出，几乎到了无以复加的程度，这比麦当劳有过之而无不及。网络诗歌生产与消费中的数量特征体现在六个方面。第一，发表空间大。作为虚拟实在的网络空间是一个可以无限敞开、没有空间限制的世界，它所依赖的符号本体“比特”是“一种数码信息，它无处不在又处处不在，可以无限贮存任何信息却不挤占任何物理空间，它用‘空中的文字’传递‘海量的信息’却将自己隐而不显”④。如果说传统媒体都有着程度不同的时空限度与版面限制的话，那么，网络媒体在空间容载上则是毫无

① 吴思敬：《新媒体与当代诗歌创作》，《河南社会科学》2004年第1期。

② 乔治·里茨尔著，顾建光译：《社会的麦当劳化：对变化中的当代社会生活特征的研究》，上海：上海译文出版社1999年版，第101页。

③ 乔治·里茨尔著，顾建光译：《社会的麦当劳化：对变化中的当代社会生活特征的研究》，上海：上海译文出版社，1999年版，第102页。

④ 欧阳友权：《网络文学本体论》，中国文联出版社2004年版，第59页。

拘束、毫无局限的。网络就像一个无底洞，似乎再多的诗歌作品，它都能装载下来。第二，诗歌论坛和网站多。2005 年出版的拙著《网络诗歌研究》附录的网络诗歌论坛地址达到了 381 个，而据李霞在 2006 年底统计，诗歌网站与论坛已经超过了 600 家，实际的数量其实远比这个数字要大。如果算上诗歌博客，诗歌网站可以说是成千上万的。第三，网络诗人多。目前在网络上活跃着数以万计的诗歌写手，“没有哪一个时代的诗歌写作者能够比现在更众多、更自由，1958 年的新民歌运动也没有如今这样多”①。第四，网络诗歌读者多。笔者在几家大型诗歌网站和论坛进行了统计，发现注册人数之多令人吃惊，比如，截至 2008 年 1 月底，中国诗歌网的注册数是 16 365，诗歌报论坛的是 86 940，《绿风》诗刊论坛的甚至达到了 207 527。这些数字表明，网络诗歌作者与读者已经构成了一个庞大的文学队伍。在网络世界里，相比其他文学体裁，诗歌的点击率往往是最高的。比如军旅诗人王久辛的长诗《致大海》自 2006 年 7 月初《中国作家》头稿刊发以来，先后有中国诗歌网、天涯、搜狐、新浪、凤凰网、网易、中国博客等网站进行了转载和评论，截至 2006 年 8 月 27 日，《致大海》的点击量已逾 20 000，热评已达 400 余条。短短一个月内能有如此多的点击和回帖量，从某个侧面反映了网络诗歌读者之众、阅读之积极。第五，网络诗歌年产量高。据陈仲义先生调查推算，目前网络诗歌的“全国年产量不低于 200 万首。这个数字，是《全唐诗》的 40 倍，也是纸介诗歌年产量的 40 倍”②。这种生产速度实在令人叹为观止。第六，网络诗歌传播速度快。一首诗在论坛张贴发表后，无论天南海北，只要有网络存在，马上就会被读到，信息高速公路上的无限带宽给了网络诗歌以超时空的流传速度。网络诗歌的快速传播也在一定程度上刺激和促进了诗作的不断增长与大量繁殖。

或许正是因为网络空间的无可限制，网络诗歌作者的写作与发表才日益显得肆无忌惮、为所欲为。而网络诗歌的快餐化本质无疑使诗歌生产与消费的重量轻质情形愈演愈烈。在当下，口语诗写作甚嚣尘上、铺天盖地，从“诗江湖”到“北京评论”再到“水诗”，无不成为口语乃至口水诗竞相登场的舞台，大量无深度、无技巧、无美感的诗歌布满了网站与论坛的页面，这些水平低下的诗歌借

① 张清华：《持续狂欢 · 伦理震荡 · 中产趣味——对新世纪诗歌状况的一个简略考察》，《文艺争鸣》2007 年第 6 期。

② 陈仲义：《新世纪五年来网络诗歌述评》，《文艺争鸣》2006 年第 4 期。

助“下半身思考”、“垃圾运动”、“崇低搞怪”等诗学主张，来吸引读者眼球，扩大消费市场，给网络诗歌存在与发展造成了不利的影响。口语诗写作的盛行，是与网络诗歌的“麦当劳化”有直接关系的。口语诗的合法化，意味着诗人可以无须在意象、隐喻等诗歌修辞上劳神费力，直接采撷日常口语构成分行文字就可以自然成诗了，这为诗歌生产的简单快速打开了方便之门。随着诗歌生产的简单方便，诗歌数量的与日俱增也就势在必然了。2007 年在网络上吵得沸沸扬扬的“梨花体”诗歌事件，其实是口语诗在网络诗坛泛滥成灾后，深怀不满的网络诗歌读者发起的一次集体“暴动”，它是以“恶搞”的极端方式对网络诗歌“麦当劳化”所作出的回应和反思。

三、安全化：网络诗歌的存在语境

网络诗歌生产与消费“麦当劳化”的后两种表现涉及这一诗歌文体所处的主客观背景，显露的是新媒体时代的文学背后某种无法忽视的技术本质。其中前者偏向主体，表征着网络诗歌生产与消费行动的连贯性与安全性情状，而后者则指向客体，暗示了为主体的文学行动提供安全性保障的必要技术支撑。

在一个稳定可靠的话语空间从事文学活动，确信活动的安全和连贯，不与现实生存之间发生直接的关联与纠结，这是网络诗歌生产与消费的“麦当劳化”的重要表现。这一表现与麦当劳超现实空间的服务理念是相似的。在传统的“汽车旅馆”和“假日酒店”（美国西部片展示恐怖和不测的常选地）具有的不可预测性带来重重商业危机后，麦当劳公司从中参悟到某种经营之道，他们以“重复的设置、可预测的雇员和可预测的产品”[①] 等，试图为消费者营造一个超现实的就餐环境，使他们确信无论在地球的哪个角落，麦当劳的服务都是毫无二致的，“不管你跨进哪一家麦当劳快餐店，也不管你处于世界的什么地方，它恰恰都是一样的”[②]。麦当劳公司的这种标准化服务，给人带来了如此鲜明的感觉：在变动不居的现代世界中，还有一个空间是稳定不变和相对安全的，那就是麦当劳。这种非自然的、超现实的空间，因为其提供产品和消费活动的高度可预测性，对消费者来说便成了一劳永逸的理想生活去处。在一点上，网络诗歌的生产与消费

---

① 乔治·里茨尔著，顾建光译：《社会的麦当劳化：对变化中的当代社会生活特征的研究》，上海：上海译文出版社 1999 年版，第 131 页。

② 乔治·里茨尔著，顾建光译：《社会的麦当劳化：对变化中的当代社会生活特征的研究》，上海：上海译文出版社 1999 年版，第 132 页。

与麦当劳有异曲同工之妙。一方面，诗歌论坛的相似性使诗歌网民每每有相熟、“回家”的感觉。诗歌论坛的构造模式和生成态势一般是“主帖＋跟帖”的规格，即诗作者先发表一个诗歌主体（一首或者多首诗），读者（通常是注册的网民）可以在这个主帖之后发表意见。另一方面，网络世界是一个虚拟世界，这在某种程度上保证了各种网络诗歌生产与消费行动的安全性和合法性。网络诗歌作品多是无“忌”之谈，是诗非诗人们都往上贴，丝毫没有什么顾虑和戒备。网络上此类诗歌多如牛毛：“赵又霖和刘又源/一个是我侄子/七岁半/一个是我外甥/五岁/现在他们两个出去玩了”，令人大跌眼镜。在网络之中，对诗歌的探讨充满了千奇百怪的表现形态，各种出格的话语和言辞似乎都可睹见。如“扬子鳄”、“诗江湖”、“极光”、“北京评论”等，吵嚷纷争、针锋相对，甚至恶语攻击，构成网络诗歌生产与消费奇观，其他如“天涯诗会”、“或者论坛”、“若缺诗社”、“中国诗人”、“第三条道路”、“诗歌报论坛”，也经常是硝烟弥漫，论战如云，既有关于诗学问题的真知灼见，也有无关诗歌的插科打诨。就传统诗歌秩序而言，网络中的诗歌生产与消费似乎充满了乌烟瘴气，甚至不可理喻，一些诗歌言语和行动原本应理性制止，但网络却让它们赫然现身，横空出世。此种情形的出现，全仗网络虚拟世界的安全性允诺撑腰，是网络诗歌生产与消费麦当劳化的生动体现。

网络诗歌生产与消费麦当劳化的第四个特征对应着麦当劳的可控制性原则。麦当劳化包括寻找一些手段来增加对雇员和顾客两者的控制，这自然包括非人技术广泛用来对人进行严格的管理和监控，而“一旦人被控制，就有可能将他们的行为还原为一系列机器般的行动”①，这样，整个餐饮过程就将变得更加自如和流畅。“网络创作是由比特的编码和解码在计算机上生成文本的，是由人与机器的结合实现的技术与艺术的统一”②，不过，在这种统一之中，机器和技术起着至关重要的作用。必须指出的是，网络诗歌创作从人这里起步，而在机器那里实现和结束，以键盘敲打和鼠标点击来进行书写与增删，表面看来是人在操作，实际是计算机在统摄整个活动。可以说，没有计算机和网络枢纽，网络诗歌生产与消费就无法实现。在网络诗歌论坛中，无论是诗歌主帖的发表，还是讨论跟帖的

---

① 乔治·里茨尔著，顾建光译：《社会的麦当劳化：对变化中的当代社会生活特征的研究》，上海：上海译文出版社 1999 年版，第 163 页。

② 欧阳友权：《网络文学本体论》，北京：中国文联出版社 2004 年版，第 40 页。

接续，都是文本自动生成的，操作者只管把相关言论复制粘贴，网页上就会自动地将这些言论呈现出来，一般不会篡改和走样。前几年网络上流传一种诗歌写作软件，据说在使用这种软件时，只要输入几个诗歌意象和词汇（比如“春雨”、“杏花”、“湿润”），软件就能自动合成一首不乏味道的现代诗歌。这种情形的出现，一方面是对网络诗歌乃至整个现代汉语诗歌写作随意、标准失范的一种暗讽，另一方面也是新媒体时代文学写作中机器控制人的一个鲜活例证。

仔细审视网络诗歌生产与消费麦当劳化的这两个特征，我们不难发现，消费主义文化逻辑和后工业社会的技术理性已经借助网络这个独特的孔道，渗入到了文学活动的各个环节之中。什么是消费文化呢？英国社会学家迈克·费瑟斯通这样解释道：“消费文化，顾名思义，即指消费社会的文化。它基于这样一个假设，即认为大众消费运动伴随着符号生产、日常体验和实践活动的重新组织”“消费文化的一个重要特征就是，商品、产品、体验可供人们消费、维持、规划和梦想。”① 这就是说，消费文化动摇了传统意义上商品的使用或产品的观念，它将消费的范围从物质世界移向了精神领域。网络诗歌的生产与消费在许多层面上是顺应着消费文化时代的商业需求的，无论语言狂欢、欲望倾泻、性的暴露还是政治玩笑，都是网民在互联网世界里针对影像、记号和符号等文化商品进行的消费活动，而这种文化商品又主要是以诗歌的特定形式体现出来的。与此同时，网络诗歌生产与消费也与后工业社会的技术理性不无干系。欧阳友权曾将人类文学的发展历程概括为三个阶段：口头文学阶段，书写文学阶段和网络文学阶段，并认为是一种依托“第四媒体”的本体存在，它“有效利用了互联网的两大优势：强大的媒体容载和共享的信息资源，而这正是书写印刷媒体难以企及的优势”。这段话告诉我们，没有网络技术，就不可能有网络文学，自然就不可能实现网络诗歌的生产、传播与消费了。由于建立在消费文化逻辑和后现代技术理性基础上，网络诗歌的生产与消费便不自觉地会出现审美品质虚弱和人文担当退场的尴尬局面，甚至有可能导致“伦理的越界与败落”，这或许是网络诗歌麦当劳化最令人担忧的后果之一。

---

① 迈克·费瑟斯通著，刘精明译：《消费主义与后现代文化》，南京：译林出版社 2000 年版，第 165～166 页。

四、麦当劳化引发的网络诗歌美学危机

由于网络诗歌的生产与消费已呈现出深度的麦当劳化，这使得中国新诗在新世纪中遭遇许多美学危机，新诗的质地、品位等大面积下滑，这不能不引起我们的高度警觉。

中国新诗遭遇的第一个危机，来自对自由的误解与滥用。随着互联网技术的迅速发展与网络纤维的四处蔓延，无限开放的网络空间将使越来越多的文学青年纷纷走上“诗坛”，他们通过网络诗歌论坛来阅读当代诗歌作品，发表自己的分行文字，并参与一些诗学论争，新诗创作在网络通道中一时间呈现出异常火爆和兴奋的态势，诗作数量与日俱增。新诗创作在网络上的繁荣与走高，使很多对这种一度萎靡萧条的文学品种失却信心的人顿时感到心头一震、眼前一亮，一些诗人和诗论家甚至乐观地认为，网络诗歌创作的繁盛景象，不觉使人想到了新诗的乳名——自由诗。要感谢网络，它的民主与自由特质赋予了当下诗歌创作更加开放的视野与天地，并使人们的欲望倾泄得到充分的实现。

在我看来，这里对自由诗中“自由”一词的认识是存在偏误的。回首中国新诗的草创时期，我们不难发现，作为新诗缔造者之一的胡适先生之所以要把白话诗定位为自由诗，并倡导“有什么题目，做什么诗；诗该怎么做，就怎么做”，是因为当时的诗坛充斥着只重合乎格律规范、不重抒发真情实感的陈词滥调，古板的格律在一定程度上限制了人们内心世界的真实袒露，胡适的主张不过是为了把中国诗歌从无病呻吟的颓靡状态之中解救出来。然而，我们今天所处的文化语境同胡适当初的相比已经有了很大差别，中国新诗作为一种新文学的形式已经走过了80多年的发展历程，许多的诗学规则正逐步建立和完善。80多年来，中国新诗创作缺少的主要不是“自由”，恰好是对自由的约束与限制。因为在“自由”上的规约不够，中国新诗的形式问题至今都是一个悬而未决的问题。另一方面，从创作角度而言，自由诗的“自由”应被看作一种艺术精神，一种不拘陈规与格套、尽情驰骋联想与想象的创造性境界，而不能看作是一种随心所欲、信马由缰的创作原则。自由并不等于放任，更不该是放纵。对于每一个诗人来说，在精神境界上可以是自由的、灵活的，但在创作过程中应该是谨慎的、严格的，文学创作上任何的嬉玩与放任都是对艺术的一种亵渎。然而互联网作为一种电子媒介，一种讯息工具，它只会在一个虚拟的社区里，为人们尽情营造开放、自由、民主、多元、大众的氛围与场域，“仿真”、“刺激”、“好玩”、“过

瘾”、“释放”等构成了其全部的存在哲学，它全然不会顾及新诗形式建设上的要求，不会顾及艺术创作的审美规范。在中国新诗因为对“自由”的理解和把握失当而造成的一直缺乏形式定规的今天，网络将继续放大它的这一缺陷。

中国新诗遭遇到的第二个危机，来自语言的狂欢与污染。因为没有一定的制约和束缚，网络诗歌书写陷入了想写什么就写什么、想怎么写就怎么写的无序状态，在随意性、不负责的书写心态下生成的许多网络诗歌产品，成了语言垃圾的聚集处，废话套话的容留所。君不见，在网络诗歌文本里，口水漫天飞，色语遍地走，政治玩笑、社会娱乐、历史调侃、文化非礼……形形色色的语词与乌烟瘴气的色调充满了网络诗歌的字里行间。种种情形令人难以启齿、不堪入目。

的确，近百年来，中国新文学一直在追求言文一致的创作理想，网络诗歌在某种程度上确实达到了口语与文学的高度合一，仿佛是切合新文学的审美精神的，然而，文学创作终究是一种语言艺术，尤其对于诗歌创作而言，对语言的思想内涵与艺术内涉更看重，并非所有的口头话语都能纳入诗歌的语言之中，也并非所有的社会内容都适合诗歌来表现。近年来，一些学者清醒地认识到，现代汉语面临着危机，他们极力地呼吁，要想办法拯救这种世界上最美的语言。怎么拯救呢？提高文学创作中的审美含量，将现代汉语的诗性美尽可能显现出来，无疑是拯救汉语的重要途径。但是，网络的存在却为诗美的创作凭空制造了难度，网络语言的无节制倾泄与肆意狂欢阻止了审美语言的葱茏问世。青年学者洪治纲把网络交流认定为当代汉语的一大污染源，作为网络交流之一的网络诗歌在狂欢之后，也不幸成为这类污染源的一种表现形态，这不能不说是一件相当令人哀痛的事情。语言的狂欢与污染，对中国新诗美学品质的存留与升华构成了极大的威胁。

中国新诗遭遇的第三个危机，来自伦理的越界与败落。中国新诗自20世纪初期诞生以来，歌唱真、善、美，贬抑假、恶、丑，一直是它基本的价值立场与伦理准则。诗人艾青曾经说过：“我们的诗神是驾着纯金的三轮马车，在生活的旷野上驰骋的。那三个轮子，闪烁着同等的光芒，以同样庄严的隆隆声震响着的，就是真、善、美①。”正因为此，对真理的咏赞、正义的吟唱、生命的关切、良知的呼唤以及对美的探求，成为中国现代诗人始终坚守的诗学阵地和表达不尽

---

① 艾青：《诗论》，见杨匡汉、刘福春编：《中国现代诗论》，广州：花城出版社1985年版，第335页。

的文学主题。然而，随着互联网时代的到来，中国诗人一直坚守的价值立场和伦理准则受到了严峻的挑战。如今的网络诗歌界，再也没有什么生命担当的重责与欲说还羞的禁地。在网络策划的这场假面舞会里，诗歌创作成了无所不能的话语表演，身体叙事、欲望狂欢、下半身挑逗，一浪高过一浪地扑打过来，不断刺激我们的眼球和荷尔蒙分泌。在这里，思想被放逐，正义被嘲戏，伟大被调侃，丑陋在扮酷。同时，诗人们千方百计地寻找着出名的捷径，他们不是希望努力把作品写好来赢得人们的认可与尊重，而是利用互相吹捧、哄抬、媒体炒作，或者相互漫骂、揭底甚至进行人身攻击，从而吸引人们注意，获取某些名声。中国新诗的伦理底限一再下调，没有哪一块阵地能够最终守住。伦理的越界与败落，令中国新诗的审美原则和价值尺度显得虚设与空落。

五、抑制网络诗歌麦当劳化的策略

网络诗歌是技术高度发展中伴随而生的文学产品，其生产与消费的麦当劳化不过是社会合理化方案在网络世界的进一步延伸。随着网络诗歌在上世纪末的问世和本世纪初的异常繁荣，人们曾一度对中国新诗将在新的历史时代和文化语境下走出边缘再度兴盛充满信心。不过，当我们意识到网络诗歌的生产与消费已经与现代社会一起步入麦当劳化的轨道之中时，先前那种乐观和高调的心理很可能马上会随之消散。鉴于此，有意识地对麦当劳化进行抵御，或许才是救网络诗歌于困局之中的理智选择。对于网络诗歌来说，我们首先应当采取多种方式，来有效减缓作品出场与传递的加速度，这当然同样需要依靠技术。技术既然能帮助我们加快作品生产与消费的频率，自然也会有办法将这种频率减速。其次，诗歌网民要保持文学创作与阅读上的良好心态，不能在作品数量上贪多求大，而应当学会节制，尽可能在审美品格和艺术质量上做文章。再次，网络诗歌生产者与消费者也应该对消费文化的运行逻辑作深入的反思，不能盲目地追随它的脚步前行，同时要警惕科技中心主义和技术霸权主义，力求做到文学活动中技术理性与人文理性的并驾齐驱，协调统一。只有做到这些，网络诗歌的审美境界才有可能向新的高度攀升。

第五节　新世纪诗歌批评前沿：网络诗歌研究现状

网络与诗歌的联姻，诗歌借助网络而生存与发展，从而呈现出丰富的情状和活跃的态势，这是20世纪末21世纪初中国新诗创作中最为引人注目的现象之一。与此同时，对网络诗歌现象的关注以及对网络诗人写作状态和诗歌文本的审视与分析，也迅速成为了当今诗歌研究的理论热点。目前对网络诗歌现象进行研究、对网络诗歌本体加以剖析的研究者，大致可以分作两个类别：一类是学院知识分子，另一类是网络诗人和诗评家。前者多是受过专门的理论训练，有比较系统的诗歌理论，他们的分析学理性强，往往能透过事物的现象看到其内在本质和规律；后者多为网络诗歌的亲历者和实践者，他们虽然没有经过专门的诗学训练，但对网络诗歌有丰富的体认，因此对网络诗歌的理解与分析更具现场感，更具史料价值；前者的文章多发表在学术刊物上，后者的文章多在诗歌网站上登载。总的来说，对于网络诗歌的研究与评论，两类人的说法各有特点，都值得我们关注，他们对当下网络时代文学创作新动向作出的及时反思，为我们全面准确了解现代科技信息时代文学的现实样态以及文学面对新的文化语境如何生存与发展等情形提供了有效的参考。我将以这两大阵营的相关文章为线索，对网络诗歌研究现状进行一定的梳理和分析，同时提出一些意见与看法。

一、“网络诗歌”的定义

在对网络诗歌进行定义时，一些研究者意识到了它是有广义和狭义之分的。吴思敬指出：“广义的网络诗歌是从传播媒介角度来说的，一切通过网络传播的诗作都叫网络诗歌，它既包括文本诗歌的网络化，即把已写好的诗作张贴在电子布告栏上，也包括直接临屏进行的诗歌写作。狭义的网络诗歌则着眼于制作方式，指的是利用电脑的多媒体技术所创作的数字式文本。这种文本使用了网络语言，可以整合文字、图像、声音，兼具声、光、色之美，也被称为超文本诗歌。”[①] 在这个解释里，作为狭义化的网络诗歌更多强调了其文本制作的技术化特性，这有利于将网络诗歌与传统诗歌样态严格区分开来。不过很多人也认为，超文本诗歌的这种特性与作为文学形态的诗歌本体自身是没有多大关系的，许多论者在界定网络诗歌时，往往会忽略这个技术性因素，而注重突出网络作为诗人创作、诗歌流传的阵地这一点。王本朝认为：“网络诗歌，准确地说就是以网络为载体写作、发表和传播的诗歌。网络既是诗歌的载体形式，也是诗人的生存方

---

① 吴思敬：《新媒体与当代诗歌创作》，《河南社会科学》2004年第1期。

式、诗歌的传播方式和读者的阅读方式。”① 张立群阐述道：“网络诗歌的概念目前大致可以归纳为：在网络上创作并通过网络发表的、可以获得广泛迅速阅读与交流的网络原创性诗歌作品。”② 诗人艾若也说：“‘网络诗歌’指首发于各大网络诗歌论坛、诗歌电子网刊上的诗歌作品。”③ 尹小松甚至认为，网络诗有时与先锋诗是同义的：“在当下时代语境中，‘网络诗’更多指的是带有网络气息的诗歌，联系到中国诗歌界的实际情形，因为网络在当前充当着最先进、现代的文化工具（当然不仅仅只是工具，还有由这个工具符合所带来的文化生活理念），所以‘网络诗’在当下有时成了先锋诗的代名词。”④

也有论者主张，不应该仅仅从网络承传的媒介学角度来定义网络诗歌，要想还原网络诗歌生成的历史语境，还必须寻找新的阐释角度，比如王璞就持这样的观点，他说道：“其实，许多人，包括为数不少的‘网络诗歌’亲历者和参与者，都在诗学上反对‘网络诗歌’这一提法，因为不可能存在‘网络诗歌’的本体特征；而有些时候，人们又望文生义地希望‘网络诗歌’是一种带有‘网络标志’的诗歌，也就是具有显著的网络特征的诗歌。这种网络特征突出的诗歌确实在当代诗坛已经出现，例如桑克、胡续冬等人的部分作品，这些作品往往带有超文本和多媒体的实验特色，但桑克等人更愿意将这种诗歌称之为‘网络体诗歌’。就我而言，我很乐于从现象学的意义上使用‘网络诗歌’一词，虽然可能有混淆不清之嫌，但我认为，这样可以使‘网络诗歌’这一概念更开放、丰富，也始终面对未来发展的多种可能性，而且可以将‘网络诗歌’还原到这一概念所产生的历史语境中进行分析。”⑤ 尽管这种从现象学视角对“网络诗歌”作本质直观的观念只是一家之言，但也是不无道理的，它强调了“网络诗歌”语词意义生成的意向性建构特征，也说明了网络诗歌文本的开放性和多样性，从某种意义上说，它是对网络诗歌广义和狭义两方面的合二为一。

有网络诗歌存在，有没有专业的“网络诗人”，也就是“主要依靠、借助网

---

① 王本朝：《网络诗歌的文学史意义》，《江汉论坛》2004 年第 5 期。

② 张立群：《网络诗歌的大众文化特征》，《河南社会科学》2004 年第 1 期。

③ 马铃薯兄弟编选，《中国网络诗典》，南京：江苏文艺出版社 2002 年版，第 7 页。

④ 尹小松：《“网络”诗歌的前世今生》，《文艺理论与批评》2003 年第 3 期。

⑤ 王璞：《对“网络诗歌”的初步考察和研究》，原发于诗生活网站“诗观点”上，见 http：//www. poemlife. com：9001/Wenku/wenku. asp? vNewsId = 1002。

络这一新兴传媒而声名鹊起的诗人”[①]呢？“诗歌报”网站站长小鱼儿认为：“作为与传统诗人相对立的一个概念，网络诗人是真实存在的，他有这样三个主要特征：一是他的诗歌作品的主要传播途径是靠网络而不是传统的诗歌刊物，二是他们直接从网络上起步开始诗歌写作，而不是其他的方式，三是他们主要是在网络上得到承认与推崇。……‘网络诗人’是一个崭新的群体，他们带给诗歌界更多更及时的、随意化的、性格化的诗歌作品，只有在网络上他们才能凸现他们作为网络诗人的不同特点，有许多作品的主题与用词习惯带有明显的网络烙印。”[②]比如垃圾派诗人蓝蝴蝶紫丁香，她说自己对于诗歌本来没有兴趣，“可是，到了网络以后，我又对诗歌重新产生了浓厚的兴趣，我频频出现在诗歌网站论坛，我在无休止地进行肆无忌惮的灌水。所谓的灌水，不是指发口水帖一类的东西，而是不断地发帖回帖，以文字为水，以话语为水，以情感为水，以诗为水，不断地灌水。思维会越来越活跃，灵感会不断地喷发出来。奇思妙想，在灌水的时候层出不穷。不断地灌水，不断地给诗歌注入新的东西，不断地实验，不断地创造，也不断地分享灌水的快乐。”[③]这段话既可以看作是蓝蝴蝶紫丁香对网络与诗歌关系的一种认识，也可以看作是她对自己网络写作状态的直观描摹。在网络上灌水一样地写诗，不仅给她带来了生活的乐趣，也成就了她网络诗人的诗名。

二、网络诗歌的特征

网络诗歌的出现是令人们欣喜的，它打破了诗坛长时期的沉寂局面，使当代诗歌创作一下子活跃起来。对于网络诗歌的发展前景，研究者一般都持乐观的态度。他们在这种新媒体催生下的新型诗歌样态里发现了不少更贴合新诗创作精神、与以往纸介诗不同的东西。

首先是自由性。创作的自由、发表的自由以及交流的自由，都使网络诗歌与纸刊诗歌区别开来。吴思敬认为：“网络诗歌写作给了诗人充分的自由……与公开出版的诗歌刊物相比，网络诗歌有明显的非功利色彩，意识形态色彩较为淡薄，作者写作主要是出于表现的欲望，甚至是一种纯粹的宣泄与自娱。这里充盈着一种自由的精神，从而给诗歌带来了更为独立的品格。网络为任何一个想要写

① 这是诗人艾若的解释，见《中国网络诗典》，南京：江苏文艺出版社2002年版，第7页。

② 小鱼儿：《中国网络诗歌的现状与未来》，《诗歌报季刊》（民刊），2002华语网络诗歌大展专号。

③ 蓝蝴蝶紫丁香：《为网络诗歌鼓与呼——在首届“福建青年诗人交流会”上的发言》，http://www.zmcode.com/bbs/cgi-bin/topic.cgi?forum=9&topic=618&show=325。

诗并具备一定文学素养的人洞开了一扇通向诗坛的大门……网络诗歌也许不具备人们理解的诗的某些特征，但重要的是作者通过网络书写，自由畅快地表达了个人的感受，这比较符合诗歌创作的初始意义。”① 尹小松论述道：“‘网’诗作者在键盘上一字一字敲出句子，然后逐行阅读、修改，最后定型，这种运思过程和操作模式与纸媒上的诗歌创作并没有什么不同。他的态度可能是严肃认真的三思而行，以虔诚的投入方式完成一首诗；也可能是根本就不存心写诗，而是调侃、戏拟、恶作剧式地在电脑上敲出几个分行句式，留在网上自行离去也就忘了。这些心态的复杂性，其实仅是反映了‘网络诗’的真正自由品格，只是这种自由有时完全近于‘无政府’状态，可‘网络’能大开方便之门地接纳它们，成为它们的安身之所。因此，相对于内在地追求自由抒发的诗歌来说，这未尝不是一件好事。”② 谢向红认识到，网络诗歌赋予诗人自由是前所未有的，他说：“网络为诗歌创作提供了自由空间。在网络诗歌创作中，以‘网名’出场的诗人可以抛弃‘社会面具’和‘审美承担’的焦虑，以抒情写意或游戏娱乐为目的，在虚拟的网络世界里尽情抒写自我，真正实现‘我手写我口’的诗歌自由之梦。这样，可以把诗歌创作的功利性降到最低程度，使诗歌的载道和代言功能趋向淡化，自我宣泄功能、自我表现功能和游戏娱乐功能得到空前强化，从而彻底打破传统诗歌创作的职业化和功利化倾向。”同时，网络也为发表作品提供了自由通道，“网络拆除了诗歌发表的人造壁垒，为诗人自由发表作品提供了‘绿色通道’。”③ 网络诗评家李霞认为，网络诗歌的出现，使人们想起了新诗的乳名——“自由诗”，“自由性是中国网络诗歌最有诱惑力的特征”④。

其次是便捷性。研究者普遍认识到，在网络上，诗歌发表、诗歌传播与诗歌交流都是方便快捷、迅速及时的。张立群援引“榕树下”网站主编的话来阐发这个观点：“网络文化就是新时期的大众文学，Internet 的无限延伸创造了肥沃的土壤，大众化的自由创作空间使天地更为广阔。没有了印刷、纸张的繁琐，跳过了出版社、书商的层层限制，无数人执起了笔，一篇源自平凡人手下的文章可以

① 吴思敬：《新媒体与当代诗歌创作》，《河南社会科学》2004 年第 1 期。

② 尹小松：《“网络”诗歌的前世今生》，《文艺理论与批评》2003 年第 3 期。

③ 谢向红：《网络诗歌的优势与面临的挑战》，《河南社会科学》2004 年第 1 期。

④ 李霞：《21 世纪：网络涅槃汉诗》，引自诗歌报论坛，http：//www. zmcode. com/bbs/cgi – bin/topic. cgi？ forum = 9&topic = 944&show = 150。

瞬间走进千家万户。"[①] 王珂认为："在当前诗歌刊物和诗集出版不景气，诗人与读者由于书面传播渠道严重不畅，造成两者之间无法沟通的形势下，互联网已经成为现代汉诗传播的最大媒体。"从诗集出版与诗作刊发的周期来看，"诗集的出版至少需要数月，诗刊从接收到投稿再到发表也需要数月，根本不可能像网络那样快捷地将诗歌传送到读者面前。"[②] 张闳也持类似的观点："互联网带来的书写方式的革命，正好适合诗歌的存在。这样，在平面媒体上陷于窘迫境地的当代诗歌，在互联网上获得了前所未有的发展空间。便捷的传播途径和直接的互动性，极大地刺激了诗歌艺术的发展。"[③]

再次是平民化，或者说大众化。这是从话语权的视角来说的。网络诗歌没有出现以前，诗歌发表的权力掌握在一些诗歌刊物编辑的手里，而网络让一些名不见经传的人获得了文章迅速"发表"的机会，在网络时代，由于大众的普遍参与，中国新诗重新焕发出青春和活力。李霞指出："20 世纪初，新文化运动催生了新诗，人们把汉诗的复兴寄望于新诗，即不同于旧诗格律诗的自由诗。从郭沫若到北岛，汉诗几经磨难虽也有数次春色，却无法挽救其越来越边缘化、'多余人'的厄运。汉诗不幸的原因一言难尽，但最直接最直观的原因是发表难、与读者交流难。"因此，在某种程度上可以说是网络拯救了新诗，"20 世纪末因特网如洪水猛兽一样在中国人面前出现。就像毒蛇使亚当和夏娃发现了对方并认识了自己一样，诗人从网络上重新发现了诗也重新发现了自己。"[④] 吴思敬精彩地分析道："网络自身的特点，决定了它与大众有密切的关系。网络造成了创作主体的大众化与普泛化，特别是为名不见经传的年轻诗人找到了一个全新的舞台。在传统的印刷媒体占统治地位的时候，诗人发表诗歌要受编辑的制约，一般编辑部对来稿实行三审制，有一审不能过关，稿件就发不出来。网络诗歌则取消了通常由编辑控制的发表的门槛，只要写出来，想发表，贴到网上就是了。它是诗歌的卡拉 OK，可以满足非职业作者在传统印刷媒体中无法轻易实现的自我表现欲。"[⑤]

---

① 张立群：《网络诗歌的大众文化特征》，《河南社会科学》2004 年第 1 期。

② 王珂：《网络诗将导致现代汉诗的全方位改变》，《河南社会科学》2004 年第 1 期。

③ 张闳：《网络时代的诗歌风暴》，http：//www. xshdai. com/go. asp？ id = 1778。

④ 李霞：《21 世纪：网络涅槃汉诗》，引自诗歌报论坛，http：//www. zmcode. com/bbs/cgi – bin/topic. cgi？ forum = 9&topic = 944&show = 150。

⑤ 吴思敬：《新媒体与当代诗歌创作》，《河南社会科学》2004 年第 1 期。

此外，还有研究者阐述了网络诗歌所表现出的独具个性的文体特征，谢向红将其归纳为五点，即网络主体的虚拟化；创作过程的交互化；艺术媒介的多样化；文本载体的数字化和传播方式的网络化；阅读方式的“机读化”[①]。这一归纳较为准确地说明了诗歌与网络结合后所带来的创作方式、传播方式和阅读方式的改变，谢向红指出的这几点，与其说是对网络诗歌文体特征的概括，不如说是对所有网络文学的总结。

三、网络诗歌对当代诗歌发展的影响

网络对诗歌的持续渗透，网络诗歌的批量生产，给现代诗歌的发展带来了怎样的影响呢？这是大家普遍关心的问题，研究者在阐释网络诗歌时也围绕这一问题作了一定的论述。吴思敬指出：“诗歌传播新媒体的出现，是诗歌传播史上的一次深刻变革，它在改变诗歌传播方式的同时，也改变了诗人书写与思维的方式，并直接与间接地改变了当代诗歌的形态。”[②] 王珂认为新媒体及网络诗将全面改变汉诗：“在目前，以网络为代表的新媒体将从多个方面改变汉诗，网络诗将导致现代汉诗全方位的改变，甚至由此产生新的美学革命和文体革命，即网络诗会改变诗的形态、功能、美学特征、写作方式、传播方式、接受方式及创作的思维方式，特别是打破传统诗歌的作者和文本中心论，有利于诗的繁荣。”[③] 马铃薯兄弟编选的《中国网络诗典》，其封二和封底同时印上了这样的广告词：“网络改变了中国诗歌的生态和版图/网络扩张了中国诗人的活动空间与视野/网络激发了中国诗人生存的勇气和创造的活力/网络改变了诗歌的疲弱状态/甚至可以说，网络拯救了中国诗歌”，除开出于图书销售商业上考虑的炒作因素，这里仍然可以看到诗歌编选者对于网络诗歌重大历史作用的突出与强调。

当然，研究者也不约而同地看到网络诗歌给现代诗歌发展所带来的负面影响。网络诗歌创作的随意性、自由化，发表的低门槛（甚至无门槛），导致当代汉诗出现了“热而乱”的情形，出现了文字垃圾成堆、诗歌精品缺乏的局面。王珂说：“作者急于发表自己的诗作，可能产生大量的低劣之作。”不仅如此，网络上大量出现的“‘色情诗’，会败坏网络诗及现代汉诗的声誉，会失去读者，

---

① 谢向红：《网络诗歌的优势与面临的挑战》，《河南社会科学》2004 年第 1 期。

② 吴思敬：《新媒体与当代诗歌创作》，《河南社会科学》2004 年第 1 期。

③ 王珂：《网络诗将导致现代汉诗的全方位改变》，《河南社会科学》2004 年第 1 期。

会危及现代汉诗的前途”。[①] 吴思敬指出：“网络诗歌发表没有门槛限制，导致信息资源的爆炸与过载，大量幼稚低劣的作品充斥在网上，使读者要耗费大量的时间和精力去沙里淘金，从而给读者阅读造成巨大负担。”[②] 张立群甚至认为，从总体来看，目前的网络诗歌还“处于一种幼年状态”，它表现出许多方面的不成熟性，如无序的随意状、网络写作的质量不高、网络诗歌的“原创性”差等，这些都阻碍了网络诗歌品质的提升[③]。

网络诗歌中精品很少、垃圾泛滥的情形是确实存在的，这主要由于在网络上发表诗作的有许多是诗歌年龄较低的写手，他们批量地在网上粘贴自己的诗歌“练习”，自然挤兑了网络诗歌整体的美学质量。不过，对于写诗多年、在诗坛上已经产生了影响的诗人看来，诗歌与网络的携手并不应该成为诗人创作水平滑坡的一个诱因。朦胧诗人严力说道：“我觉得任何一种载体，它只是一个载体，最后还是看我们自己。因为，毕竟还是掌握在人的能力上，担忧是要有的。但还是要用更积极的态度去很快地把利弊的东西澄清出来，寻找到一种比较有力的东西来表达我们具有深度的、有探索性的一些东西。那么，诗本身具有一种——以前的说法——社会的良心。”[④] 诗人伊沙也声称：“我以为对诗人而言，不该有‘网络诗歌’这个概念，诗歌以任何载体存在都不能降低它的至高标准——在此一点上，不论是作者还是读者的我，绝不妥协。”[⑤] 这些诗人的说法，代表了那些有一定的诗歌创作水平而又活跃在网络诗坛的诗歌写作者共同的心声，它或许就是网络诗歌终将不仅以数量的丰富、而且以质量的优异而进入文学史的一种表白。

四、陈仲义的网络诗歌研究

随着网络诗歌的不断隆兴，一些在传统诗歌研究中取得了丰硕成果、在诗歌界颇有影响的评论家也将关注的目光转向了网络这片天地，他们纷纷撰写文章，对网络诗歌现象和问题进行思考和阐释，使网络诗歌研究的学理含量迅速得到提

---

① 王珂：《网络诗将导致现代汉诗的全方位改变》，《河南社会科学》2004 年第 1 期。

② 吴思敬：《新媒体与当代诗歌创作》，《河南社会科学》2004 年第 1 期。

③ 张立群：《网络诗歌的大众文化特征》，《河南社会科学》2004 年第 1 期。

④ 严力等：《为诗歌寻找表达——“网络时代的诗歌命运”五人谈》，出自诗歌报论坛—诗歌理论与诗歌批评栏目。

⑤ 马铃薯兄弟编，《中国网络诗典》，南京：江苏文艺出版社 2002 年版，第 295 页。

升。在这些批评家中，陈仲义可以说是用笔最勤、目光最犀利、对问题的穿透力也最强的学者之一。从新世纪开始，陈仲义就不断穿梭在各个诗歌网站与论坛间，细致观察和收罗各种网络景观，并尝试从学理层面加以归纳和阐发。从2006年起，陈仲义接连在《文艺争鸣》、《南方文坛》、《江汉大学学报》等学术期刊上发表多篇网络诗歌研究论文，这些文章触及网络诗歌的诸多方面，对我们了解网络诗歌发展历史与现状、认识网络诗歌中存在的美学与人文问题，都不乏有益的启示。

在《网络体诗：四大“症候”剖析》① 一文中，陈仲义在诗学层面意义上挖掘网络诗歌所具有的四种重要属性特征，即以游戏性作为诗歌写作的主导精神；以“泛诗化”构建了网络诗歌新美学；以语词变造凸显“无厘头”的创作风气；将灌水作为特别的技术手段。他认为这四大特性是建构“网络诗歌学”的主要支柱，其中某些新质素和合理性将给新诗发展带来重大影响。在此基础上，陈仲义还“斗胆”草拟了网络诗歌学的美学纲要，他将“网络诗歌的诗学取向”归纳为五大要点：游戏性为主要价值的文本观；临屏“一条龙”（写、发、评、编）的写作方式；“无厘头”为表征的美学风格；“脱口秀”兼杂“口水化”的言说语系；“灌水”作为常用的技术手段。在这篇文章中，陈仲义还清醒地指出了网络诗歌存在的消极性因素。他认为：“网络诗歌大大弘扬艺术的游戏本质，推进诗歌的自由民主，大大释放艺术的生产力、创造力，为日渐窘迫的平媒诗找到一个新平台，但不可否认，网络上更多的是游戏冲动，代替了审美动机，这使得一次性消费，瞬间快乐的感官效果，掩盖了深度的精神追求。”“一般来讲，技术只能作为诗歌借助的工具，而愈演愈烈的技术，一旦居于主宰支配地位，即技术优势盖过诗歌含量，工具理性挤掉审美价值，诗歌成为高科技的魔术表演，诗歌就可能面临她同样不愿看到的——被技术异化的厄运！”

在《新世纪五年网络诗歌述评》② 中，陈仲义对新世纪最初五年来的网络诗歌现状以及由此引发的一些诗学问题进行了系统的梳理与富有学理深度的阐发。他首先描述了随着诗歌与网络结缘，诗歌论坛与网站的发展情况，将当时非常活跃和典型的诗歌论坛与网站进行了一一清点，同时也对网络诗歌活动，如接力赛、大奖赛、网刊与选本的结集出版、网络写作命名、网络诗人集结、网络争吵

---

① 陈仲义：《网络体诗：四大“症候”剖析》，《江汉大学学报》2007 年第 3 期。
② 陈仲义：《新世纪五年网络诗歌述评》，《文艺争鸣》2006 年第 4 期。

等，作了翔实的举例说明。在此基础上，陈仲义总结了网络带来的诗歌创作“大跃进”所存有的利与弊。他指出，网络诗歌创作“为诗歌发展注入强大推进力”，它存在着四大优势：其一，由于它彻底断开文学固有体制，心灵世界获得最大敞开，没有什么要求限制、每个人随时随地都可以完成自唱自娱的诗歌卡拉OK，诗歌写作获得前所未有的自由；其二，网络临屏写作，可以实行真正意义上的平等对话、平等交流；其三，快捷运作，及时“在线”，特别是“写编读评一条龙”，刺激着诗歌生产力。作者、读者、编者、批评者，几乎在第一时间做互动响应，有力地促进竞争与原创；其四，随之而来，大量口语、网络语进入屏幕。尤其是中文输入法，敲击与修改的便捷，造成各种谐音、错别字，代用语，对应符号，以及各种料想不到的搭配，这就为语词的新变提供巨大空间。有优势自然就有劣势，网络诗歌也不例外。陈仲义认为，网络诗歌生产的弊病是相当明显的。首先，网络上的“超特快”，对诗歌是一种瓦解。快，容易粗制滥造；快，妨碍品尝力；快，放逐了必要的积淀；快，使复杂的精神流通变得过于简化、粗疏。其次，网络为书写提供大量技术支撑，比如下载链接、复制粘贴、排列填充，怂恿了大量灌水操作和后现代拼贴。诗，涌向了非诗边沿，表面技术的熟练程度提高了，自然走向类型化，而心灵的写作难度却大大下降了。再次，面对口语为主要语词元素的超速流水线，语言受到简化、压缩、粗陋的损害，有时到了莫名其妙的地步。不加节制的信“手”雌黄、生造、硬造、随心所欲，把汉语弄得面目可疑。超频出生的种种新“代码”，过度违规，势必让汉语纯洁性遭到玷污，也使真正的诗性语言蒙冤。在这篇论文的最后，陈仲义还富有前瞻性地提挈出网络诗歌兴起所引发的一系列诗学问题，诸如“网络诗歌物质性与精神性的平衡问题、网络诗歌在众声喧哗中的尺度标准问题、网络诗歌写作者狂欢心态的调节问题与写作难度问题、网络诗歌批评与反批评的伦理底线问题、网络诗歌技术的格式化利用与节制问题、网络诗歌话语的释放与控制问题、网络诗歌管理的民主“法治”问题，还有，诗之深度模式对能指漂浮的“引导”问题、诗之高雅与低俗可能结合的问题、诗性智慧对一次性消费的超越问题”等。《新世纪五年网络诗歌考略》一文最大的特色就是它浓烈的现场感，体现了陈仲义常年蹲守于网络第一线，密切关注网络诗歌发展实际的学术敏感度和责任心。

《“声、像、动”全方位组合：一种新兴的数位诗》① 一文主要论述台湾网络

① 陈仲义：《“声、像、动”全方位组合：一种新兴的数位诗》，《江汉大学学报》2008 年第 4 期。

诗歌的创作现状，附带涉及了大陆与之相关的创作实际。陈仲义这里所阐述的"数位诗"，就是"集文字、图形、动画、声音于一体的文本"，是一种真正意义上的网络体诗歌。他依次从新具体诗（视觉诗）、多向诗、多媒体诗、互动诗等四种类型上来分析各类数位诗（电子诗）如何做到将"声音、图像、动画"全方位组合在一起，使诗歌与网络技术联手后具有的新奇美学气象尽显出来。数位诗是技术发展带动艺术形式变革的鲜活例证，它所具有的审美魅惑一时是令人着迷的。但陈仲义提醒人们，虽然"技术的艺术性"抬高和艺术的技术化推进，正在深刻改变艺术、诗歌的认识方式和感悟方式，提升艺术、诗歌的出场效果，开辟可供艺术、诗歌驰骋的广阔天地，但过度倚重技术优势，会遮蔽可能深入的诗歌人文价值的挖掘。如果技术技艺的追求，远远大于诗歌本身的含量，是有违诗歌的人文本位、有违以技术手段实行人文目的的精神取向。我们不仅需要借助技术来拓展艺术的美学空间，同时也不能为技术所异化，弱化甚至放弃诗歌艺术必须储存和携带的人文价值，这是陈仲义此文给我们带来的最大启示。

发表于2009年的《新世纪：网络诗写无难度"切诊"》① 一文，是陈仲义最新提交的有关网络诗歌的研究文字。该论文从具体的网络诗歌生产例证出发，对网络诗界常见的一些观念误区和创作流弊进行了深刻的批判。陈仲义将网络诗歌中存在的创作随意、口语盛行的流弊归纳为"说话的分行和分行的说话"创作情态，并指出"网络书写，为现代诗开辟了一条令人兴奋的出路，同时也暴露出自身的病象。某些极端——例如'自动、半自动'的'脱口秀'，平面堆砌的现象学趣味，复制拼贴的灌水操作，都在加剧传统美学的瓦解"。在这篇文章中，陈仲义举出衣水以"苹果"为书写对象而创作出的系列诗作，从中逐一挑出若干瑕疵。又以同题诗"风"为例，揭露批评了当下无遮拦的口水写作掩没了新诗正常的美学质地这一创作病症。同时，陈仲义还把批评的矛头直指一些名诗人，强调废话写作的乏善可陈。在文章的最后，陈仲义给当下网络诗作的病象开出了一纸诊断，指出种种病疾都来自"无难度写作"的肆意泛滥，"有些人只凭一点小聪明、小感觉、甚至小机智，可以写得不错，但时间一长就不行。他们忽略了思想资源、信仰、词与物如何与灵性达成最亲密的溶解，却过分借助生理功能宣泄，过分倚重小聪明"。针对这种病症，陈仲义开出的药方是：重申诗歌写作的难度意识。"诗歌写作，不能放弃难度。难度和诗歌标准有着密切的内在关

---

① 陈仲义：《新世纪：网络诗写无难度"切诊"》，《南方文坛》2009年第2期。

联。放弃难度，就是放弃诗歌标准的底线；放弃对自我的挑战”。他坚信，“停留在快感和游戏上的诗歌，只抵达皮肤；有难度的诗歌进入时间；而有深度灵性的诗歌进驻心灵”。陈仲义针对网络诗歌呈现的创作弊端而开出的治疗药方是相当有价值的。网络诗歌要想提升审美品位，获得更高的艺术价值，提升写作的难度意识，强化精品意识，都应该作为非常重要的创作原则去贯彻和落实。

陈仲义的网络诗歌研究具有一些共同的理论特征。首先是有鲜明的现场感，诗评家对网络诗歌的观察日久，对诸多现象了然于心，因此，当他对这些现象进行描述、从学理上进行深度阐发时，都能从具体的事实和现象出发，所有的观点和见解都立足于当下的诗歌实况，显得有根有据，而不是空洞的理论说教和凌空蹈虚的高谈阔论。其次，陈仲义分析网络诗歌时，始终坚持一种美学辩证法，既看到网络技术给诗歌艺术发展带来的美好前景，也理智地识见出其间藏有的一些问题甚至危机，这种学术上的自觉警醒和理性审察，确保了他对网络诗歌发展进行归纳和总结时得出的结论不至于偏颇和极端，而显得科学与切实。再次，陈仲义论述网络诗歌时，也能发挥自己熟稔新诗技巧的学术特长，注意从技巧层面来剖解网络诗歌作品的艺术特性，让人清晰地看到网络诗歌在技艺上的某些优势和缺失，对这种诗歌样态有着比较准确的认识与把握。

第二章　新世纪诗歌的主题范畴

分析和评价新世纪诗歌，可以有很多角度，很多层面，进而看到不一样的风景，得出不太一致的结论。这是因为21世纪诗歌本身是一个多元的、多向的、混杂的存在，由于诗歌观念的斑驳，诗歌标准的纷纭和诗歌出版与传播方式的多路径化，新世纪诗歌至今仍处于众声喧哗、“持续狂欢”（张清华）的热闹场景和局面之中。新世纪诗歌多元混杂、多样竞显的存在与发展态势，在不同人的眼里所呈现的意义也许是不相同的，它给新诗圈外的人（爱好者、旁观者）造成一种诗歌回暖的迹象，给新诗从业人员（诗人、评论家）造成的很可能是某种莫衷一是、欲说还休的茫然和困惑。面对纷纭芜杂的新世纪诗歌景观，诗评家谢冕不禁意味深长地说：“对于行进着和展开着的诗歌，我们有足够的耐心。一个价值多元、信念失衡的年代，需要时间，也需要机遇。任何人为的重建规范或整合秩序，可能都意味着无效。中国诗歌在等待，我们理解诗歌的昨天和今天，我们认定的不合理以及今日的合理性。至于未来，未来是难以预测的。”① 谢冕先生的这番话，以一种略显无奈的语调，透露了新世纪诗歌混乱不定、多元杂呈、繁复难辨的历史信息。他对新世纪诗歌的这种印象与观感，也许是当下大多数诗歌从业人员的一致性态度。

从诗歌发展的历史进程来看，新世纪诗歌毫无疑问是从90年代的诗歌线条上合逻辑地延伸出来的产物，换句话说，分析20世纪末的诗歌情态有助于我们对21世纪初诗歌的整体面貌和基本格局的准确把握。当我们回首20世纪末中国新诗的发展履迹时，印象最深的莫过于发生在1999年的那一场诗歌论争即“盘峰论争”。这场论争最后被简化为“知识分子写作”和“民间立场”的血战，即为当代新诗中两种不同的价值取向与审美趣味的争斗。从积极的角度而言，“盘峰诗会”既可以看作对90年代以来诗歌创作的一次归总，同时也对21世纪的诗歌创作起到了引领和开启的作用。事实上，一些批评家们言述21世纪诗歌的创

---

① 谢冕：《行进着和展开着——我看新世纪诗歌》，《文艺争鸣》2006年第1期。

作状况时，已经将它的发展源头追溯到“盘峰论争”上，张清华就这样指出：“从深层来讲，‘知识分子’与‘民间’的论争应该是一场美学与诗学意义上的纷争，而且从写作格局在整体上发生的微妙变化来看，这场纷争的意义正在显现出来。”① 我认为，以世纪末的诗学论争为出发点来观照和阐释新世纪诗歌，确实不失为一种重要的诗学策略。

在一篇文章中，诗人梁平曾直言不讳地批评90年代以来诗歌创作上的某种缺失，他指出：“就在这样一个很长的时间里，我们的诗人深陷‘怎么写比写什么更重要’的误区，过分地强调诗歌技术性的重要性，而忽略了诗歌作为一种文学形式的社会责任和诗人的社会担当，忽略了我们究竟该写什么的深度思考。”②“怎么写”和“写什么”两个话语层面，某种程度上可以用来概述90年代诗歌与21世纪诗歌在诗学观念上的差异性。“盘峰论争”涉及的诗学内容尽管颇多，但它主要侧重于诗歌技巧层面的探讨，着重关注诗歌“怎么写”的问题。当这场争论的硝烟未曾散尽，21世纪的时代大幕已徐徐拉开。21世纪以来，诗歌“怎么写”的问题成为一个被暂时悬搁的事项，与此同时，“写什么”则日益凸显出自身的历史合法性来。梁平的话，或许为我们认识新世纪诗歌提供了这样的启示：某种程度上，我们应该把21世纪诗歌创作看作是从90年代诗歌过分强调艺术形式和艺术技巧的误区上脱身，返归到与时代、社会、历史、文化传统发生实实在在牵连的轨道上而作出的切实努力。新世纪近10年来，对诗歌应该“写什么”的强调一时间超越了“怎么写”的诗学声音，新世纪诗歌的题材和主题从而凸显出相较以往更为繁复多样、异彩纷呈的美学态势。田园乡愁、文化怀旧、政治抒情、底层情怀等，是其中极为重要的主题和题材范畴，它们构成了新世纪诗歌研究不能忽视的几大重镇。

第一节　新世纪诗歌中的田园乡愁

一、农业衰敝与田园乡愁的隆兴

早在20世纪末，不少诗人和诗歌批评家们就开始大胆想象和热情迎接新的

---

① 张清华：《“好日子就要来了”么——世纪初的诗歌观察》，《当代作家评论》2002年第2期。

② 梁平：《诗歌：重新找回对社会责任的担当》，《星星》2006年第1期。

世纪了。对于 21 世纪诗歌的格局、样态和美学风貌，他们作出了不少的猜拟与预测。认为乡土诗可能会在新世纪诗歌中占据重要位置的预言，是其中一种有力的声音。诗评家吴开晋先生在 1998 年发表的《新诗如何走向新世纪》一文中就曾指出："新乡土诗的兴旺，不仅标志着一般意义上的现实主义回归，而且是现实主义的丰富和深化。再进一步考察，亦可认为是对走入狭小境地的直描生活的传统现实主义的挽救。"① 这段话既是对当时诗歌现实的一次概述，也是对新世纪诗歌的某种展望。新世纪刚刚揭幕不久，吴先生又在一篇谈论海外华文诗歌的论文中重申了乡土依恋、故园情结之于新世纪诗歌的重要意义，他认为，21 世纪的海外华文诗歌"对故土及传统文化的回归情结愈加浓重"②。这虽然是对海外华文诗歌发展态势的归总和未来走向的预测，但一定程度上也可以用来说明 21 世纪的大陆诗歌状况。

综观新世纪 10 年来的新诗创作，不难发现，对于田园乡愁的书写确实占据了很大的版面与篇幅。新世纪初不少引人注目的诗人，如雷平阳、杨键、田禾、谷禾、高凯、牛庆国、江非、郜筐、徐俊国、熊焱、郑小琼等，都将观照视野倾注于乡土之上，写出了对土地和土地上的农民的热爱、感恩与悲悯之情。诗人江非在诗歌中构建了一个被命名为"平墩湖"的乡村，并饱含深情地吟唱道："今生，我注定要对这个村庄歌唱/歌唱它的泥土/歌唱它的月光/歌唱它的秋草枯败/蹄羽穿行的田间小路上/尘土飞扬，人丁兴旺"（《平墩湖》），在诗中，"泥土"、"月光"、"秋草"、小鸟和牲口的"蹄羽"、"田间小路"等，这些典型的乡村意象，令我们感到自然和亲切。诗人雷平阳则"乐意成为一个茧人，缩身于乡愁"③ 之中，他承认自己"对乡村生活始终充满迷恋"④。甚至认为，诗歌从本质上说就是与山水和村庄血肉相连，难以分割的，"生死有艰险，乡愁无穷尽。……如果诗歌真像人们所说的那样，像一座殿堂，它应该修在山水的旁边，村庄的大树下，人们触手可及的地方"⑤。

我们不禁会问，何以在 21 世纪开端的十年之内，田园乡愁的主题会不约而同地出现在诸多诗人的诗行之中呢？原因自然是多方面的，它与高考制度的实施

---

① 吴开晋：《新诗如何走向新世纪》，《山东文学》1998 年第 10 期。
② 吴开晋：《略论 21 世纪华文诗歌的发展走向》，《东岳论丛》2002 年第 3 期。
③ 雷平阳：《雷平阳诗集》，武昌：长江文艺出版社 2006 年版。
④ 雷平阳：《小体会——我的诗歌传承》，《诗刊·下半月》2004 年第 1 期。
⑤ 雷平阳：《诗歌不是高高在上的》，《文艺争鸣》2008 年第 6 期。

改变了城市市民结构、与现代化建设和城市化发展造成了对农业和农村的损伤与破坏、与打工潮兴起后无数农民离开故土开始漂泊等都有着密切的关系。

高考制度是从1977年开始恢复的，高考恢复三十多年来，城市市民的结构有了很大改变，许多出生于农村的知识分子通过大学学习而纷纷进入都市，取得城市户口，成为城市市民中的一员。不过，乡下人的精神胎记，始终横亘在他们的心灵际野上，某种程度阻碍着他们完全市民化，他们由此每每产生一种城市边缘人的身份认同。学者徐德明曾分析说："现代化的城市生活非但不能给予乡下人与城里人相当的物质内容，更多的是给他们文化意识的压迫。乡下人只是进入到城市的边缘生活中。"[①] 徐德明这里所说的"乡下人"虽然主要是指那些没有取得城市市民资格、依靠在城市做临工、拾破烂、讨米要饭而生存的乡村农民，但笔者认为在某种程度上也可以拿来形容那些出生在农村、通过大学历程而取得城市户口的知识分子。当都市现代化的浪潮汹涌而来时，这些知识分子常常面临那种去了"一个没有去过的地方"（邓一光同名小说）的尴尬境遇，这种尴尬一次次将其推置到孩童记忆与乡村缅怀的情景之中，使他们在记忆和缅怀中获得某种温暖和恬适，用以疗治精神的伤痛。有着深厚的乡村记忆和乡村经验而又暂居现代都市的诗人们，在自己的诗歌作品中，时常会自然流露出某种田园乡愁的意念与情绪，这是可想而知的。

在国家追求现代化的过程中，加快城市化步伐成为一个重要的建设方略。"城市化"是国家现代化发展的必由之路，它的落实是现代化建设的需要使然，本是无可厚非的。但城市化又将不可避免地造成对农村、对农民的极大伤害。由于城市化建设需要不断征用土地，需要大量的人力、物力，这使得乡村的版图在持续缩减，乡村的形貌在不停变异，乡村人的生存空间（物质的、精神的）也变得日益狭窄，它"使逃离土地成了农民迫不得已的选择"，其直接结果是："城市化将使中国付出农业衰敝的巨大代价"[②]。在城市化面前，故乡的容颜正被不断篡改，以至面目全非，"提供神话、安慰与想象的'家乡'，难以逃脱地被时代的风暴所裹挟，无可挽回地濒临坍塌，战栗着的漂泊四散的人群，已然无法找到回家的路"[③]。在城市化的逼迫之下，内心次第潮生的田园乡愁，成为那些

---

① 徐德明：《乡下人的记忆与城市的冲突》，《文艺争鸣》2007年第4期。

② 陈映芳：《"城市化"质疑》，《读书》2004年第2期。

③ 黄平：《以"乡愁为中心"——论雷平阳的诗》，《当代作家评论》2007年第6期。

视土地如生命的乡人们对于故园的最后的守候。

在国家实现工业化和城市化的过程中，大批农民会离开土地，进入城市，加入到城市建设的大军之中，这被称为“打工潮”的人口流动，是90年代以来的一种重要的社会现象。据国家统计局农民工统计检测调查，截至2008年底，全国农民工总量为22 542万人，其中，本乡镇以外就业的外出农民工数量为14 041万人，占农民工总量的62.3%；本乡镇以内就业的本地农民工数量为8 501万人，占农民工总量的37.7%①。这样的人口流动是惊人的。“打工”的艰辛生涯，带给广大农民工的不只是收入的增加，更多的是沧桑的体味，是漂泊的酸楚，是血与泪的记忆。诗人郑小琼这样来描述“打工”生活：“写出打工这个词　很艰难/说出来　流着泪　在村庄的时候/我把它当作可以让生命再次腾飞的阶梯　但我抵达/我把它　读作陷阱　当作伤残的手指/高烧的感冒药　或者苦咖啡”（郑小琼《打工，一个沧桑的词》），从诗中我们很容易看到，打工者理想与现实的差距是天地悬殊的，而他们一旦踏上离乡路，就无法再度顺利回到故土。这样，他们只能“默默地　想起　蒲公英　风信子/大雁　和一群在工业区上空飞翔的燕子/听见乡愁的躯体　漂泊的梦想/或者坐在灯下　回忆远方的爱人/年迈的母亲 甚至等待一个持续的奇迹发生”（郑小琼《打工，一个沧桑的词》）。作为一种“在生存中写作”（张未民）的诗歌形态，打工诗歌字里行间充满了血的猩红和泪的婆娑，它既烛照现实生存境遇的紧张与残酷，又将一种藏掩不住的郁郁乡愁悠悠散发出来。可以说，每一个打工诗人眼前都面对一台象征工业化的机器，而他们的身后，无一例外地都有一座藏满梦想与思念的乡村。正因为此，田园乡愁是打工者心头一个重要的思想纽结，也成为打工诗歌不可或缺的主题范型。

二、田园乡愁诗歌的抒情视角

由于诗人的身份、地位、生存境遇、生活状况以及观照事物的视角、表达情感的策略各不相同，新世纪诗歌的田园乡愁因此呈现出不同的情态和风姿。为了清晰地认识田园乡愁的基本形态，我们有必要分析一下诗人吐露田园乡愁时的抒情视角，也就是通过诗人抒发情感时所处的地理位置，所具有的心理状况而揣摩田园乡愁的内在意味，达到对诗歌表露的这一情感的深刻理解与准确把握。一般来说，书写田园乡愁的诗人与乡土的关系，大致体现为三种：在乡、离乡、漂泊

---

① 国家统计局报告［EB/OL］. 2008－03－15. http：//www. stats. gov. cn。

流浪。由此生成了三种不同的抒情视角："在乡"视角、"离乡"视角和"漂泊"视角。每一种抒情视角都有着自身特定的关注范围，显示出不同的田园风景和乡愁底蕴。

在乡者是指那些始终与土地相伴的农村劳动者，他们一边劳作一边记录着对土地、对乡民的深情厚谊，并用诗歌将自己对土地、对庄稼、对农村生活、对农民的复杂感情艺术地呈现出来。这些站立在田园之上，与乡土相依为命的泥土诗人们，对故乡的山山水水、一草一木都异常熟悉，故乡的每一个亲人、每一株秧苗、每一缕炊烟都被他们收纳到眼底，储存在心间，酿造成醉人的诗意和诗情。他们对诗的理解与认识，是与对乡土事物的理解与认识相一致的。诗人牛庆国说："回望故乡时，心里涌起的那种东西就应该叫做'诗'，所谓我的诗歌，在我眼里就是雨天的脚窝里长出来的一朵朵苦苦菜。"① 这是一个在乡间生活多年的农民诗人所说出的质朴而又饱含深情的话语。"在乡"的诗人对于乡野之上人与物的观察往往是近距离的，他们对人与物的写照便显得细腻和真切。例如白庆国在《父亲老了》里这样写道：

父亲老了
老了的父亲是有味道的
劳动了一辈子的父亲
充满了泥土的味道
他的左膀是麦子的味道
他的右臂是玉米的味道
他的前胸是土豆的味道
他的后背是高粱的味道
他的头发是棉花的味道
父亲的鼻腔里还存有浓重的烟叶的味道

而现在　躺在病床上的父亲
又多了一种药片的味道

① 牛庆国：《我的经历，我的诗歌——我的创作谈》，《诗探索》2002 年第 3、4 合期。

白庆国是河北省新乐市化皮镇曹家庄村的一位普通农民，也是21世纪诗坛中以创作乡土题材诗歌见长的优秀诗人。他的诗歌是在与土地最近的距离上生长出来的，总是“用贴近大地的唇‘还原’大地的喘息”（吴玉垒语），诗人能“通过对身边诸多事物的细心观照，发现乡土中无处不在的诗意和情韵”①。这首《父亲老了》，以“味道”为中心语和关键词来展示父亲与土地的亲密关系，作为一个把一生都献给了土地的庄户人，父亲浑身上下都散发着庄稼的味道与气息，而“味道”是诉诸嗅觉和味觉的，只有近距离接触才能把握到。也就是说，诗人是站在一个离父亲很近的地方来打量父亲、审读父亲、体味父亲一辈子的辛苦与寒酸的。正是这种近距离的观照，才使得他能将父亲身上的独特味道感知、提炼出来。很明显，白庆国是一位“在乡”的诗人，他书写的是一种“在乡”的乡愁，这正如有论者指出的那样：“对白庆国而言，故乡一直是在的，他要做的不是离开，也不是重返，而是与之一路同行、同甘共苦、荣辱与共，这一片大地、乡村已经构成了他血肉交融、魂牵梦萦、生死不离的物质和精神的双重家园。”②

我所称的“离乡者”是指那些出生于农村，后来通过各种途径进入城市成为城市居民的人。虽然离开了家乡，离开了土地，但乡土始终是他们心中闪烁着深情与诗意的所在，是他们梦绕魂牵的精神家园。所以，每当他们羁旅在外，或者忆念故园时，一种挥之不去的田园乡愁便在心头弥漫开来。王一川指出，现代人的乡愁“一般是身在现代都市的人对于飘逝的往昔生活的伤感或痛苦的回忆，这种回忆往往伴随或多或少的浪漫愁绪”③。这里的往昔生活多半是与都市氛围相对的田园乡村生活，是一种牧歌式的舒缓自然的生命情态。以李少君的《四合院》为例：

一座四合院，浮在秋天的花影里
夜晚，桂花香会沁入熟睡者的梦乡
周围，全是熟悉的亲人
——父母、姐姐和妹妹

① 张德明：《乡土的诗意空间》，《诗刊·下半月》2009年第3期。
② 王士强：《“在大地上行走”——关于白庆国的诗》，《诗刊·下半月》2009年第3期。
③ 王一川：《断零体验、乡愁与现代中国作家身份的认同》，《甘肃社会科学》2002年第1期。

都在静静地安睡

那曾经是我作为一个游子
漂泊在异乡时最大的梦想

据少君介绍，这首《四合院》是他在法国旅游时写成的[①]。诗人当时一个人独自在位于巴黎市郊的一条小河边徘徊，一种思念祖国的情怀在心中鼓荡，那种象征血乳亲情和天伦之乐的“四合院”建筑便赫然映现在诗人的思维屏幕之中。他之所以将乡间生活描摹得那般美轮美奂，是因为强烈意识到自己如今已是一个“游子”，常年“漂泊”在外。故乡只是自己梦中能住的居所，亲人只是自己梦里常见的对象，而现实中不再可能重回四合院，在那里长居久住下来了。寄身在都市的“乡下人”，漂泊在异乡的暂居者，其实都有一种恋乡情绪，都会难舍那份珍贵的亲情。少君此诗不过是将这种恋乡的愁绪和亲情的珍惜进行了诗意概括和形象表述。而在恋乡与亲情的礼赞声里，我们能清晰地捕捉到诗人内心深处的一种反现代性的情绪与意念。可以说，“离乡”视角往往建立在城乡比较的基础上，离乡的乡愁总是与诗人对现代化的反省、对城市物质文明的抵御、对乡村生活的眷恋分不开的。

还有这样一群人，他们出生在农村，因为读书，或者因为谋生，会往返于城市与乡村之间，他们的日子都是在漂流和动荡中度过的。这是一群充满了焦虑和不安的漂泊者，他们抒写乡愁时，往往从“漂泊”的视角出发，写出了途中的乡愁，行进中的乡愁。宋晓贤《乘闷罐车回家》中有这样一段：

我无法入睡
独自在窗前
把冬夜的星空和大地
仔细辨认
我知道，不久以前
一颗牛头也曾在此处

① 笔者在海南时与李少君有一次交流，他回忆了《四合院》的写作经过，他说这首诗是在法国时因为思念家乡和亲人而写成的。

张望着，说不出的苦闷
此刻，它躺在谁家的厩栏里
把一生所见咀嚼回想？
寒冷的日子里
在我们祖国
人民更加善良
像牛一样闷声不语
连哭也哭得没有声响

《乘闷罐车回家》一诗的抒情主体是一位正在大学念书的贫苦农民的儿子，他对农村人生活的窘困了然于心。诗歌由农家孩子的处境艰难，想到寒冷日子里所有农民的困苦，以及他们对这种困苦的隐忍。诗人笔下的这些善良的人们，他们生活贫寒，举步维艰，但他们一直在承受、忍耐，面对生活中如山的困难，他们始终“像牛一样闷声不语”，“连哭也哭得没有声响”。这是中国农民坚韧如铁的精神状况的形象描摹，由此也流溢出诗人不尽的乡愁意味。漂泊者往往会在城市与乡村、发达与落后、喧嚣与宁静等相对性事物中反复比照，不断回旋，他们的乡愁总是充满了强烈的感动与战栗。打工诗人的乡愁也大致属于这一类，如罗德远《逐渐消逝的故乡》一诗：“我藏起回家的冲动/好多年了 我没有回家/每次回家 都有许多人不见了/他们曾经那么疼爱我/也是我深爱的人/故乡正在沉默中荒芜、消逝/和青春的消逝一样令我/徒增嗟叹//我梦中的故乡究竟去了哪里/杂草齐腰深的乡间小径/我终于看见故乡/躲在一块长满青苔的大石头下/放声大哭。”打工者只是现代城市的暂居者，他们会不断地返回家乡，去看望留守在家乡的亲人和自己的孩子，为了谋生，他们又会不断地回到城市，回到远离故土的地方。他们对故乡的思念，是漂泊者对于安定生活的思念，常常沾满了愁怨与泪水。

海德格尔说过：“家园是人类诗意的栖居地。”① 海德格尔还说：“诗人的天职是返乡，唯通过返乡，故乡才作为达乎本源的切近国度而得到准备。”② 熟悉存在主义哲学的人都知道，海德格尔这里所说的“家园”、“故乡”，其实并不是乡土本意上的家园与故乡，而是有着浓厚宗教背景的某种空间场域，因此，海德

① 海德格尔著，余虹等译：《海德格尔诗学文集》，武汉：华中师范大学出版社1992年版，第191页。
② 海德格尔著，孙周兴译：《荷尔德林诗的阐释》，北京：商务印书馆2000年版，第31页。

格尔所陈述的乡愁其实是一种宗教性乡愁，是面向高空的乡愁，具有神秘性和超越性的品质。新世纪诗歌中的乡愁是一种基于农业文明文化背景的田园乡愁，它是俗世的乡愁，是面向大地的乡愁，虽然少了些超越性的宗教意味，但与海德格尔所说的乡愁相比，显得更朴质更亲切，更有泥土气息，也更能准确反映中国人的精神世界。

三、诗人对故土的情感态度

诗人从不同的抒情视角出发，写出了情味不一、色彩各异的田园乡愁。而面对熟悉的乡土和亲人，面对熟悉的生存环境和人文氛围，由此表达目标的差异，他们所捕捉和描画的乡村图景也各具特征，所流露出的情感态度也彼此不同。在现代社会里，乡村总是一个渊积着丰富文化内涵的多重空间，它是中国农业文明传统的历史遗迹，也是现代化还不发达的愚昧与落后的象征；它是飘溢着淳朴民风、亲密人情的沃土，也是滋长野蛮与世俗的温床；它是许多人曾有过的无忧无虑岁月的温馨记忆，又是被饥饿、寒冷等噩梦所包裹的不堪回首的过往。当乡土诗人站在不同的视点审视乡土这片充满繁复意味的特定空间时，他们看到的乡村景观很显然是不一样的，我们从中领受到的诗人情感也因此会不尽相同。粗略地来说，诗人对乡土的情感态度，可分为“热爱与赞美”、“遗憾与感叹”、“矛盾与复杂”三种形式。

第一种情感态度是“热爱与赞美”。诗人总是热爱自己的故乡的，他们会从不同的向度上，以各种不同的方式来讴歌与礼赞乡村，来表达内心对乡土的依恋、对乡民的尊爱、对故乡一切美好事物的深情厚谊。“热爱与赞美”因此构成了许多乡土诗人歌吟故乡时最常见的情感范式。例如田禾，这位被陈应松称为“一个执拗地将他的灵魂和歌喉栽在乡土之上的诗人”[①]，他以一种呼喊故乡的特定行为，流溢出对乡土满腔的热爱。他在《喊故乡》中这样写道：

别人唱故乡，我不会唱
我只能写，写不出来，就喊
喊我的故乡
我的故乡在江南

---

① 陈应松：《化作一片光辉》，《青年文学》2002 年第 12 期。

我对着江南喊
用心喊，用笔喊，用我的破嗓子喊
只有喊出声、喊出泪、喊出血
故乡才能听见我颤抖的声音

看见太阳，我将对着太阳喊
看见月亮，我将对着月亮喊
我想，只要喊出山脉、喊出河流
就能喊出村庄
看见了草坡、牛羊、田野和菜地
我更要大声地喊。风吹我，也喊
站在更高处喊
让那些流水、庄稼、炊烟以及爱情
都变作我永远的回声

田禾是熟悉和热爱乡村的，他对故土上的一切事物都饱含深情，“只有真正熟悉乡村，从灵魂深处热爱乡村的诗人才能这样自然纯朴地还原乡村的深情与善良的画面。”① 从诗人声情并茂的呼喊中，我们看到了故乡的流水、庄稼、炊烟和爱情，看到了照耀故乡的月亮与太阳，看到了故乡的美好与宁静，也体味到诗人心中对这片热土的无限爱意。的确，“故乡，我们心灵的共同栖息之地，它的一丝喘息就足以跨越千山万水，触动我们内心最敏感的琴弦”，田禾的诗歌“让我们真切的触摸到了那质朴清新，但又落后封闭的土地。那里有着温馨，淳朴和感动，也有着心酸，苦涩和沉重”②。

田禾表达故园之恋的抒情策略集中在一个“喊”字上，而另外一位乡土诗人谷禾则用动词“望”来述说家乡，来描画故土，来表达对故园的深厚情意：

她的天空比北京低，但更蓝
她的燕子一直把田野带向天边

① 阿毛：《纯朴的家园——谈田禾的乡土诗》，《诗歌月刊》2004 年第 3 期。
② 陈明恒：《沉重的呼喊——对田禾〈喊故乡〉的释读》，《长江文艺》2007 年第 3 期。

她的村庄睡在麦壳里，她的庭院开敞
阳光和月光一起流淌
在春天，她的小女儿和我一起坐进课堂
她的蜜蜂和桃花一起出嫁
一排排泡桐花点亮瓦楞
苦楝花的香气弥漫了街巷
在她的阳光里，我长成了男子汉
冬天的风刮过树梢
我把落雪的玉米抱进门槛
她的光阴缓慢，太阳把老人晒成了孩子
她与世无争，一条河从村后流远
今夜，她干涸的河床垂下星光
映现了我摸黑的疲惫双肩……（谷禾《望故乡》）

在这首《望故乡》里，谷禾采用一种远距离凝望的方式，借助回忆与想象相交织的抒情策略，描写了故乡土地上的“燕子”、“蜜蜂”、“桃花”、“泡桐花”、“苦楝花”等情味隽永的事物，并将自“我”对家乡的无限深情倾注在这些事物上。如果说“喊”主要诉诸听觉的话，那么“望”则借助于视觉；“喊”是有声的呼唤，“望”是无声的瞩目。二者虽然角度不同，但对故乡的热爱与赞美是惊人的一致。其实无论是“喊”故乡还是“望”故乡，都体现为诗人站在一个独特的视角，从一个特定的情感基调出发，将故乡的美好、迷人、温馨以及封塞滞后等情状进行了深情的描摹，字里行间散发着浓挚的乡情与乡恋。

《喊故乡》和《望故乡》都体现出对故乡整体的打量，而更多的乡土诗则会选取故乡大地上生长的一个特定的事物，着意描画，精心点染，以此为契机吐露出对乡村的爱恋之情。例如潘洗尘的《一片稻田有多丰富》：“窗前的这片稻田/我已经看了很多年/我一直不知该怎样描述/从哪儿开始描述/春天　或是秋天//一片稻田究竟有多丰富/从翠绿到金黄　是色彩的变幻/也是时间的变幻/一种水中的植物　始终与青蛙/蝌蚪和蚂蚱相伴/声音与色彩/在阳光下在月光下交响/在风中在雨中交响/我的稻田/何止气象万千//一片稻田究竟有多丰富/我看见很多活着的词语/在蓝天和白云之下/郁郁葱葱地生长/一些名词如汗水/一些动词如收割/一些形容词如饱满/我原本就是从这些词语里生出来的/几经迷失的我/今天终于又从这些词语中/活过来了//一片稻田究竟有多丰富/丰富到我再也找不到词语去描述/丰富到差一点/就成了被忽视的细节”；雷平阳的《梨树》：“把它育大，让风吹它/它就有了姓氏，在高出屋顶的地方/开出白颜色的花；把它的花收走/让它和瞎子一起抱着云团，在空气的楼梯上/爬上爬下，并在躯体的最低处/筑起一座座汁液的宝塔……/它带来的不是意外之喜，有着姓氏的树/有梨，还有杏、李、枣和柿/一大堆，在站台上，等待着搬运/像瞎子想象了一生的光，它们是黑的”等。在这些诗里，诗人将怀乡的视野缩小，在一个小事物上聚焦，又在小事物上将乡情放大，让乡恋发出熠熠的光芒。

第二种情感态度是“遗憾与感叹”。故乡并不是完美无缺的所在，当它与现代文明世界相比的时候，当它被放在繁华都市的背景下考量的时候，它的劣势与弊端就会暴露无遗。尽管我们有时会像诗人胡澄那样，情不自禁地“用放大镜看我的故乡”，看到“我的村庄占据着整个视野/它的春天就是世界的春天/杏花的香味弥漫着宇宙/……/我的兄弟们进进出出　形象那么高大/仿佛整个世界只剩下我的村庄/整个人类都是我的亲人”，虽然诗人深爱故乡的痴情也不乏感人的力量，但更多是对故乡的有意拔高和非理性咏赞。当我们平心静气地注视故乡，理性审视这片土地的时候，我们不免会感叹乡下人生活的无奈：“乡间二胡的舌头难以表达/月光中的风景，丰收的难成/无非这样，娶一房逃难的媳妇/幽暗的树林间有大片的墓地”（郑小琼《六月》），会发现乡村教育的不尽如人意：“去年的时候它已是废墟了。我从那儿经过/闻到一股呛人的气味”（雷平阳《小学校》），“衰败的墙上镌刻着一所乡村小学的/青春。那里的学生/已经无处可寻；那里的老师/坟前青草已经极度枯荣”（王夫刚《怀念一所消失的乡村小学》），会看到那双充满母爱的眼睛中掩藏不住的灰色：“我还记得她眼睛里的惶恐，/记得她眼睛里的灰暗与贫穷”（杨键《母爱》）。我们在熊焱《故乡》一诗里，更是读到了许多欲说还休的感喟与叹惋：

当我写下：故乡，不仅仅意味着乡情
失眠、思念和泪水……
还有那些不可避免的伤痛
比如庄稼地里一千条蠕动的青虫
比如歉收时节里一千双欲哭无泪的眼睛

秋凉了。我看到比黄花清瘦的妹妹
不到十八岁被披上了半喜半悲的嫁妆
天晴落雨。父亲的风湿关节又开始发芽
他的胃，被生活的雨水洗白
被村庄、粮食和土地绞得一阵阵地疼

我记得奶奶的生命之烛，被大风吹灭的那个夜晚
她在哮喘：剧烈，持续不断。多少年来
她就这样一声声地咳、咳。直到用尽一生
也没有把生活的暗伤：她那些肺部的淤血
一口口地吐出来……

像许多评论家所指出的那样，熊焱笔下的故乡很少出现明亮的色调，而是处处呈现一种“忧郁的底色”（吴思敬语），充满着“沉重的爱与悲切”（梁平语）。从黔南地区一个偏僻穷困的乡村走出来的诗人熊焱，一直铭记着那块生养他的故土，总是用诗歌在书写对它的思念、对它的牵挂、对它的感叹。在《故乡》中，诗人既写出了对庄稼收成的担心，又表露出牵挂亲人（妹妹、父亲、奶奶）的情怀，诗行之间渗透着诗人对故乡现实境况的遗憾与感慨，从中我们可以体味到异常浓烈、捧手可掬的爱乡之情。

“矛盾与复杂”作为第三种情感态度在很多诗人的诗歌中均有体现。乡村既然是一个繁复的场所，是质朴与愚昧、清静与落后等人文特性的杂陈，那么，乡土诗人对这块土地的情感，往往不是单色调的，而是矛盾与复杂的统一。不少诗人在描绘乡土时，往往对这块土地表现出既爱又怜，既歌颂又批判的复杂思想情态。比如江非的《妈妈》一诗：

妈妈，你见过地铁么
妈妈，你见过电车么
妈妈，你见过玛丽莲·梦露
她的照片吗
妈妈，你见过飞机
不是飞在天上的一只白雀

而是落在地上的十间大屋吗
你见过银行的点钞机
国家的印钞机
门前的小河一样
哗哗的点钱声和刷刷的印钞声吗
妈妈，你知道么
地铁在地下
电车有辫子
梦露也是个女人她一生很少穿裤子
妈妈，今天你已经爬了两次山坡
妈妈，今天你已经拾回了两背柴禾
天黑了，四十六岁了
你第三次背回的柴禾
总是比前两次高得多

读江非的诗，你会感觉清新、自然的乡风徐徐而来，心脾之间有一种说不出的和爽与快适。江非诗歌有海子的神韵，善于将乡俗民情和村舍院落的自然景观锤炼成诗意盎然的动人文字，以铺排的形式多层面描画出来。《妈妈》采用直接问询与告白的抒情模式，在描写乡下母亲生活的贫苦、劳累与艰辛的同时，也对现代工业文明进行了一定程度的反思与批判。而在对妈妈视野狭窄、见识不够的间接交代中，我们能隐隐感受到诗人心中暗藏的对这个偏远乡村闭塞穷寒境况的斑驳复杂情感。在诗歌中表现对故乡爱恨交织、既牵挂又不满、既欢欣又痛楚的复杂情绪的代表作品还有林莽《乡村的戏台》（“如今那矮小的戏台只剩下一堆黄土/午后的太阳投下电视天线蛛网般的影子/往日的光阴遥远　忧伤　进入了永恒”），白庆国的《村庄》（“那么多的人已经隐去　永远不再出现/可繁荣和吉祥却迟迟不能到来/千年如一的村庄啊/你究竟有怎样的要求　请回答/一千八百条人命/能否还来你的岁岁平安”），雷平阳《背着母亲上高山》（“我们站在高山之巅，顺着天空往下看/母亲没找到她刚栽下的那些青菜/我的焦虑则布满了白杨之外的空间/没有边际的小，扩散着，像古老的，时光/一次次排练的恩怨，恒久而简单”）等。

第二节　新世纪诗歌中的文化怀旧

一、后现代语境与文化怀旧的生长

田园乡愁是新世纪诗歌的重要主题范型，与之相伴生的文化怀旧主题，也是新世纪诗歌中不可忽略的美学存在。新世纪初一些活跃的诗人，比如柏桦、潘维、陈先发、路也、李少君、朱朱等，都从不同角度与层面，采用不同的修辞策略，以新诗的文本形式表达了对现代化的深刻反思、对乡土中国的深情歌咏、对传统文化的敬仰与缅怀。

文化怀旧思绪在新世纪诗歌中的持续生长、不断浓郁，是与近百年中国的历史变演和社会发展实际密切相关的。从本质上讲，怀旧可以说是现代社会一种具有普遍性的精神现象，是现代人一种打上了现代性深刻烙印的心理症候，美国学者罗兰·罗伯森曾指出，怀旧“是现代化的一种心理后果，而且本身便是促使一个人对自己在社会中和最终在宇宙中曾有过的某种在家状态的……发生器”[①]。处于文化转型期的现代中国，由于现代化浪潮的次第冲刷，许多人常会感到前路茫茫，会产生一种缺乏根基的漂泊感，他们只好沿着时光的河流溯游而上，去追寻过去的美好记忆，去寻找曾经的精神家园，在这个意义上，怀旧自然成为当代中国人的一种极为显在的思维习惯，甚至可以说，“怀旧是当代人的文化生存方式之一”[②]。进入21世纪以来，由于全球化时代的莅临和后现代语境的生成，文化怀旧更是在中国诗人的心灵空间显山露水，异常醒目。

从19世纪中后期开始，随着资产阶级对全球市场的不断开拓，世界各民族与国家都被纷纷纳入到全球化的版图之中。中国自近代以来，伴随着传统封建社会的解体，在西潮东渐的时代大势下，也被迫迈上了全球化的历史轨道。全球化某种程度上就是西方化，就是接受西方的文化模式和价值观念，对本民族的文化传统和价值体系加以改造与颠覆。如果说鸦片战争之后的很长时间内，中国因为国力的贫弱和国际地位的低下，对全球化（西方化）的明确认同成为一种迫不

---

① 罗兰·罗伯森著，梁光严译：《全球化社会理论和全球文化》，上海：上海人民出版社2000年版，第225页。

② 种海峰：《当代中国文化乡愁的历史成因与现实消弭》，《天府论坛》2008年第4期。

得已的情感态度，那么，90 年代以后，随着中国国力的不断强盛和在世界历史舞台上发挥的作用日益明显，尽管世界全球化的格局已然铸就，但中国知识分子捍卫传统文化的呼声反而更大。不言而喻，在一个具有悠久的文明传统的民族国家里，全球化浪潮愈是高涌，知识分子的文化焦虑便愈是强烈，民族主义情绪也愈是疯长。新世纪中国诗人的文化怀旧表达，或许正是这股民族主义情绪的诗意呈现。

与此同时，后现代文化语境的形成，也赋予中国诗人的文化怀旧以一种历史的合法性。后现代强调“中心的不确定”（哈桑），也就是说承认多元文化共存的合理性，在这样的文化语境下，对西方话语霸权的抗御和反击、对中国传统文化的拱卫与守护自然成了中国知识精英较为明智的精神行动和思想选择。21 世纪以来，通过中西文化的比较，季羡林先生敏锐洞悉到西方文化的全球性普及给整个世界造成的严重后果乃至灾难，他大胆地预言：“21 世纪将是中国文化（东方文化的核心）复兴的世纪。现在世界上出现了许多影响人类生存前途的弊端，比如人口爆炸、大自然被污染、生态平衡被破坏、臭氧层被破坏、粮食生产有限、淡水资源匮乏等，这只有中国文化能克服，这就是我的最后信念。”[①] “21 世纪，东方文化的时代，这是不以人们的主观愿望为转移的客观规律。”[②] 这里彰显的是一种鲜明的文化自信心，是季老对中国传统文化无比热爱与眷恋的具体表现，也为我们理性反思一百多年来盲目追随西方、一味西化的文化建设方略提供了重要的启示。自然，当前世界仍然是西方文化处于强势地位的时代，“我想活在一个儒侠并举的中国”（陈先发《前世书》）恐怕只是一个异常遥远的梦想，中国文化的全面复兴还有待时日。

在 20 世纪中国追求现代化的漫漫长途中，传统文化的思想精粹几经揭批而与我们渐行渐远，现代人的思想情态、文化习俗甚至语言方式都在西风劲吹的时代语境中发生变异，与传统文化的联系变得日益松散。诗人杨键曾从词语分析的角度谈论过传统文化在现代社会的沦失，他说：“20 世纪由于儒释道这些主体价值的崩溃，在语言上也出现了很多变异现象，比如‘兼济’这样美妙的儒家精神，被改变成了‘革命’、‘呐喊’，又比如‘独善’被改变成了‘逸乐’、‘颓

---

① 季羡林：《季羡林生命沉思录》，北京：国际文化出版公司 2008 年版，第 109 页。

② 季羡林：《21 世纪：东方文化的时代》，见季羡林、张光编：《东西文化议论集》，北京：经济日报出版社 1997 年版，第 69 页。

废'，这些不是来自俄罗斯就是欧洲，我们的种种灾难也是从这里而来。"[①] 然而，作为一种最能彰显民族个性的文学样式，诗歌只有根植于传统文化的土壤中才能枝繁叶茂，才能不断有所突破与创新，才能取得更大的成就。九叶诗人郑敏曾痛心地指出："我一直认为新诗到现在都没有自己的传统。其实，任何创新，都只能在对传统的批判继承中进行。我们首先应当找回我们的语言与文化的传统。"[②] 找回传统，找到我们与传统的联系，也就是找到我们创作的源头活水，新诗创作才有可能找到正确的发展方向，迈上正确的发展轨道。诗人陈先发认为："我们都是有源头的人，我们应该重新理解并回到民族诗歌传统的伟大品质中去，并以它为根开始新一轮的生长。"[③] 他的这种观点是非常有道理的，根深才能叶茂，"回到民族诗歌传统的伟大品质中"，在继承传统的基础上将其发扬光大，新诗的民族特色和艺术个性才有可能充分彰显出来。不管是郑敏还是陈先发、杨键，其实都深感中国新诗远离传统已经很久了，这种远离传统的切肤之痛时刻灼烧着他们的心灵，以诗歌的方式抒写文化怀旧的情绪，在他们看来或许正是一种抚慰心灵、疗治伤痛的极好方式。

新世纪以来，中国诗歌界一直在进行着反思现代化与西化倾向、重构中国新诗的精神空间的积极探索，在此期间，诗人和诗评家相继提出了一些诗学主张，有些诗学主张是非常富有见地的，比如李少君提出的"草根性"。什么是"草根性"呢？按照李少君的解释，"所谓'草根性'，就是，一、针对全球化，它强调本土性；二、针对西方化，它强调传统；三、针对观念写作，它强调经验；四、针对公共化，它强调个人性。其实，一言以蔽之，它强调'根'，强调来自'灵魂'的原始的活生生的切身感受、感觉"[④]。也就是说，本土化、传统、经验和个人性，组成了"草根性"的四大要素。我认为，李少君提出"草根性"诗学观念的宗旨就是希望中国诗人有意接通传统文化的精神脉流，恢复对世界的直接体验与感受能力，从而增强中国新诗的民族性、原创性和个性化。李少君还把"草根性"作为中国新诗发生转型的重要标志，并认为它的确立对促进新诗的本土化、中国化来说是意义重大的[⑤]。毋庸讳言，草根性的追求可以拉近新诗与传

---

① 杨键：《还魂之地——读柏桦〈水绘仙侣〉》，《苏州日报》2008 年 7 月 2 日。

② 张大为：《郑敏访谈录》，《诗刊·上半月》2003 年第 1 期。

③ 陈先发：《我们都是有源头的人》，《诗刊·上半月》，2004 年第 12 期。

④ 李少君：《诗歌与诗人的归来》，"光明网"，2005－06－04，http：//www. gmw. cn。

⑤ 参见李少君《草根性与新诗的转型》，《南方文坛》2005 年第 3 期。

统文化的距离，使新诗在传统文化和本土经验的土壤上扎下根来。事实上，李少君所认定的不少草根诗人，如杨键、潘维、雷平阳、江非等，其诗都有浓厚的传统文化情结[①]，文化怀旧也是这些诗人常常涉足的一个重要主题。

二、文化怀旧主题的呈现方式

"文化"是一个多义词，既可以指现代文化，也可以指传统文化；既可以指通俗文化，也可以指高雅文化；既可以言述地域文化，也可以言述超地域文化。因此，使用"文化"一词来描述某种社会现象，必须加以一定的修饰和限定，否则就会让人不甚明了。我这里用来描述21世纪诗歌主题范型的"文化怀旧"中的"文化"，主要是指中国传统文化，是与现代文化相对的一种文化形态，是受到现代文化挤压而一直处于隐秘和低微状态的文化形式。由于中国近现代历史发展的特殊性，中国传统文化在现代化建设的庞大身影前长期被当作一个卑微的存在，一个被批判和否定的负面性角色。20世纪90年代以后，尤其是新世纪以来，随着中国国力的不断增强，随着现代化（西方化）造成的社会问题在全球范围内的日益显现，复兴传统文化的呼声可谓一浪高过一浪。在新世纪诗歌里，一些诗人从不同的角度和层面上来表达对传统文化的追忆和亲近，将文化怀旧的主题进行艺术的书写和鲜明的张扬。

对历史人物的诗意描画和深情缅怀，构成了新世纪诗歌文化怀旧主题呈现的第一种方式。能被当今人们记忆的中国古代历史人物，是经过历史的大浪淘洗之后存留下来的文化遗产，他们身上往往体现着传统文化富有魅力和意义的一面，对这些人物进行现代汉语的诗意呈现，既可以将古人身上的文化品格重现出来，又可以让他们进入到现代文化的视野之中，通过与现代文化的碰撞与对话，改变现代文化的某些不利因素，也为现代人增添了古典文化的底蕴和气象。比如潘维《苏小小墓前》（第一部分）：

年过四十，我放下责任，
向美作一个交待，
算是为灵魂押上韵脚，

---

① 比如江非认为诗歌就是"风，雅，颂"，这种对诗歌本质的诗经式阐释，显然是与其对中国古代文化和文学传统的强烈认同密切相关的。

也算是相信罪与罚。
一如月光
逆流在鲜活的湖山之间，
嘀嗒在无限的秒针里，

用它中年的苍白沉思
一抔小小的泥土。
那里面，层层收紧的黑暗在酿酒。

而逐渐浑圆、饱满的冬日，
停泊在麻雀冻僵的五脏内，
尚有磨难，也尚余一丝温暖。

雪片，冷笑着，掠过虚无，
落到西湖，我的婚床上。

钱塘人苏小小在某种程度上是江南文化的一个隐喻，或者说是中国古典文化中某种精神内涵的象征。诗人潘维在年近不惑的时候，来到苏小小墓前，凭吊沉吟，他要“向美作一个交待”，“为灵魂押上韵脚”，在对一个传奇的历史人物进行追忆的情景中展开对自我生命意义的叩问。诗歌虽然没有正面描写苏小小的美艳和才情，但诗人在墓前的感喟和萦思无不是以历史人物为背景而生发和铺展的。在诗中，苏小小身上散逸出的江南文化气质与诗人心间对美的执着追寻形成了共振关系，传统文化的光彩将诗人多少有些贫乏的现代人生倏忽照亮。

柏桦《水绘仙侣》创作于2007年，这是一首“献给美丽的江南”的舒缓的挽歌。说它是挽歌，是因为本色的江南文化在现代化的洗刷之下已经所存无几，诚如江弱水所指出的那样，“江南已经只存在于故纸上了。20世纪，江南可谓四度遭厄：一二十年代的社会动荡，三四十年代的军事侵略，六七十年代的政治肃杀，以及八十年代的环境污染。柏桦的《水绘仙侣》，我是当作江南文化的悼亡词来读的，而这并不是第一份”①。该诗以历史人物冒辟疆和董小宛的情感纠葛为原型，借助绮丽和典雅的文字艺术地再现了冒董二人仙侣般的清欢与闲爱，也是诗人心中追寻的某种人生理想和爱情境界的形象写照。如“家居”一章有云：“家务是安详的，余闲也有情：/白日，我们在湖面荡舟，/逸园和洗钵池最让人流连，/夜里，我们在凉亭里私语，/直到雾重月斜，/直到寒意轻袭着我们的身子。//曾记得多少数不清的良夜，/你长饮、说话，若燕语呢喃，/而我不胜酒力，常以茶代酒。/有时，我们又玩别的游戏，譬如读诗或抄写：/‘人闲桂花落，夜静春山空。’/这一切不为别的，只为闻风相悦，/只为唯美，只为消得这水绘的永夜。”情韵款款，蜜意涓涓，和谐而宁谧的生存氛围，“闻风而悦”的唯美理想，构筑了世外桃源般的爱情小天地，这是对江南文化曼妙的艺术写真。

也不排除这种情况，写的虽然是历史人物，但将历史人物现实化和生活化了，历史人物的真实蕴涵却因而被消抹掉。如张曙光创作的《孔子》：“只是出于偶然的原因，这位/村学教师，成了后世的圣人/他血肉的身躯被雕成了泥像/放进了殿堂/说过的话，也一再被/重复着，直至变形。比起/他的学生们，他也许更加/富有人性，至少更质朴。比如/站在长江边，看着江水悠悠流去/他感叹说，就这样消逝了，部分/白天和夜晚。他更愿在初春/穿着做好的新装，沐浴着/清新的风。他挖苦着不争气的/弟子，和我的老师没什么两样”，这首诗将古代圣人世俗化，赋予孔子更丰富的人性内涵，削减了附着于其身上的神圣性，表面看来似乎与历史关系不大，其实也可以看作文化怀旧的一种独特表现。诗人以普通人的身份特征来重塑孔子形象，意在把持一种平静的心态去缅怀先人，同时通过对孔子形象的现代赋意，将当今授业解惑的教育工作者的人生意义进行了无形的升华。张曙光的《秦始皇》、《嵇康》、《慈禧》等诗作，也与《孔子》一样，是从独特的角度描画古代历史人物、书写文化怀旧情绪的优秀篇章。

对历史古迹的描摹和吟思，构成了21世纪诗歌文化怀旧主题的第二种呈现形式。在中华大地上，遍布着漫溢历史情景和文化意蕴的名胜古迹，古迹是古代历史的一种实物见证，它的存在可以让现代人频频产生睹物思人、回望历史的心理冲动。如叶文福写“赤壁”：“水阔山雄能者胜，赤壁作证/英主后来无英主，古无良方/圣口不吐盖世之雄，人杰皆来于草莽/敞大江之胸襟，方出焚江之周郎//吸万川雪水，大江壮哉/看无穷悲欢，笑也凄凉/浪层层，江风有情传千古遗

---

① 江弱水：《文字的银器，思想的黄金周》，《读书》2008年第3期。

恨/年过矣，祭滔滔江水黯然神伤……”（叶文福《武赤壁赋》）“赤壁”的历史韵味和现实启示可见一斑。中国古代的经典诗文也是传统文化的“遗迹”，它们以艺术的形式承载了传统的精神内涵，透露了历史和文化的丰富信息。在古典诗文中，唐诗宋词更是传统文化遗迹里最动人之处。叶延滨《唐朝的秋蝉和宋朝的蟋蟀》一诗从唐宋诗词中两个主要的诗歌意象切入，用富有机智的语言交代了历史风烟的消散和传统文化的失落。诗歌共有三节，首节描绘蝉声与盛唐的关系，次节揭示蟋蟀与南北宋的牵连，而最后一节是：“唐去也，唐蝉也远了/宋去也，蟋蟀也远了/无蝉也无蟋蟀的现代都市/只有不知从哪儿来的风/吹弹着水泥楼间电话线的弦/请拨唐的电话，请拨宋的电话——/忙音！忙音！忙音！……”诗歌折射出古典文化传统的悄然远去，现代社会的诗意阙如等现状。读到这样的诗句，会感觉文化怀旧的浓烈情绪如缕缕清风，拂面而来。

书写文化怀旧主题的第三种方式就是对现代生活的古典化重塑。所谓现代生活的古典化重塑，就是诗人在描绘现实生活的场景时，频繁地遣用古典意象入诗，让诗人的生存环境和生活方式都携带上古意盎然的文化气息，或者说在喧闹吵嚷的现代社会之外，另外塑造一个具有古典文化氛围的新的生活空间。新月派诗人徐志摩也惯用古典意象来表情达意，学者李怡称其诗歌为“古典理想的现代重构”①，那么我们感到疑惑的是，同样是采撷古典意象入诗，徐志摩时代可以唤作“古典理想的现代重构”，到了21世纪怎么要改称为“现代生活的古典化重塑”呢？我认为，这种变换主要是由于文化语境的差异而导致的。徐志摩生活的那个时代，传统社会结构刚刚解体，但古典文化的底蕴和氛围犹在。这个时候，虽然现代生活的身影日渐醒目和清晰，古典理想依旧如雾似梦般萦回在现代人的思维空间与心灵空间。所以诗人以古典意象来结构新诗，其实是用现代汉语在重构古典文化理想。但历经百余年来欧风美雨的洗刷和浸泡后，古典文化的风采和气韵已经从现代语境中悄然退场，现代社会中往往很难找寻到文化传统的鲜明印迹。这种文化氛围，也直接影响了当代诗歌的艺术成色。如果说新世纪诗歌最缺乏什么，我们也许可以说，最缺乏那种与传统文化纠缠在一起的兴味和缴绕，尤其口语化写作甚嚣尘上的当下，不少诗“随便写来，尽是大白话，甚至是粗话怪话”，这实在是不能“算作艺术”的②。当然，也有一些诗人，通过采撷

① 李怡：《中国现代新诗与古典诗歌传统》，重庆：西南师范大学出版社1994年版，第227页。
② 赵金钟：《中国新诗的现代性与民间性》，银川：宁夏人民出版社2007年版，第255页。

古典的生活情节和意象形态，赋予平凡现代生活的不平凡美感，从而用古典化的形态与方式重构和再造了现代生活。路也的“江心洲”系列组诗可以看作这类表达的典范。在这组诗中，诗人频繁调用了“江南”、“古老的岸”、“秦淮风韵”、“才子才女”、“相思病”、“成亲”、“待字闺中”、“凤凰台”、“楼台”、“烟雨”、“李香君”、“侯方域”、“李白”等古典意蕴鲜明浓郁的语词和意象，从而构建了一个与喧嚣芜杂的现实世界有明显距离的、具有传统生活气息和典雅风味的新的生存空间。比如《木梳》一诗：

我带上一把木梳去看你
在年少轻狂的南风里
去那个有你的省，那座东经118度北纬32度的城。
梳理闲愁和微微的偏头疼。
在那里，我要你给我起个小名
依照那些遍种的植物来称呼我：
梅花、桂子、茉莉、枫杨或者菱角都行
她们都是我的姐妹，前世的乡愁。
我们临水而居
身边的那条江叫扬子，那条河叫运河
还有一个叫瓜洲的渡口
我们在雕花木窗下
吃莼菜鲈鱼，喝碧螺春与糯米酒
写出使洛阳纸贵的诗
在棋盘上谈论人生
用一把轻摇的丝绸扇子送走恩怨情仇。
我常常想就这样回到古代，进入水墨山水
过一种名叫沁园春或如梦令的幸福生活
我是你云鬓轻挽的娘子，你是我那断了仕途的官人。

在这首诗中，“小木梳”这一主体意象的设置，已经为我们营造了一个古典化的精神氛围，而“运河”、“扬州”的地理位置的精心选择，将读者带至一个与唐宋有关的历史背景之中。“梅花”、“桂子”、“茉莉”、“枫杨”、“菱角”等植物，“莼菜鲈鱼”、“碧螺春”、“糯米酒”等饮食，无不闪烁着久远时代的迷人光泽，而最后一句“我是你云鬓轻挽的娘子，你是我那断了仕途的官人”，让人忍不住缅怀古旧光阴下的经典爱情。诗歌写的虽然是现代人的情与爱，但由于诗人在诗行之间嵌入了诸多古典意味浓郁的词汇和意象，现代人的生活情形从而被悄然古典化了。

三、田园乡愁与文化怀旧的相关性

新世纪诗歌中的田园乡愁和文化怀旧这两类主题都异常显在，二者之间也是有密切的内在关联的，值得我们深入思索。在西方，“乡愁”和“怀旧”基本上是同义词，它们源于两个希腊词根 nostos 和 algia，均含有回家、返乡、思乡的意思。在中国文化语境中，“乡愁”和“怀旧”的联系也许比西方世界还要紧密，相互依存的可能性更大。我们知道，中国——一个以农业文明为基本文化形态的古国，农业文化构成了中国文化的最重要部分，从古至今，农民都是这个传统国度里人数最多、比重最大的一群人，中国社会的基本结构是以农民为基础而建立起来的。费孝通先生曾用“乡土中国”一语来对传统中国的社会性质进行过高度概括，他指出：“从基层上看去，中国社会是乡土性的。……那些被称为土头土脑的乡下人，他们才是中国社会的基层。”① 所以，当中国诗人抒写田园乡愁时，同时也是在表达一种文化怀旧的情绪，反之，当他们进行文化怀旧时，他们的思绪往往会回归乡土、回归田园，以田园乡愁的形式将文化怀旧具体化和形象化。新世纪诗歌中的不少篇章，是将田园乡愁和文化怀旧两种主题同时进行书写和演绎的。例如郑小琼的《清明诗篇》：

山河像梦一样破碎，拆迁
剩下历史的阴影笼罩的宿命
啊，我无法忘记的旧有风俗
被工业时代污染，它们在心灵
深处挣扎，被不断地删改

逝去的人在镜中出现

① 费孝通：《乡土中国》，北京：北京出版社 2005 年版，第 1 页。

我的血液间残留着他的身影
声音和意义，从它的阴影中
逃离，那些遥远而静寂的风俗
聚积，空气中弥漫着传统的香气

我和传统像失散已久
从这一刻我必须重新提起，它
有些悲伤的风俗和古老的高傲
在春风或者青草间诵读诗篇
面对节气，习俗跟崩溃的传统
我无法忍受在人群中巨大的孤单
在破坏的心灵的废墟上，时间的斑纹
高贵而美丽，它重新落下清明雨滴

"清明时节雨纷纷，路上行人欲断魂"，清明节之所以历来会牵动亿万中国人的心，也许是因为它是和乡土中国一脉相承的、有着浓郁的农业文明气息的节气，它是一种有着丰富文化内涵的民间节日。清明节的祭祖、扫墓、踏青、郊游等活动，都是与中国传统的农业文化息息相关的。比如清明时节祭祖修坟的兴起，就来源于农业文明的生产和生活方式，葛剑雄曾这样分析道，"在农业社会，每年的收获结束时和农历新年时都会敬神祭祖。而清明节离新年又有一段时间了，需要给死者补充供养。经过一个冬天的冰霜风雪，对其坟墓也要进行修整，以保证这个居所的完整舒适。趁此机会，通过与死者的近距离对话，寄托哀思，祈求庇佑，从而给新一年带来希望"①。在《清明诗篇》一诗中，郑小琼用略显哀凉的笔调，陈述了在"清明"这个传统的节气里，许多旧有的风俗被现代社会删改，从前的山河像梦一样破碎的惨相，而处在工业时代的人们，已不再固执于古老的田园梦想，这使"我"显出了"巨大的孤独"。这首诗是对传统文化失落的悼惜，也是对工业时代造成的破损而凋敝的家乡、田园的深切缅怀。可以说，田园乡愁与文化怀旧两种主题，在这首诗里达到了相互协调和完美统一。

新世纪以来出现的田园乡愁与文化怀旧诗歌，在许多方面呈现出一致性。首

① 葛剑雄：《清明节传统的变与不变》，《探索与争鸣》2008 年第 4 期。

先，二者的文化根基是一致的，不管是田园乡愁还是文化怀旧，都是对农业文明传统的留恋和缅怀，都建立在传统农业文化的基础之上。其次，诗歌意象的一致性。诗人不管是抒发田园乡愁还是表达文化怀旧，都以具有农业文化特征的审美意象来结构诗章，诸如“村舍”、“小桥”、“麦子”、“稻谷”、“菜蔬”、“杨柳”、“蜂蝶”、“老牛”、“泥土”、“乡风”、“柴禾”、“青草”等，成为两类诗歌共享的典型意象。再次，两类诗歌中体现出的情感态度是一致的。诗人表达田园乡愁也好，或是进行文化怀旧也好，大都是立足于对逐渐远去的古老文明的追味，对当下社会现代化的某种不满，因此，两类诗歌都流露着诗人的某种淡淡的哀伤与愁怨之情。

自然，田园乡愁和文化怀旧并不是完全相同的主题范式，二者在诗歌的表达中有着层次上的分别，尤其是在那些将二者融合起来进行写照的诗歌里。比如陈先发的《与清风书》，诗人写道：

我想活在一个儒侠并举的中国。
从此窗望出
含烟的村镇，细雨中的寺顶
河边抓虾的小孩
枝头长叹的鸟儿
一切，有着各安天命的和谐。
……

这是长诗开首的六行，以“我想活在一个儒侠并举的中国”起头，其实就是用文化传统作意义统摄来引领下文。紧接着描写的“含烟的村镇”、“细雨中的寺顶”、“河边抓虾的小孩”、“枝头长叹的鸟儿”等景象，都是农业文明的典型物象，其间散发着幽幽的田园乡愁。该诗以这样的几行结尾：

看看这，桥头的霜，蛇状长堤
三两个辛酸的村子
如此空寂
恰能承担往事和幽灵
也恰能捡起满地的宿命论的钥匙

从“桥头的霜”、“辛酸的村子”等几个意象里，我们不难揣知到诗歌呈现的农业文明凋敝的残酷现实，诗人的田园乡愁自此变得更加浓郁。而当我们细致品读，就能发现文本深处蕴含着刻骨的文化怀旧意绪，它的存在赋予了田园乡愁更深厚的历史和文化背景。

再比如杨键《孤寒、贫瘠》一诗，诗人在第一节描摹了一个孤苦的老妇人形象：“这样孤寒、贫瘠的画面是否是暂时的呢？/一个穿黑棉袄的老妇人在田里弯着腰，/一条大黑狗在她晾晒的破棉絮下大喊大叫。/我只是看见她的孤寒没有看见她的灵魂。”这个卑微的生命，她的生存实在是令人同情和怜悯的，诗歌蕴含的田园乡愁情绪不觉扑面而来。在诗歌的最后两节：

我的祖先发明语言不是为了鞭挞，
而我偏偏用它来鞭挞。
白天，我虽有眼睛，但等于瞎子，
夜里，当我睡去，祖先在我梦里啜泣。

用他们为我们建造，
而我们将它废弃的文庙，
用他们为我们栽种
而我们不再仰望的古柏。

杨键自称有着与生俱来的忧患意识①，从这首诗中可见一斑。这里的“语言”、“祖先”、“文庙”、“古柏”等意象，都有着丰富的文化内涵，这些意象的出现，将诗人此前借助对老妇人孤寒、贫瘠生存状况的描摹而流溢出的田园乡愁转移到文化怀旧之上，文化在现实中的失落和诗人对传统文化的缅怀构成了强烈的矛盾与碰撞，诗歌由此呈现出突出的张力效果。

从上面的分析中我们可以看出，在许多兼容了田园乡愁和文化怀旧两类主题的新诗里，两种主题之间往往体现出明显的层次性，即田园乡愁构成了诗歌的表层结构，而文化怀旧则构成了诗歌的深层结构，二者相互呼应、互相渗透，使新世纪诗歌呈现出意义深厚、底蕴富足的美学风貌。

---

① 刘敬文：《杨键：忧患意识与生俱来》，《晶报》2007年3月24日。

第三节　新世纪诗歌中的政治抒情

一、政治抒情诗的当代命运

曾几何时，政治抒情诗是中国诗坛一面高高飘扬的风旗，它的震撼性、影响力和辐射面似乎是同时期的任何其他新诗品种难以企及的。当我们回眸 90 年来的中国新诗发展历程，面对《凤凰涅槃》、《雪落在中国的土地上》、《给战斗者》、《雷锋之歌》、《团泊洼的秋天》等一些政治抒情诗的时候，我们对于新诗在书写时代风云、反映大众心声上的非凡创造每每都会生出无限感慨与赞叹。而当我们清点新时期 30 年来的政治抒情诗创作时，我们的心情又是相当复杂和纷乱的。一方面，我们为改革开放以来中国新诗多向拓进、百花争艳的繁盛景观而兴奋，为"个人化写作"诗学原则指导下每个诗人个体都充分展现的艺术独异性而欢呼雀跃；另一方面，我们又会为新诗与时代政治、与民众生活的日益疏远而心生忧虑，为新诗地位的日益边缘化而扼腕叹息。新诗在近 30 年来的发展中出现的问题是不少的，需要我们作一些冷静的思考与分析，对于政治抒情诗在当代的遭遇和命运的思考自然是其中之一。政治抒情诗在当代遇到了一些困难和麻烦，原因是多方面的，其中一个必须注意的事实是：新时期 30 年来，当"个人化写作"的美学范式被奉若神明、位居一尊的时候，也就是政治抒情诗的生存空间变得异常逼仄的时刻。

我们并不否认，政治抒情诗确乎存在着某些艺术表达上的隐患与瑕疵，比如对现实主义的着重突出和强调有可能造成对其他艺术风格（浪漫主义、现代主义甚至后现代主义）的排斥和遮蔽，对于重大社会现象和问题的关注可能会相对忽视对个体心灵轨迹与生命经验的深度开掘，文学大众化的价值取向可能会带来表达上的空洞说教以及诗歌语言的直白与浅俗。尤其是当"文革"期间中国诗坛成为赞歌与颂歌的抒情模式一花独放的时候，政治抒情诗的上述痼疾则被彻底放大，从而一定程度上败坏了读者的胃口，也直接影响到人们对这类诗歌体式的阅读兴趣和客观评价。这为新时期 30 年来人们对政治抒情诗的非理性对待和不恰当估定留下了阴影。

许多人把朦胧诗与政治抒情诗对立起来，认为朦胧诗的出现是对五六十年代政治抒情诗的反拨，我认为这样的观念是值得商榷的。诚然，朦胧诗在 70 年代末80年代初的强势崛起，宣告着中国新诗迎来了一个新的历史转型，以表现自我、书写个体心灵、大量运用象征、暗示和隐喻为基本特征的诗歌创作成为一种文学主潮。众所周知，“朦胧诗”命名的来历，源自一个对新诗潮持质疑态度的批评家章明在1980年发表的《令人气闷的“朦胧”》一文，在这篇文章里，章明列举并加以批判的所谓“朦胧”的诗作是九叶诗人杜运燮的《秋》和青年诗人李小雨的《海南情思》，这两位诗人其实并不在后来文学史公认的朦胧诗人群体之列。章明文章中出现的这种错位现象，从另一个侧面表明，当时创作“朦胧”诗已经不是个别诗人或者某个群体的行为，而是整个诗界向新的艺术领地进发的共同的审美诉求。

从1979年到1981年，经过两年多时间的激烈论争之后，朦胧诗的审美合法性逐渐被建立起来，北岛、舒婷、顾城、江河、杨炼、梁小斌等诗人的作品得到了读者的认可并在社会上广为传诵。值得注意的是，朦胧诗人大都出生于50年代，由于历史的原因，他们的诗歌阅读经验基本上还是以政治抒情诗为主，受到左翼诗歌的滋养，他们的诗歌作品在重建个人话语空间的同时，从未离开过对公共话语的依存。他们一方面要表现自我，另一方面也没有放弃对于时代和社会的表现，而是在个体精神抒写之中饱蕴着集体主义思想和爱国主义与英雄主义情绪。《回答》、《一代人》、《祖国啊，我亲爱的祖国》、《纪念碑》、《中国，我的钥匙丢了》等朦胧诗的代表之作，都是这方面的典范。在这个意义上可以说，朦胧诗是从一个新的视野和角度升华了政治抒情诗关注时代、忧国忧民的可贵品格，并有效地祛除了这类诗歌存在的某些创作痼疾。朦胧诗能在当时引起极大的反响和轰动，不仅仅是以“表现自我”为价值追求的个人化写作的胜利，更是时代精神和集体主义观念在一个新的艺术空间得以充分伸展进而在读者心中产生强烈共鸣的结果。

在朦胧诗受到越来越多的读者关注和喜爱的同时，还有一类诗歌也是异常重要并产生了强烈社会反响的，它们就是新时期的政治抒情诗。在当时，诸如雷抒雁的《小草在歌唱》、熊召政的《请举起森林一般的手，制止！》、叶文福的《将军，你不能这样做》、张学梦的《现代化和我们自己》、韩瀚的《重量》、公刘的《沉思》等，在读者中产生的影响和震撼丝毫不在朦胧诗之下。这些诗作无论是在对现实的真切体验、对历史的深刻反思还是在艺术手法的多样性与丰富性上，不仅超越了五六十年代的政治抒情诗，而且也是可以与同时期的朦胧诗相媲美的。

令人遗憾的是，随着时代语境的变化以及个人化写作思潮的肆意泛滥，对政治抒情诗的关注和评价逐渐走低，而将个体与集体熔为一炉的朦胧诗的诗学精神，也并没有为后来的诗歌创作者所继承并发扬光大。继朦胧诗之后，新生代诗人们喊着“PASS 北岛、舒婷”的口号登上了诗坛，一时间各种主义争相出笼，各种面目怪异、风格奇特的诗作交叠而出。必须承认，新生代诗人在艺术创新和美学探险上是功不可没的，他们在许多路向上探索出新诗艺术表达的各种可能性，大大拓展了新诗的审美空间，为新诗创作带来了可贵的生机与活力。在新生代诗人之中，如海子、骆一禾、西川、王家新、翟永明等，他们通过独具特色的艺术创作，向我们提交了一些相当优秀的诗歌作品。不过，在“反传统、反历史、反文化”等诗学主张的支持下，新生代诗人们的不少诗作，某种程度上只是没有思想深度和文化韵味的语言狂欢，这些诗作究竟有多大的艺术性和生命力，实在是值得怀疑的。

从 20 世纪 90 年代以来，尤其是新世纪以后，受到商业文化的影响与冲击，中国新诗已经日益走向边缘化，加之互联网平台出现以后，诗人创作的不负责任和随意性问题变得越发严重，“垃圾运动”、“下半身写作”等诗歌潮流甚嚣尘上，无意义的口水写作和没有节制的性行为铺叙，导致了新诗在读者心目中的形象变得越来越猥琐和低劣。这段时期虽然出现了打工诗歌和“地震诗歌”等具有鲜明的现实主义品格和人道主义关怀的作品，但并没有得到诗界客观公正的评价和足够的重视。理性地分析，当今诗坛存在的最大问题是诗人普遍缺少对积极意义的追寻、对重大社会事件和历史主题的关注与写照、对伦理道德的坚守与承担等思想意识。造成这些问题的原因，一方面是由于近些年来诗人们“个人化写作”的不正确理解与过于尊崇，而没有在个人感念与时代情绪之间作相应的沟通与转换，由此生成的诗歌作品只会是诗人个体的自我吟哦，很难具备普适性的意义与价值；另一方面，也与诗坛对政治抒情诗的低估甚至有意忽视有关。政治抒情诗虽然在艺术上还存在一些缺点与不足，但在实现新诗与现实的拥抱、与大众的联姻、新诗对国家民族命运的担当、对理想信念的热情表述以及对社会问题的有力批判等方面，却是做得相当出色的。

客观地说，在新世纪诗歌中也不乏一些关注历史、关注时代、关注社会、关注大众的优秀政治抒情诗，例如王久辛的《致大海》、梁平的《三十年河东》、胡茗茗的《火焰槐花》、丘树宏的《共和国之恋》、汤松波的《东方星座》等。在《致大海》中，诗人王久辛以澎湃的激情和真诚的爱心直指社会时弊，对于国家、民族和人类命运表达了深深的忧患。《大地夯歌》以富有浪漫主义格调的抒情方式，艺术地再现了红军长征的恢宏历史。《三十年河东》是一部全面展示新时期30年历史成就的长篇史诗，在3 500余行的篇幅里，诗人梁平从政治、经济、文化、军事、教育等多层面对30年来中国在各个方面的巨大发展进行了全景透视。胡茗茗的《火焰槐花》聚焦白求恩来到中国的这段动人历史，以“火焰”“槐花”“伤口”为核心意象，在诗人主体与描述对象的生命对话与心灵交流中，将白求恩这位加拿大医生的中国之行所具有的历史意义、现实价值、生命启示、道德力量等作了精彩的诗话演绎和情感传达。可以说，这些作品都是新时期30年来新诗创作中的长篇巨制，因为它们对于重大社会问题和特定历史的宏观鸟瞰与生动再现，均可称之为“史诗”、“大诗”。可惜的是，这些作品没有引起我们的高度重视，它们的受众面和影响力还比较有限，它们所产生的社会效应远没有达到应该达到的目标。从这些作品的遭遇来看，政治抒情诗的当代命运是着实令人担忧的，政治抒情诗的独特价值亟待我们重新估价与认识。

二、《三十年河东》：“大诗”与大历史的拥合

从1978年迈开的中国改革开放之路，到2008年，时光正好走过了30年。对于有着5 000年文明发展史的中华民族来说，30年不过是历史长河中的短暂一瞬，然而对于当代中国人而言，刚刚过去的30年又具有着极为深远的意义和极为重大的价值。改革开放30年来，中国在各行各业上的突飞猛进令世人瞩目，中国政治、经济和文化等全方位的发展与腾跃成为世界历史上的奇景，成为世界文明史上光照千古的动人诗章。改革开放30年，这是富有韵味和力量的历史时刻，是中华民族向世界捧献的精彩绝伦的鸿篇巨制，只有以大诗和伟辞才可能承载它、描述它，才能呈现它的精粹和风华，留存它的美丽倩影和永恒魅力。在这个意义上，梁平在新世纪初创作的长诗《三十年河东》，以书写改革开放30年的历史发展为主题，真实而生动地展现了东方大国“睡狮梦醒”的崛起和强盛，是当代诗歌史的又一巨大收获，成功实现了大诗与大历史的完美拥合。

理性地审度，一段大历史绝不只是诗的历史，历史所呈现的滞重沉雄、波谲云诡，构成历史主体的社会政治所具有的苍茫气度和庞大体系，不是轻飘如缕的诗歌能够相提并论的。历史的重型机器轰隆行进时，它裹挟的和覆盖的物质与精神层面的世界方阵，似乎超越了任何人的想象能力，没有哪一种文学文体能够包容和涵盖它，何况是一向被人视为贫弱的中国新诗。改革开放30年来，中国在

政治、经济、军事、外交、教育等诸多方面都跃升到一个全新的文明高度，30年完成了此前100年甚至几百年的夙愿，实现了此前多少代人没有完成的理想和目标，因此，想用新诗的艺术形式，来真实而具体地再现这一段历史的精彩面影，实现诗与当代中国人文精神状况的成功对接，这对每一个诗人来说都是极大的冒险，以诗书写当代史对于任何作家来说无疑是一种思维、智力与经验的极限挑战。一方面，社会历史的宏大主题、超常结构、包罗万象的辐射性和风云变幻的机动力，一开始就给文学创作置设了很高的艺术表达难度，没有过人的胆识和非凡的勇毅，一个诗人是不敢轻易闯入这个表达区域的。另一方面，社会历史的具体性、现实性甚至冗杂性，与诗歌文体之间似乎存在着巨大的分野与差异。从通常的审美经验来看，诗歌需要的是精练，是“以少总多”（刘勰《文心雕龙》），是“言有尽而意无穷”（姜夔《白石道人诗说》），但社会历史丝毫不会按照文学文体的思路发展和存在，社会历史自始至终都是杂乱的、琐碎的，与其说它是诗的还不如说它是非诗的，社会历史先天性是与诗性相抗御的。然而，一个作家要真实地描述社会历史的真相，又不得不进入历史的内部，把握每个历史事件所发生的时间、地点、相关人物和具体的事件展开过程，而这些细而小之的时间地点人物和事件似乎都不足以体现出文学表达的诗性特征来。上述两个方面的存在，决定了用诗歌来呈现改革开放30年这段辉煌历史的难度和风险性。

不过，如果换个角度看，大历史往往又是诗性洋溢的人类文明史，大历史与诗歌之间往往又具有某种同构关系。大历史的大刀阔斧与诗歌的删繁就简如出一辙，大历史的不为尘俗所易、勇于开拓与新诗的“喜新厌旧”、追新逐异的诗学精神并无二致，大历史以人为本的文化建设逻辑与诗歌人文关怀的审美属性有着天然的合一，大历史和谐共生的张力结构与诗歌意蕴生成的张力结构惊人相似。所有这一切，其实也为新诗书写大历史注入了强大的合法性。改革开放30年显然是人类文明进程中的一段大历史，它具有上述所有的诗性品格，这在一定程度上为梁平长达3 500多行的“大诗”《三十年河东》的成功提供了坚实的基础和丰富的创作源泉。

“大诗”是诗人海子提出的一个诗学术语，是对“史诗”这个传统术语的新的阐释与表述。长期以来，梁平一直有一种“大诗”、“史诗”情结，2003年起他投入极大的热情，连续创作了《重庆书》、《三星堆之门》两部民族史诗，从而成为新世纪以来成就甚丰、备受瞩目的诗人之一。《三十年河东》是梁平直面改革开放30年来的历史足印，将个体对民族命运的关注和对社会发展的礼赞融入诗行之中，写出了这段历史的诗性精神和人文价值，这是当代中国对改革开放30年恢宏历史进行诗意表达的第一首长诗，它所具有的诗学意义、所提供的审美启示，是极为丰富和深刻的，值得我们细致的品读和深入的阐发。

如前所述，历史形态总是驳杂而繁乱的，任何历史都是由纷纭无序的事实和材料堆叠与组构而成，历史的原貌从来就不是诗意或者诗性的，历史虽然也不乏诗性因素，但历史中所具有的诗性因素被事无巨细的物象所消食和稀释，要想让历史的这些诗性素质在浩瀚的物质云团中现出身影，诗人就必须选择，就必须剪裁，必须拨开非诗性的层层物质迷障让诗的月光明亮起来，清晰起来。在长诗《三十年河东》里，为了让改革开放30年的神奇历史和伟大业绩在诗歌的篇章中发散出迷人的光芒，梁平在对历史史实进行仔细爬梳和整理之中，注意抓取历史的“诗眼”，通过对这些“诗眼”的细描和点化，既准确书写了30年的历史变迁，又让历史述说呈现出浓酽的诗情和诗韵来。长诗除了序和跋之外，主要由五个章节构成，每一章每一节都可以说是由“诗眼”缀接组合起来的，它们如珍珠串成的项链，闪着迷人的艺术光泽。第一章“春天故事”包括《土地，艰难的觉醒》、《沿海，特别的实验》、《五彩的中国版图》、《归去来兮，香港、澳门》等四个部分，分别讲述了“联产承包责任制”、“特区经济实验”、“乡镇企业建设”、“香港澳门回归”这几个重大历史事件，这是对改革开放头20年中从农村到城市、从国内到国际所显现的中国政治和经济的变化与发展景观的诗意再现。诗人选取的这四个方面，极为准确地交代了现代中国努力摆脱文革的沉重阴影而迈开发展的最初步伐，在一步一个脚印的坚实步履中逐渐走向壮大与强盛的几个关键的历史节点，它们确然是历史的“诗眼”，诗人通过对这几个方面的诗意写照，有效地将历史的无限风味和深厚蕴意提挈并表达出来。构成第二章“突围解密”的五个部分依次题为《中国，一张通红的脸》、《关键词：科学与教育》、《天平上的共和国》、《裁军，中国精兵之路》、《握手世界，和平与发展》，分别展示了改革开放30年来中华民族在经济、科技和教育、法制、军事以及外交上所取得的辉煌成就，这五大环节显然是30年来最为重要最为关键的强国策略，这是对历史风云的准确勾勒，也是对历史所具有的诗性力量的巧妙传输，这样的“诗眼”一旦被点亮，诗歌的熠熠光彩自然就发散而出，璀璨夺目。

历史构造常常是多层面、多向度的，既有群体的历史，也有个人的历史，既有宏观的历史，也有微观的历史。因此，历史的“诗眼”也是多种多样的，既有宏大的“诗眼”，也有细微的“诗眼”，二者相为辅助，相互映衬，这才既符合历史的真实纹理，又能构建起立体化的诗意空间。如果说诗歌的第一、二、三、五章主要是站在宏观的视角上来书写历史的话，那么第四章《时间印记》则侧重于个体和微观，以小角度凸现大世界。这一章由《流行记录》、《春晚年夜饭》、《诗意中国》、《青春志愿》四个部分构成，每一部分都从一个特定的角度来反映改革开放30年来中国人思想观念和精神面貌的不断更新和变化。《流行记录》以文化时尚诸如装束、音乐、饮食、资讯、影视等的发展移变为表达视角，生动展示出30年来中国人思想观念的逐步开放和生活方式的日新月异。《春晚年夜饭》以春节联欢晚会这个万众瞩目的文娱品牌为线索，将中国老百姓的精神生活和文化记忆艺术地再现出来。《诗意中国》从诗歌的特定角度来讲述历史，以30年来出现的重要诗歌作品和诗歌事件为着眼点，呈现出历史风烟中永不熄灭的诗性精神。《青春志愿》将历史镜头对准了改革开放中涌现的优秀青年，重点描画了陶智勇、张云峰、丛飞、莫锋、程平、马有德、圈发龙等几个优秀青年的感人事迹和美好心灵，书写出30年改革开放历史中极为闪光的一页。青春是一个国家和民族最有生机、最有朝气、最富活力的部分，青年人某种程度上代表着民族的前途和希望，正如诗人所云，“青春志愿，不仅仅是精神文明的一道风景/而成为中国改革大潮，走向最深处/最遥远、最年轻的生命节拍/共和国的历史，将为他们/书写一段无比辉煌、永不褪色的青春记忆”，可以说，青春志愿者的伟大行动，怎么肯定和褒奖都不为过。与其他几章比起来，这一章抓取的“诗眼”确实显得细小了些，但毫无疑问，这些主题的生发是同样具有不凡的意义和价值的。

为了对宏大历史进行最有诗意的艺术表述，在《三十年河东》中，梁平不仅准确地提取了历史的“诗眼”来写照，还善于对历史细节进行诗意升华，以此彰显历史事实和材料的内在精神结构。构成长诗的第三章《巨桨破冰》的四个部分分别是《知识青年，一个历史名词》、《西部，西部》、《老东北的新时代》、《绝对中国，新农村建设》，这是对30年改革开放中解决几个老大难建设问题的诗歌采写。对知识青年由下乡到返城的历史事实，诗人用富于赞叹的语词来点明其重大意义：“那些虚无的英雄主义色彩褪去了/趟过炼狱之火的知识青年/丢失了壮怀激烈的口号和猎猎旗帜/青春付出，在黑土地、黄土地、红土地上/却收获了人生的苦难和责任/他们不再去纠缠这条炼狱之路的究竟/而是拼命追赶已经不再的青春……涅槃的凤凰展开大翅/翱翔在改革的晴空，每一个亮相/都有特别的色彩/知识青年，一个历史的名词/在今天国家栋梁的森林里，格外出众”，这几行文采飞扬、情绪饱满的诗句，将一段特定历史作了精彩的诗意点染与升华，显示的是诗人梁平对这段史实的认真咀嚼和独特思考与发现。西部大开发是中国为促进区域经济协调发展、缩小东西部差距而打响的重要战役，诗人如此礼赞这场战役的蓬勃气象和美好前景：“四万万西部人民的大合唱/整个民族注入的音响/雄浑、高亢、激越、壮丽的豪情/像火一样，点燃了这一块古老的土地/西部，西部，雪在燃烧……”；“西部偏远、闭塞之门打开/四面八方的来风，唤起无限生机”；“西部中国，正在提速奔跑/前方，就是我们的梦想和光荣”，奔放与嘹亮的诗性烛照，可以说是西部大开发这一历史主题的最形象诠释。此外，诗人还以“沉睡的东北苏醒了，开始变得年轻/在新世纪重新‘荡起了双桨’/把‘老工业基地’这只大船/打造成破浪的战舰，滑向理想的彼岸”来讴歌老东北的新创业，以“三十年前觉醒的中国土地/三十年前播种的希望，缤纷的花枝/绽放万紫千红，每一抹色彩/都在刷新这里的记忆/吸引所有的目光”等诗行来称颂新农村建设，都是对具体历史发展事实的生动而恰切的诗意提升，以此鉴照出现代化建设的卓越和中华民族的伟大。

除上述两种诗学策略之外，梁平还巧妙设置了一种时空结构，来编织全诗的意义空间。在时间上，梁平有意启动了三个有意味的时间符码：第一个是5 000年，这是象征中华文明的悠久历史的时间符码；第二个是自1840年至1949年的近代，这是一段充满了屈辱和“内伤”的历史；第三个自然是改革开放30年。诗人将这三种时间符码组合在一起，将改革开放30年这个当下时间符号放置在其他两个时间中来考察，说明改革开放既是五千年悠久文明历史和文化传统的继承和发扬，同时又是对近代以来在中国人心灵世界所出现的斑斑伤痕的一种有效疗治和修复，辽远的上下五千年、切近的近代历史，都成了彰显改革开放30年在民族生存与发展过程中所具有的伟大意义的深层背景，在这两个背景的映衬下，改革开放30年的形象才显得异常突出与高大。在空间设置上，诗人巧妙地将区域地理与国际格局这两个空间符号缀接在一起，一方面，描画了30年改革开放的创业实绩在中国大陆版图上的许多地理位置开花、结果的史实，诗中涉及的中国地理包括中原、沿海、西部、东北等；另一方面，诗人也善于以国际为背景来描述中国的事情，将中国的建设和发展放置在国际大环境中来言说，更凸显中华民族崛起的世界性影响和意义。例如诗人在第五章《当惊世界殊》的五个部分《高峡出平湖》、《圣火中国》、《WTO，我们来了》、《通天之路》、《飞天圆梦》里，分别抒写了葛洲坝水利工程建设、奥运会承办、加入世界经贸组织、青藏铁路修建、航空航天事业发展等五大震惊中外的创世之举，五大事件每一件都是令各国关注的世界奇迹，它们的成功自然也是世界文明史上的重大收获，它们的意义也只有放在国际背景中来言说才更能传达出此中的真谛。诗人写葛洲坝："这是改革开放的中国在世界水利史上/写下的世界之最"；写"圣火传递"："这是一次中华文明的传递/这是一次世界文化真实的接力/世界上没有任何一种力量/像奥林匹克火炬一样/能够把全世界的人们连接在一起"；写中国"入世"："这是中国政府15年不懈努力/结出的一枚沉甸甸的果实/中国登上世界经济舞台，翩翩起舞"；写青藏铁路："从格尔木到拉萨的青藏线/不是中国7.5万公里铁路网的简单复制/它在驶向新的海拔高度的同时/创造了人类铁路史上科学技术的新纪录"；写航空航天："中国，'可上九天揽月'/肩负起为人类和平开发、利用太空/——无比骄傲的使命"。每一次都是展示中国创造的惊人奇迹，每一次展示都将中国的奇迹放在国际和人类的大格局大背景下来言说，这对阐述中国奇迹的世界意义来说具有鲜明的凸显和强化作用。三种时间、两大空间，十分巧妙地编织出全诗的抒情框架和意义空间，使改革开放30年的诸般历史印记一一显明，使诗的历史化与历史的诗化二者之间达到完美统一，实现了大诗与大历史的彻底拥合。

三、"新战争诗"：政治抒情诗的新气象

"战争"题材往往是现代诗人抒发爱国情感所依赖的主要价值载体。战争场面的宏大叙述、英雄主义的理想建构、敌我双方的血腥交戈等，常常是这类诗歌中基本的表达范畴。在新世纪的历史语境中，如何对革命"战争"进行重新书写，并超越以往战争诗歌的传统模式，敞现新的审美内涵，将是一个重要的诗学命题。从2008年5月到2009年6月，胡茗茗在短短一年多的时间内，连续创作了《地道》、《火焰槐花》、《破冰》、《埋伏》、《水戏》等多部有关战争题材的长篇抒情诗，而且艺术水准也相当不俗，可以说是当代诗坛的一个奇迹。作为一个女性诗人，胡茗茗是采取什么方式来书写战争题材的诗歌，又是如何成功地驾驭了长诗写作呢？细读以上五首长诗，我们不难发现，胡茗茗不是从传统的民族心理习惯来还原战争现场，体现集体无意识，而是通过主体生命的积极介入来体验历史深层内核中的无限与永恒。因此，文本中独具个性特征的生命、情感和精神，通过战争题材的诗篇获得了完满而清晰的呈现。胡茗茗以对战争题材的全新书写，创制了一种我命名为"新战争诗"的艺术模式，从而使新世纪政治抒情

诗呈现出新的气象。我们将以“战争”、“女性”、“长诗”三个关键词为统摄，来观照胡茗茗“新战争诗”的艺术风貌。

“战争”，在想象与历史之间。自古以来，“战争”就是中外诗人重要的观照对象，大部分的战争诗往往会展现战斗中的两军对垒和敌我火拼的情景，给予读者直观的现场感受和情感共鸣。而胡茗茗的战争诗却超出了传统战争的表达惯例，不去再现战争中狼烟四起的风云场景，而是寻求超越历史表象的生命向度和精神本质。其诗情的喷涌不是通过血腥的战斗场面来直接激发的，而是在对个体生命生存与消亡的沉吟中渐趋高潮。例如《地道》，全诗共二十一节，相关的战争场景直到十六节的“档案五”才开始少量涉及：“多么富有想象力的民族/冀中平原出现了奇幻战争”。尽管如此，诗歌也避免对两军正面交锋场面的直接书写，而仅仅通过对敌方单向度的“想象”和“虚构”来展开笔锋。其中有对“地道”的赞叹：“我们把村庄搬到地下/我们把战争搬到地下/我们使无险可守的平原/变为坚不可摧的要塞”“地道战，嘿！地道战/埋伏下神兵千百万!”也有对敌军的愤慨：“土褐色的血管继续延伸/智慧和勇气继续延伸/我要把地道挖到你家去，鬼子！/挖进你的碉堡和岗楼，月黑风高”。这种愤慨和斗志是建立在之前五个档案里一个个生命陆续消逝所引发的情感体验中的。随后的几节也没有大篇幅地描绘战争场景，而是更多的上升到对生命和死亡的思考，这也与诗歌的起始相互呼应。我们很容易看出，文本一开始便将战争设置在生命意识、时间意识和存在意识的高度上。首节“我们所要搭乘的路线：/65 年前、百年以后、公元前/乘客：男人、女人及其死者/方向：秘密、空缺、安全/司机：时间”，这样的开头，不禁让我们想起伊丽莎白·毕肖普《麋鹿》中落脚于生命和死亡的诗句“一辆巴士向西驶去”。不过与之相比，胡诗显得更有深意，时间、人物以及事件的象征性均暗示了主体意识和客观世界的某种联系。搭乘的路线没有具体指向，乘客涉及生死，未知的抵达方向，时间的纵深向度，都使得《地道》一诗从酝酿之初就显示出形而上的审美制高点，并同诗歌结尾处形成纵横捭阖之势。所以说，胡茗茗战争诗的侧重点并非在于对战争场景的直接呈现，而是透过积淀着战争遗迹的情感经验，来彰显那些超越历史表象的恒久性价值。

已经历史化的英雄人物同样也会在胡茗茗的战争诗中出现，例如《埋伏》中的王二小。不过，诗人摒弃了传统的浪漫主义和理想主义的宏大抒情，并未将其演化成为战争献身的“抽象化”的、象征性的英雄符号，而是将王二小作为和诗人骨肉相连的亲人来抒发对其少年生命消逝的悲痛之感。我们知道，新世纪的诗人是很少有人能亲历战争年代的场景的。那么，胡茗茗如何在历史的“原素”中建立战争叙述呢？她首先是将自身植入战争背景，并将英雄人物看成是自己的亲人和生命的一部分。这种构思不仅弥补了“想象”性体验中所缺乏的现场感，而且可以使读者更为便利地进入诗人视角，并与战争人物同呼吸、共命运。《埋伏》的题记是：“你由一块儿总爱贴着我的小膏药，/变成一场战争的止血绷带。”两种物象的比喻不仅突出了“你”（王二小）与“我”（母亲）的关系，而且从“小膏药”向“止血绷带”的转化也令人触目惊心。接着，诗歌首节以母性的语言来反复吟唱：“其实你没有血肉模糊/甚至根本不是睡去/你只是很乖很乖地做个小孩/委屈地扎进娘的怀”，诗人将抒情主体设置为王二小亲人的身份，这种抒情方式使诗中流溢的情绪更为真切动人。如果说单一视角的写法和传统的战争诗并无二致的话，那么胡茗茗战争诗的高妙之处还在于，诗中的抒情视角是多重的、多变的。例如在《埋伏》中，诗人将抒情主体设置为“娘”，“王二小”，“战士”，“诗人”等多重身份，这些角色的不断转换和相互对话，为诗歌文本增添了多义性和象征性，扩大了诗歌的意义容量和情感幅域。再者，诗人对英雄人物王二小的塑造也是建立在对自我、对战争进行反思的基础上的：“我们顺从了内心的凶险/在山峦周围设下圈套”“眼看你步步走在刀尖上/步步敲击我的措手不及/——亲手埋下的死路/——覆水难收”，诗人也隐晦地表现了对王二小为战争计谋而承担诱饵的悲痛之情，对战争中常见的狭隘民族主义观念提出了某种新的思考。总之，胡茗茗的战争诗在战争的物质性元素上融入了诸多个体性的情感话语和生命经验，从而有效避免了传统诗歌中口号式、标本式的理想主义抒情的泛滥。

女性，符号化与个性化的统一。在传统战争诗篇中，女性一般作为战争背景中被物化的形象而存在。她们或被塑造成战争后方的思念主体，或被物化为战争中谋取利益的工具，即使有书写女性建功报国的诗篇，也往往建立在性别乔装的基础之上，《木兰诗》就是一个典型的例子。在20世纪的抗战诗中，大多数的女性人物也仅仅是战争意识形态中符号化的形象，而在战争演绎中直接表现女性意识的诗作则相对较少。诗人胡茗茗突破了以往战争诗的局限，她充分发挥着自身的性别优势，以独特的情感经验与知觉气质，写出了女性视点上别样的战争意味。

胡茗茗战争诗中的抒情主体大致可分为诗人、个体和集体三重模式。而且，她善于在诗歌中变换多重身份，在各种视角的转化中进行着言语的吐纳。在《破冰》中，抒情主体以“诗人”的身份出现，表达了对一代伟人的敬仰与爱戴之情。诗歌中抒情的力量是通过“诗人”向“伟人”的单向度对话而展开的：“被掩埋的古老的苦痛啊，父亲/你抹去了上面的皱纹和绳索/重新擦亮了生命的藤条筐。”同样，她在文本中也将抒情主体设置为“伟人”子女的身份，并通过诗意的语言来敞现诗歌的深层意蕴。在《火焰槐花》中，诗歌的抒情主体是作为见证白求恩生命过程的亲历者而存在的。诗人主要是采取“个体”的抒情方式，叙述英雄人物的言辞和行动，并对其进行更深层次的认知和思索。在战争医疗场景的真实“想象”中，诗人寻求与受述者对话的可能性，并最大限度地从身份叙述的感知中高扬普通人物的生命意识：“锃亮的手术刀，简易床板/优雅的手指行云流水/拔走吸管，你用嘴唇直接吸出脓血/我残破而断裂的身体/第一次得到了安顿”，诗人以病人的形象真实地书写了手术期间的感受，且流露出对白求恩的感激之情。而诗歌《地道》的“档案五”则是以“集体”的声音进行叙述和抒情的：“我们把地道挖遍中国，四亿人的力量/跨黄河、跨长江、沿日本海过富士山/直挖进低矮的榻榻米，放牧我们的羊群。”值得注意的是，整首《地道》实际上是多重叙述声音的交互转化，从第一节至第六节，“诗人”的身份和地道中“个体”的身份交替登场，从第七节到十七节的各个档案叙述中，多重“个体”身份相互之间又不断转化，正如十九节中所描绘的那样：“在时空转换中我不停转换角色/农民、战士、诗人、理想与现实主义。”“个体”身份在前几个档案的叙述中不断变化和推衍，直到最后一个档案，才升华为“集体”的抒情主体和叙述声音，从而将整首诗的情感推向高潮。在档案叙述完成之后，抒情主体又还原到“个体”的，或者说是“诗人”的身份，来表达对生命、苦难和大爱的喟叹：“苦难给我们恐怖，而我们用它来抒情”，“有多少条生命就有多少条地道/它们是否应该存在？在这个夜晚/我突然对此产生疑问”。这样，胡茗茗的战争诗就从物质形态的形而下层面上升到艺术、哲学和美学的形而上高度，引发读者对战争更强烈的共鸣与更深层次的反思。

在多重抒情主体和叙述声音中，胡茗茗自觉融入了自我的女性气质。她不去直接描摹宏大的战争场景，而是常常从某一细节性的具象或事物入手，在对共时性元素进行挖掘之后，渐渐凸显诗中的抒情对象。她不是从空泛的重大题材和表现内容出发，而是从生命、精神和存在等超越时空的本质上，书写主观的情感体验和战争叩问。同时，胡茗茗也善于运用女性的知觉器官，将其对历史的“想象”性体验注入性别的无意识质素。如《水戏》一诗，就不是直接地展现战争中的两军交锋，而是将战争当成斗智斗勇的游乐场而存在。这在某种程度上象征着诗人积极昂扬的乐观主义精神。诗中更多的是描绘“雁翎队”风景如画、如歌谣般的战争环境，并且在生命和死亡的主题中呈现出许多艺术美的元素，如“枪声仍在继续/飞翔仍在继续/生命仍在继续/那弱小生命里的坚强和执意/——美轮美奂的飞翔/随意定格都足以让人窒息”，诗中用飞鸟弱小生命的飞翔来隐喻战争年代人们生存的坚强生命力。胡茗茗能将战争中的死亡和生命描写得如此之美，是建立在她作为女性对生命感触细敏、对美的追求执着的基础之上的。

同样，胡茗茗的诗歌中也有着一些身体的书写。在一些女性诗歌写作中，诗人将身体赋予的特权作为顺从或颠覆男性统治话语的工具，或者是对其进行本能欲望的感官书写。而胡茗茗的诗歌却是以独特的女性经验来感受生命对身体的赋予。在《火焰槐花》中，诗歌标题为“纪念一个带伤口的男人”，也就是说，诗人先是将白求恩作为一个普通的男性来看待的。她写道：“‘人体多么优美，器官精巧完善/他们的运动精确无误，非常驯服，非常自豪’/现在，我就是你的作品，你的战场/你纯金而无助的宝贝”，或许，也只有一个女性诗人才可能将身体比喻成医生的完美杰作：“纯金而无助的宝贝”。诗人在开头就写道：“我是你的女儿，你的姐妹/你万劫不复的情人”，女性具有的多重角色决定了“爱”的多义性：“你爱着我的贫困，我的创伤/我一草一木的陌生和荒凉/心想着槐花饼子、槐花饭/我们编织白色的花环/槐花蜜里的成分昆虫理解得/比人更深刻，吞下这些火/我们通体发光，戴上这符号/我们是生命祭坛上的祭品/时空隧道里的双刃刀。”而“我们”的“爱”又是怎样的呢？是病人对医生的感激之“爱”？是战争中相互扶持之“爱”？是男女双方相互倾慕之“爱”？还是对深刻生命的敬畏之“爱”？在女性多触角的生命体验中，这种“爱”之情感总是纷繁而复杂的，它们纵横交织在抒情主体的心灵深处，并且在连绵复沓的诗行中朦胧而多义地存在着。“热爱你残破的牙齿，干涩的唇/热爱你朝圣者般的灵魂/热爱所有不能击中我们的/轻漫和假像”，女性视野中的“爱”具有丰富的包孕性和流动性，诗歌文本也由此获得了更为深邃和真挚的情感指数。在《地道》的第十节中，胡茗茗将抒情主体设置为“李连瑞”的“妻子”：“你曾在我身上种棉花，我的丈夫/种红艳艳的辣椒，鼓溜溜的毛豆/粘掉嘴巴的棒子馇”，诗歌并不回避对“身体”和“性”的书写，却并不是要以此达到身体的展示和欲望的狂欢，而是为了揭示战争缝隙中存留的真实人性与人情。这样的写作方式就超出了以往的战争诗中对“身体”的遮蔽，还原了战争大背景下的真实历史场景。感官的暴露和视觉的刺激不是诗人的叙述方式，她是将“性”隐喻性地与周围的环境相关联，对爱情本身进行诗意的还原性书写：“我们曾如此接近幸福。”此节反复书写着“我以为……”，“我以为……”不断将抒情主体的情感推至高潮。然而“你，再也没有回来”，战争背景中的爱情如此短暂而残酷，生与死、爱与离别就在短短的一小节诗中有着惊心动魄的描写和升华。

长诗，与战争同构。长诗一般是较难驾驭的诗体形式之一，它需要诗人有超常的想象力、别具一格的构思、广博的经验与知识。这一切都必须建立在诗人对事物、生命和宇宙的深刻体会和熟悉把握的基础上。从胡茗茗的近期创作来看，她在战争题材的长诗书写上是较为成功的，她将战争的恢宏阔大与诗章的绵长复杂统一在一起，让生命的气息流贯其间，使诗歌在内容与形式的结合上达到了理想的境地。

胡茗茗善于在战争长诗中巧妙地进行结构的安排。如《地道》一诗，全诗共有二十一节，诗人在前六节中对地道本身进行了隐喻性的整体书写，并将其上升到生命和哲学的高度；从第七节到第十七节，她从五个档案，五个事件，五个叙述视角，来展现在地道中超越生死的各类人物对于生命的直观感受和内心呼唤；从第十八节到第二十一节，诗歌是对时空、生命和战争进行追忆与反思，以此形成对历史本质的突破和超越。二十一节诗，在整体上具有深刻的寓意。诗歌最后一节写道：“而钟声依旧回响，反弹/好比一根钢针自头顶穿下/至地表，至地心/至有形或无形的隐秘所在”，这意味着战争给人所带来的精神和心理上的压抑是长久的，同时也暗示着21世纪的人类对于历史将继续进行反思。在《火焰槐花》中，整首诗被划分为具有季节性特征的“春”、“夏”、“秋”、“冬”四个部分。而白求恩一生的道路也是按照季节和时间的推延逐渐地走到了生命的尽头。同样，季节在线性时间的流动中又具有循环往复的特点。所以在诗歌的“尾声”，诗人将叙述现场拉回21世纪，写出“死亡只是开始”的诗句，这意味着白求恩不息的生命和精神依然在现代人的回忆性视野中存在：“如今我已成为你的秘密通道/在生死之间来回穿梭/这两个被反复虚构、复制的世界”，诗人就是在此不断彰显出生与死、爱与永恒的主题。《水戏》则是将诗歌戏剧性地处理为三个部分：“序曲　晨曦　流水”、“正剧　黄昏　苇塘”、“尾声　夜晚　飞鸟”这些富有象征性和隐喻性的标题，可以看作是诗人对“雁翎队”不同角度与时间段诗意书写的概括。这种战争诗的结构安排，使得诗歌的形式和内容更加饱满而充实，整体性的象征和隐喻性也为文本增添了多义性和丰富性。

长诗的构造不是从头至尾一个节奏、一种旋律，而是需要不断变幻诗句的构建形态，尤其是战争题材的长诗，要想将战争的历史面貌生动呈现，诗人就必须尽力采取多种表现形式来结构诗章。在胡茗茗的“新战争诗”中，诗人灵活运用了多种诗体形式，将战争写得摇曳多姿，将历史的多面性艺术展示出来。《破冰》运用的是自由体的形式，这样诗人的情感便能够坦率而自然地流露，并且可以随物赋形，尽兴尽意地描摹场景和抒发情致；《水戏》则频繁采用了歌谣体的形式：“在水上，船是我们的脚/是顺风耳、千里马/是你我兄弟的命/它可让我们转瞬之间/威风凛凛，突现在/敌人惊愕的嘴脸前/也可随我们在危险时刻/快速潜伏水底”，这种音乐性、通俗性的词语表达十分利于调动诗人、战士和读者的心理情绪，同时也易于传诵和歌唱；《埋伏》运用的是民歌体的形式：“小牛犊还能吃着老牛的奶/马驹子跟在老马的尾巴后面/四蹄撒欢，就连小草还能分到/太阳的温暖，娘！/俺天天穿着/您给的小褂不敢离身/就像穿着/当年您怀着俺的肚皮”，这种诗体有利于还原当时的历史语境，烘托更有亲和力的情感氛围。《地道战》和《火焰槐花》较多采用现代派的写作手法和语言技巧，其整体风格赋予了诗歌超越战争本身的形而上意味。尤其《火焰槐花》，艺术建构上是独具匠心的。诗歌包括“引子”、“春”、“夏”、“秋”、“冬”、“尾声”等六个部分，形成一个完整的时间链条，并以清晰的情感线路带动人物命运的进展，不仅检索和品评了白求恩的中国经历，更是巧妙传输了诗人某些独特的价值观和生命观。这样的结构安排，达到了对历史深度进入和重新讲述的表达目标。

第四节　新世纪诗歌中的底层情怀

一、新世纪诗歌中的底层写作及其诗学意义

“底层写作”是新世纪文学创作中的一种突出现象，不少学者对这一创作现象都作过精彩阐发。不过，学界对“底层写作”的阐述，主要以新世纪小说为言说对象，新世纪诗歌论述并不多。不能忽视的是，新世纪诗歌的“底层写作”也是重要的诗学现象，诗人通过分行的文字来书写底层经验、表达底层情怀的情形，在新世纪诗歌创作中也极为普遍。对于新世纪诗歌中的底层写作，不同的学者给予了不同的表述，而不同的表述所具有的话语意味又是有所差异的。张未民

用“在生存中写作”[①] 来描述这种创作现象，这个语词强调了写作者的身份特征，明确指称这些诗歌作品的创作者来自底层，其诗作是对底层生存条件和生活状态的艺术呈现，而且“充满了真正的现实主义精神美学”。张清华使用的“底层生存写作”[②] 一语与张未民颇为近似，并以“底层生存”这个偏正式短语将张未民指称的“生存”进一步明确化。冯雷使用的是“‘底层经验’写作”[③] 这一表述，这个描述更多指向诗歌内涵，强调此类诗歌与底层生命经验的对接，而淡化了对写作者身份的要求。长期关注打工群体诗歌写作的柳冬妩则一直使用“打工诗歌”[④] 的术语来命名，这强调了新世纪诗歌底层写作的社会身份。我的看法是，打工诗歌是新世纪诗歌中底层写作的重要组成部分，但不是底层写作的全部。从事底层写作的诗人既可以是行进在打工途中的草根阶层，也可以是自负盈亏的私家老板与商贩，还可以是有生活保障和经济来源的工薪阶层，甚至衣食无忧的中产阶级，只要是关注底层生活状况、书写普通民众的生命遭遇的诗作，都可以看作底层写作。同时，底层写作的题材和内容也应是宽泛的，不一定只限于对打工生涯的直观写照，而大凡对于乡村的描述、对于草根阶层心灵世界的描画、对于底层各种生命情态的描写，其实都可纳入底层写作的范畴之中。

“而此刻，与我挤肩贴背的/是两个穿着皱巴巴西装的打工仔/袖口上的商标比衬衫上的污渍更为显眼/‘龟儿子，搞了好多钱嘛？’/‘鬼扯，要办个暂住证/还找不到门从哪里开’/拖泥带水的四川话，意味着命运/在粤语的门槛外徘徊”，这是杨克的诗歌《经过》中对广州城内打工仔生存境遇的一段精彩描述。或许因为所处城市在现代中国经济发展中的特殊性，在广东作协担任要职的诗人杨克，便有了与底层民众经常碰面和接触的机会，底层生活的现实场景时常会进入他的诗作之中，《天河城广场》、《人民》等，都称得上底层写作的佳作。杨克代表了底层写作的一个类别，虽然衣食无忧，但本着社会良知和悲悯情怀，能用自己的作品来如实记录与书写底层生活的真相，向历史和时代不断发出真诚的责问和道义寻唤的声音。被作家魏巍称誉为“工人阶级诗人”[⑤] 的王学忠是一个个

---

① 张未民：《生存性转化为精神性——关于打工诗歌的思考》，《文学报》2005 年 6 月 2 日。

② 张清华：《“底层生存写作”与我们时代的写作伦理》，《文艺争鸣》2005 年第 3 期。

③ 冯雷：《从诗歌的本体追求看“底层经验”写作》，《南方文坛》2006 年第 5 期。

④ 柳冬妩：《从乡村到城市的精神胎记——中国“打工诗歌”研究》，广州：花城出版社 2006 年版。

⑤ 魏巍：《一个工人阶级诗人的崛起》，《王学忠诗歌现象批评集》，吴投文、钱志富主编，北京：北京艺术与科学电子出版社 2006 年版，第 407 ~ 410 页。

体户，经营着一家小商铺，他始终能贴近生活的底部进行创作，写出了社会最基础的那群民众的生存面影。在《中国民工》一诗中，王学忠写道："喝罢元宵汤/黄土地依然冰封雪冻/民工们已开始启程/先亲亲宝贝儿子/再给病榻上的母亲深鞠一恭/柴门边等候的是结婚三载的妻/一双水汪汪的眼睛里尽是情"，诗人选取了民工离别亲人远赴他地打工的典型场景来特写，将民工依恋妻儿又不得不离开的复杂性进行了揭示，其间交织着温情与辛酸的斑斓色调。在底层写作的诗人群体中，更大一部分是挣扎在第一线的打工者，如郑小琼、程鹏、张守刚、李晃、徐非、黄吉文、任明友等，他们将自我的真实遭遇提升为现代汉语的诗意表达，对活跃于现代都市的许多打工者的遭际和命运进行了艺术再现。这个群体被人们称为"打工诗人"。这个称谓从学理的角度来看或许并不完全恰当和准确，不过它意指一个特殊的写作群体这倒是确定无疑的。

新世纪诗歌中的底层写作一般体现为三个方面的主题形态：底层生存状态的写照、乡村风情的描绘和艰辛打工生涯的直录。中国是一个发展中国家，经济和精神双重匮乏的底层仍然是这个国度里基数最大的一群人，因此，对底层生存的艰难、窘迫、疲态或者些许的温暖、闲适这些情状的写照，一定程度上可以折射出这个社会中绝大多数人的存在样态。江非在《老木工》中这样写道："木工买回了一包钉子/一把老椅子散发出了木柴的气息/木工把它放倒在地面上/轻轻地敲打/这时的当事人/多像在敲打他自己//钉子钉进了椅子的侧身/钉子钉进了椅子的后背/钉子钉进了椅子的四条腿//年迈的老木工/边敲边发出猛烈的咳嗽声//原来修理一把老椅子/是如此的不容易啊//驼背的老木工最后/又憋着气拿锤子小心翼翼地/敲了敲那些腿上的膝关节//一把老椅子/它的筋骨已被时光耗尽/它的光泽已被尸斑埋深 /被人敲打的过程中/这个老家伙发出了 /木柴烧水时那种扑扑的声音"，诗歌选取了"老木工"修理一把老椅子的事项进行艺术描画，从一个独特的角度对底层劳作的艰辛作了精彩展示。农村是底层生命的发育地和栖居地，对乡村风情的描绘也就自然构成了底层写作的重要内容。新世纪以来，不少诗人将观照的视野投向了村庄和土地，用分行的文字将乡土之上的山光水色、风土人情加以呈现。黑马的《月光，照在归乡的路上》从别乡后归来的特定心境上来忆念和观望故乡，故乡的草木在月光之下流溢着别样的情感与滋味："秋风吹。我乘坐一列火车，默默回家/内心的乡愁被苦苦养大/夜之静美。露水沾湿了沉重的翅膀/赶在月圆之前，我要看看十年前的菜园/看看漆黑的粮仓/看看村后，一节节的芦苇，手指摇荡/月光照着一个外省人，在默默归乡的途中/这么多年了，我是那么怕走进你”，故乡的风景在诗中出现得虽然不多，但因为思乡之心迫切，因为乡愁的强烈，那唯一出场的“一节节的芦苇，手指摇荡”的乡村物象，足以让人心旌摇颤，情动不已。在底层写作中，对艰辛的打工生涯的直录成为最为普遍、最为典型的主题意蕴和题材选择。大凡有过打工经验的诗人都会在这一领域有所作为，都能用诗歌的形式来回味那段不平凡的人生经历。刘虹《打工的名字》、郑小琼《打工，一个沧桑的词》、刘大程《南方行吟》、张守刚《在打工群落里生长的词》、柳冬妩《试用》、方舟《机器的乡愁》等，都是这方面的力作。“写出打工这个词 很艰难/说出来 流着泪 在村庄的时候/我把它当作可以让生命再次飞腾的阶梯 但我抵达/我把它 读作陷阱 当作伤残的食指/高烧的感冒药 或者苦咖啡”（郑小琼《打工，一个沧桑的词》），“在南方，我感到青春、生命怎样被磨损/疲惫、疼痛、厌倦、孤独，时常像海水一样把我侵袭”（刘大程《南方行吟》），“从一个城市/搬到另一个城市/总是住最简陋的工棚/吃最便宜的大锅饭/生就一双粗壮的茧手/却握不住养家急需的大面额钞票”（冷慰怀《民工》），从这些诗句中，我们能清楚地目睹底层生活民众在打工生涯中的各种艰难苦痛，从而在内心产生强烈的共鸣和悲悯。

新世纪诗歌中的底层写作都有明确的价值取向，主要表现在三个方面。第一，对弱者的同情。由于底层生存者生活的艰难困苦、物质上和精神上的双重匮乏，所以当他们成为诗人聚焦的目标和表达的对象时，同时也激起了诗人心中的悲天悯人之情。许多诗人在描摹作为弱势群体的底层民众时，都在诗行中蓄满了怜惜、同情的情感之泉。王夫刚在《我大爷家的牛死了》中这样写道：“我父亲的大哥，我的大爷/他的牛死了，他的脸/更暗了，脸上的皱纹/更深了，但他必须站起来/支撑着另一个老人的/天空。他们共同承受一头牛的/希望，和希望的破灭/也许抱怨过命运，但不会/敷衍生活”，牛是庄户人从事农事活动极为重要的帮手，少了它，农民的劳动将会艰辛许多，牛在农村人心目中的重要地位，意味着失去牛的苦痛是巨大的，诗人怀着悲悯之情来述写农民失去耕牛的情状，同时又对底层人隐忍苦难、接受失望的命运等表达了咏赞和讴歌。第二，对社会不公的揭露与抨击。在一首诗里，雷平阳以叙述的方式来呈现底层人的生活侧面：“还有一回，我到一个工地采访/看见几个建筑工人，在30层高的楼顶上/脱光了衣服，赤裸裸地，站着，烤太阳/从他们的裆部看过去，三角形的昆明/冬天了，仍然热气腾腾，一点也不荒凉”，在这段叙述之后，雷平阳深有感触地接续道：“把这么多阳光集中在一个地方/这正好说明，有些地方很少有阳光”（《昆明的阳光》)，如果说"阳光"隐喻着某种社会保障、某种生活优越性的话，那么最后这两句诗正好说明，不是每个人在现实生活中都平均享用了"太阳"，这个世界还存在着许多不公正的地方。在底层写作的诗歌中，诸如老板的欺诈与盘剥、打工者付出与获取的不对等、建筑工人为城市建起了无数高楼大厦而自己只能寄身于低矮的陋室等社会不公的状况都被诗人写出来，而不满的情绪与抨击的声音也随着这些描写牵带而出。第三，对乡土的热爱和缅怀。相对于打工路途的寒冷与艰辛，故乡在底层民众的眼中始终是充满温情的，是散发着热烘烘、暖洋洋的气息的。新世纪诗歌中的底层写作，不少着眼于渲染人们对乡土的热爱与缅怀，试图以被装饰和拔高的故乡图景来驱散胸中积郁的乡愁、稀释打工生活的繁重和苦辛。白连春《灯》、李明亮《凌晨两点的故乡》、谢湘南《母亲》等是这方面的代表作。由于直面现实，贴近时代，生动曝光底层平民的生活真相，底层写作的诗歌一般具有强烈的现场感和真实性，语言朴素自然，但也渗透着诗人强烈的爱憎情感。

底层写作在新世纪诗歌中的显山露水，势头强劲，其诗学意义是异常突出的。新世纪诗歌中底层写作的繁兴，不仅意味着现实主义诗歌精神在当下的复归，也意味着当代诗人对左翼文学传统的有意识继承。20 世纪 80 年代中后期之后，随着诗界对"纯诗"的积极倡导，新诗开始逐步删减对于现实的聆听、录取和表达，而一意追随现代主义的步伐，诗歌某种程度上成为一些人逃离现场、龟缩于自我狭小天地的避风港。90 年代以后，随着"个人化写作"命题的提出和被响应，中国新诗的审美趣味就定格在书写个人心灵踪迹这一条线路上，现实主义、浪漫主义的诗歌表达都受到了压抑甚至否定，诗歌与时代、社会的距离越拉越远，各种梦呓般的、私语化的作品走马灯似地在中国诗歌领地轮番上演。在这样的语境下，有鲜明的现实主义倾向的底层写作一直不入诗界法眼，正如张未民所说："我们的文学和文坛，这些年来不能不说对他们有很大的忽略，有时更以一种纯文学、高审美的眼光拒绝了他们。"① 新世纪以来，随着文化语境的变易和社会空气的更新，底层生存的日显艰难和底层声音在公共话语中的稀缺，使得这个群体日益受到人们的重视，底层写作也由从前被压抑的情势而渐渐走入历史的前台。诗歌需要扎入时代的肌肤，诗歌需要感受社会脉搏的跳动，这些观念在近年来逐渐成为人们的一种共识，这也给底层写作的诗歌带来了转机。新世纪

---

① 张未民:《生存性转化为精神性——关于打工诗歌的思考》,《文学报》2005 年 6 月 2 日。

诗歌中的底层写作是“泪水多于欢笑的文字”，它们“像珍珠一样放射出生活的光芒，成为这个时代弥足珍贵的精神财富”①，这些诗歌中蕴藏的关心底层疾苦、呼吁道德良知复归的人性力量和现实主义精神，以一种富于理想性的光芒照耀着人们心田，给人带来深峻的道德感召和烈性的心灵震撼。新世纪诗歌不断盛行的底层写作，也表征着当代诗歌对左翼文学传统的有力继承和彰扬。从20世纪20年代开始，左翼文学就成为中国新文学的一支，在新文学的交响曲中演绎着自己的声部，显示出独具特色的审美品质。不管是30年代、40年代，还是50年代、60年代，左翼文学都以其对社会现实的直接观照和介入、对高远理想的畅想和尽情讴歌而在中国现代文学版图中占据着有利地形，无论是思想性和文学性都是不容低估的。不过受“文革”“极左路线”的影响，左翼文学一度走形、变样，它自身保有的正面形象也在一定程度上受到了折损和歪曲。左翼文学形象的扭曲一定程度上使得在新时期的文学表达中人们对这种文学形式的有意或无意的回避，对左翼文学的审美评价同时也在日渐下跌。其实新世纪诗歌中的底层写作正是左翼文学在新的历史时代借助诗歌这种形式重新出场，随着这一写作受到人们越来越多的关注和重视，对左翼文学的重新评价也被引发。

二、打工诗歌的话语谱系

90年代以来在当代诗坛兴起并持续生长、颇具活力的打工诗歌，由于真实而生动地录述了农民进城做工谋生的历史场面，从一个特定的角度折射出时代的踪影与社会的脉络，从而体现为一种不可替代的审美风貌和人文存在。从诗歌的生成理路来观照，我们不难发现，打工诗歌其实有着属于自己的独特言说方式，有较为稳定的话语谱系。分析这些话语谱系的具体形态和表达作用，有利于更真实地把握打工诗人诗歌创作中的心理体验和创作动机，还原被大工业生产的宏大叙事所遮蔽的个体生命存在和细部历史真实。

由于打工诗人长久置身在工业区、厂房、漫长的流水线和轰鸣的机器声中，他们对现代大工业生产如此熟稔，身体在成年累月的浸泡中已深刻体味到工业文明的切肤之痛，因此，当他们将这一段人生历程和生命体验进行诗意传输时，工业流水线上的特定话语便成为其诗歌中无法避逃的意象群系和语言部落。也就是

---

① 许强、罗德远、陈忠村：《打工诗歌：星星之火可以燎原》，《2008年打工诗歌精选》，珠海：珠海出版社2007年版，第2页。

说，在打工诗歌中，工业话语是最为突出、最为鲜明的话语范型。张守刚《在打工群落里生长的词》这样来写工业区："从时光前进的方向出发，往前走，一直往前走，一直往前走，穿过铁轨的轰鸣，穿过云缭雾绕的时空。经过夜，经过梦，最终抵达的是工业区。那里是钢筋水泥的丛林，那里是异乡人的集结地，那里的白天就是黑夜，黑夜就是白天。"农民工从乡下进城，这意味着生存场域和生活方式的全面更换。"工业区"是许多打工者首先要面对的现代化宿营地，它因此成为许多打工诗人反复言说的生存母题。毫无疑问，当农民离开家园进入厂矿，"工业区"既是他们做工的起点，也是无法回避的灵魂暂居地："一个工厂连接着另一个工厂/一台机器的轰鸣/呼应着另一台机器的嘶叫/从黑暗出发/最终抵达打工者的灵魂"（《工业区》）。除"工业区"外，张守刚在《在打工群落里生长的词》里，还写到了"工卡"、"厂证"、"打卡"、"工号"、"工票"、"工序"、"跳槽"、"炒鱿鱼"等，在成系列的语词里呈现打工者的生存境遇和生活迫压。评论家张未民曾经指出："'打工诗歌'的产生以及迅速在全国打工群体中蔓延说明所谓'工业文明'除了带给他们养家糊口的工资之外，则是人生、精神与身体的几重摧残。"① 这种摧残可以在许多打工诗人的诗歌中看到。郑小琼的诗歌多次写到"铁"，写出了这一工业符号与打工者之间的意义关系，例如《在五金厂》："从扳手到螺丝，从图纸到卡尺/从孤独到丢失的青春，它有着五金工具的味道/你不过是一块铁，想想与铁有关的言辞/与光泽，哑铁，铸铁，钢铁，想想它的尖锐/以及它扎进身体的疼痛，想想它是巨大的锭子，将一场美梦砸得粉碎，想想它一口钢针/将裂开的伤口缝上"，在这里，工业建设中的钢铁与打工者自身的机器化存在已然构成了某种寓意性替换，工作的残酷、艰辛和危险由此可见一斑。打工诗歌大面积地调用工业话语来反映打工者的生活与人生，既是打工人生存的真实写照，又以此来见证和反思一个时代的窒闷、问题和隐患："打工诗源于大工业化生产的土壤，这就有利于诗人们体验物质异化、文明禁锢、科学压迫等给人带来的负值下人类的悲哀。"②

打工者长久离开家园，多年栖身于机器生产线和繁闹工业区，并不意味着他们会彻底融入这种新的生活。真实的情形或许正相反，工业生产令他们倦怠和不安，一旦从闹腾的流水线上撤离下来，觅得静闲之刻，他们就有可能会忆念起留

---

① 张未民：《生存性转化为精神性——关于打工诗歌的思考》，《文学报》2005 年 6 月 2 日。

② 柳冬妩：《打工诗：一种生存的证明》，《打工诗抄》，太原：北岳文艺出版社 2002 年版，第 9 页。

守在乡村的父母和妻儿，或者沿着思念和梦寐的小路，返归到那熟悉的屋舍、堂院间，徜徉踯躅，心意缱绻。也就是说，乡土才是打工者最坚实最稳靠的情感慰藉所和心灵归宿地。正因为此，乡土话语成为打工诗歌中极为重要的话语形式。首先，在打工诗歌的乡土话语中，“故乡”、“乡村”、“村庄”、“故土”、“家园”等词汇是频繁入诗的，例如，“我们这些乡村的豆荚/在城市里等不到成熟期/心已憋闷了许久/但我们不敢打开自己”（柳冬妩《乡村的豆荚》）；“要把多少异乡运回村庄，/才能把村庄拼得那样完美？/可惜再也拼不出一个圆满的村庄”（张绍民《异乡故乡》）；“城市散乱的灯火/点燃向北的怅望/千里之外的村庄和亲人/从台灯下的纸上/沙沙走过”（马忠《故乡》）。其次，作为乡土上的重要部分，乡亲父老、父亲母亲、妻子儿女，他们是打工者在心灵深处日夜牵挂的一群人，自然也被打工诗歌屡屡写到。“守望着一年年寥落的希望/让谷粒磕响你的嗓子/父亲可为什么/我寄回的风湿止痛膏/治不好您的关节痛和/潮湿的一生”（罗德远《想念父亲》）；“雪的飘落从母亲的睫毛开始/这个冬天/雪已覆盖母亲的双鬓/覆盖了她早已生锈的耳朵/以至于母亲不能发觉/最寒冷的深夜我翻越篱笆/从后门走进朴实而温暖的家”（唐新勇《母亲的雪》）；“哦，女儿，年仅三岁的女儿啊，我听到你甜蜜的鼾声/你可知道，即使遥隔千里，你的声音，你的笑脸/你的身影，是我晦暗的异乡生活中生动亮丽的风景”（刘大程《南方行吟》）。自然，打工诗歌中的乡土话语，往往是在城市与乡村、工业文明与农业文明的对比之中出场的，城乡之间和工农之间的显在差距使得这种乡土话语总是浸满了沧桑、无奈乃至激愤的情感因子。在孙海涛的《氯气车间》里，诗人一面写“故乡依然屋檐灰暗，土地贫瘠”，一面又写“城市繁华夜景，绚烂灯火”，在城与乡悬殊差别的写照中，表露着打工者内心的颓然和怅恨。对于霓虹闪烁的城市来说，打工者永远觉得自己属于“异乡人”和“过客”，只有相对村庄，他们才可能找到“归人”的感觉。

打工诗歌中第三个较为突出的话语系列是动物话语，许多动物都在打工诗人的笔下有所体现，他们成为打工诗人思忖描摹的对象，成了巧妙而准确传递诗人心意与情绪的重要目标。打工诗人笔下的动物话语，首先体现为对自我生命卑微性的喻指和自况。例如刘洪希《一只青蛙在城市里跳跃》：“一只青蛙/身上流的是乡村的血/灵魂却在城市里/戴着镣铐跳舞//水泥地？楼宇森林城市/站在土地的沦陷上/站起在一只青蛙痛苦的怀念之上/……九月的黄昏/我在城市的某一角落/看见一只青蛙/无家可归”，在这里，“青蛙”形象的出现，或许并非是城市物景的实写，它是诗人卑下渺小生命存在的生动隐喻。这正如柳冬妩所分析的那样："几位'打工诗人'笔下的动物形象，充分显露了他们写作的主导性动因，源自对自身赖以生存群体的自我阐释。一个被压迫群体的生存，包括其境遇和命运，注定要成为代表那一群体的诗人优先思考的主题，让他们在历史的夹缝中坚韧地说出自己。"① 其次，打工诗歌中的动物话语，还是打工者恶劣生存环境的侧面写照。一方面，打工者物质条件的匮乏、生活居所的简陋使他们能与那些惯见的动物频繁照面；另一方面，工作的朝不保夕、精神压力的巨大，又常使他们将自己的命运与某种动物牵连在一起。前者如罗德远的《与蚊子同居一室》："南方出租屋/蚊子是/先我而至的住客。黑暗中/让我的血液再次鲜活"；后者如柳冬妩的《命运是条被炒的鱿鱼》："是一条鱼/它总是小心翼翼在水中乞讨自由/水就是网/网就是水//是一条鱼/挣扎在最后的浪花和泡沫里/目光盯着天空/是一种反抗/一种叹息/它的天涯/只是别人的咫尺/它的拼命挣扎/不敌别人的吹灰之力。"再次，打工诗人对动物书写的情有独钟、不厌其烦，某种意义上来说是与他们心中浓郁的农村情结有密切的关系。蚂蚁、蚊蝇、鼠类等动物，都是农业文明中的典型生灵，他们与打工者在异乡的遭逢，一定程度上激活了诗人主体的童年记忆和乡村印象，一种发自内心的温馨与亲切得以油然而生。这种亲切自然、温馨如许的精神特质可以从罗德远《黑蚂蚁》、《蚯蚓兄弟》，刘洪希《蜗牛》，马忠《城市上空的鸟》，郁金《蚊子，请别叮我的脸》，屏子《和蚯蚓一起歌唱》等篇章中明确地体味到。

在为数众多的打工诗歌中，还有一种较为突出和重要的话语形态，那就是心灵话语。打工者迫于生计，离开故土远走他乡，在颠沛流离和寻找工作之中，心灵的激烈动荡与起伏不定是可想而知的。打工诗歌毕现了生活挤压下打工者的心灵律动，将打工者面对羁旅和磨难时复杂而焦躁的情绪状态作了充分而真切的描摹和展示。许强的《为几千万打工者立碑》以"孤独"、"迷茫"、"徘徊"、"挣扎"、"绝望"、"煎熬"等六个描述心理景况的形容词开头，它们竖式排列构成碑铭图样，象征着打工者独特的情绪体验和生存困窘，具有抓摄人心的表达力量。在郑小琼的《操作女工二十二点时关于爱情的感受》中，爱情来临时带给女工的温暖和幸福与女工打工生活中遭遇的疼痛、沉默和凌乱交织成一种复杂矛

---

① 柳冬妩：《在城市里跳跃——"打工诗人"笔下的动物形象阐释》，《中国打工诗歌精选》，许强、罗德远、陈忠村主编，珠海：珠海出版社2007年版，第398页。

盾的心理混响。这些诗句都给人留下深刻的印象。综括起来，打工诗歌中的心灵话语，主要体现为打工者个体在沉重的工作压力下的焦虑、困苦和挣扎，长久的别离故土和亲人的落寞与孤寂，以及无尽的漂泊和流浪中的彷徨、无助和无奈等心理征候，这是中国现代化建设中，随着城市的高速发展、经济的强劲腾越而必然旋刮起的现代文明病症，折射着在城乡对峙的矛盾中底层生存者、进城农民工受歧视与受倾轧的不公平现实。换句话说，打工诗歌中的心灵话语，其实在向人们言说大工业时代“机器的乡愁”：“机器的乡愁/发生在一座庞大的房子里/流离失所的抒情时代/在密集型的命运里/触摸不同的疼痛”（方舟《机器的乡愁》）。

打工诗歌往往站在底层生命视点上，对时代和社会进行理性的审度与清醒的认知，它借助工业话语、乡土话语、动物话语、心灵话语等谱系构成了一个独特的诗意空间，生动再现了打工者的生活苦痛、现实挣扎与心灵窘境，大胆拆穿了一些美丽的谎言，揭开了社会的某些疮疤，从而具有了令人信服的历史真实感和撼动人心、引人深思的艺术感染力。通过这些带有普遍性的话语范式，我们能够深深感触到在打工诗歌中流淌的关注民生、关注底层的生命情怀。

三、郑小琼：工业流水线上的发问者

这个南方城市的崛起似乎可以看作中国文明发展史上的奇迹，不到30年，它就完成了从乡村小镇到经济开发区到工业生产重地与现代化都市的巨大变迁。如今在这里，大大小小的厂房和车间摩肩接踵，操着各色方言的人群川流不息，繁华的商业街纵横交错。与此同时，大工业时代缺少不了的汗水和血泪，每天都在为这个南方都市撰写着动人的剧情与故事。这个南方城市的名字叫——东莞。生活在其间的人都是幸运的，因为他们最及时最准确地触摸到中国经济脉搏的跳动；同时也是不幸的，在经济飞速向前的背后，无数的个体被默默的遏制和绞杀，渴求腾飞的集体主义需求往往会以淹没性格鲜明而突出的个人为代价。工业生产只需要技术师，不需要思想者，机器的运转并不会因个人的心灵疼痛而停顿下来。你说它冷漠也好，你说它无情也罢，机器就是机器，机器不需要懂得人文学和心理学，只需要懂得生产与创造，流水线只关注产量、效率和价值，并不关心你的愁与苦、乐与悲、生与亡。

在这样的背景下，郑小琼的出现是有重要意义的。面对以蔑视个体存在为基本运行逻辑的工业大生产，一个具有独立思想品格和敢于提出异议的诗人注定是充满苦痛并且富有牺牲性的。一方面，她劳作在工业流水线上，倚重着机器文明，主要凭靠计算工件的数量来换取自己微薄的生活，而她从内心的需求出发，又不得不对流水线产生怀疑，发出质问，她越工作就越苦痛，越苦痛就越发问，这因此构成了一个富有悲剧性的生命轮回。另一方面，在大功率的机器交相轰鸣、其音如雷时，一个个体发出的声音究竟有多大，能否被听见，都是十分可疑的，何况忙乱且麻木的人们对你的声音也并无多大兴致。有如殉道者一样，诗人郑小琼俨然是工业时代的一个醒目的问号，是流水线奏鸣曲中巨大的休止符。她的出现，将我们的视线强行带入机械化生产血腥的背面和劳动者挣扎的内心。在生命的行进中，诗人明确地意识到自己：

在身体安置
一台大功率的机器，它在时光中钻孔
蛀蚀着她的青春与激情，啊，它制造了
她虚假的肥胖的生活，这些来自
沉陷的悲伤或悒郁，让她浸满了
虚构的痛苦

不能否认，效益至上的工业主义和节奏繁密的大机器生产给现代社会迅速产生了极为可观的物质财富，也给劳动者经济状况的改善提供了相当有利的条件。散布在东莞各厂房和车间的成千上万的打工者，无不在这曲现代化建设的雄浑交响中得到了一定程度上的经济回报。但是，一个特殊的灵魂永远不愿生活在懵懂和自欺之中，总是希望从囚笼似的生活场域中逃离出来。在喧嚣的嘈杂的机器轰鸣里，为了拒绝被现代工业的巨浪狂涛所淹没和遮蔽，郑小琼时刻尝试从中抽身而出，独自反刍生存的意义，诗意空间因此被穿越工业大生产而返归内心抓取自我的自觉意识纷纷照亮。

从四川南充来到广东东莞打工的诗人郑小琼，对自己的社会身份认定有着异常清醒的认识，她以诗歌完成了对打工者的生存素描。在这些生存素描中，几乎没有昂扬的气势和乐观的基调，常常充溢着阴郁的情感色调和悲愤的心灵诉泣：

她把自己安置
在流水线的某个工位，用工号替代
姓名与性别，在一台机床刨磨切削
内心充满了爱与埋怨，有人却想
从这些小脾气里寻找时代的深度
她却躲在瘦小的身体里，用尽一切
来热爱自己，这些山川，河流与时代
这些战争，资本，风物，对于她
还不如一场爱情，她要习惯
每天十二小时的工作，卡钟与疲倦
在运转的机器裁剪出单瘦的生活
用汉语记录她臃肿的内心与愤怒
更多时候，她站在某个五金厂的窗口
背对着辽阔的祖国，昏暗而浑浊的路灯
用一台机器收藏了她内心的孤独

当打工者被机器生产所收编，他不得不在流水线上接受生命被安置和切分的残酷命运，从此没有了姓名，没有了性别，甚至没有了年龄，只有缺乏情味的“工号”、“十二小时的工作”、“卡钟与疲倦”以及“单瘦的生活”。对生存境遇的卑微性觉识，促使郑小琼不得不站在一个起点很低的底层视角，对这个巨大喧响的工业时代进行冷静的审度和深度的反思。通过审度与反思，她一方面痛感到机器大生产的残酷性与非人性；另一方面，在自我心灵的细微烛照中，她也鲜明地体验到个体存在的孤独性。

由于中国现代化的发展较之西方发达国家来说显得迟缓和落后，欧美社会里司空见惯的消费与清闲景观并没有在当下中国大面积出现，也就是说，在中国版图上，后工业时代仍旧没有到来。这个意义上，南方城市东莞的工业建设状况，恰好生动而真实地体现了当代中国的社会现实与文明节奏。在紧张的、匆忙的、沉滞的步履之中，打工者的生命与青春在这里默默消耗，机器大生产中的冷酷与缺乏人性一再地现出原形。“这些图纸，线条，器具，它们会对我说/在生活中我们相遇也将相爱，无法捉摸的/过去，理想，未来，它们与爱情，我在/某个机台上打磨生活，涌动如潮汐的/未来，我收集着的爱，恨，青春，忧伤/正被流水线编排，装配。”（《安慰》）在这里，流水线“编排”和“装配”了青年打工者的“爱”、“恨”、“青春”与“忧伤”，一切仿佛都由不得每一个生命个体。这样一来，最具私密化性能的“爱情”，也被工业化的话语系统所编织：“我无法说清楚的爱，它确切的形状/大小，图案，它起伏如同山陵，河流，旷野/此刻它是螺丝钉，扳手，十字刀，炉火/三千多度的火烘烤着生活的绿意，激情/背后是巨大的机器，游荡着的失业者/公园里的流莺，图纸间的弯曲线，角度。”（《爱》）不难发现，伴随着现代机器飞速运转，许多的青春在悄然流逝，穿着工业时代“红舞鞋”的人们，最终将无法形成自我的主体与个性。

工业区和生产车间高分贝的机器轰响，会将弱者的声音全面剥夺，致使他们逐渐失却自我，同时也会逼迫强者向心灵深度返归，以便寻找和捍卫自我的主体性。正是向内心无数次的深度返归中，郑小琼发现了栖居在那里、无法避视的心灵状况——“孤独”。孤独也许是现代社会一种最具精神特质的心理症候，克尔凯郭尔曾将现代社会中具有主体性的人称为“孤独的个体”，波德莱尔幼小的时候就倍感孤独，他在《赤裸裸呈上我的心》中曾写道：“从童年时代起就有孤独感。”在郑小琼的诗歌中，“孤独”、“孤单”等字眼随处可见。“我无法忍受在人群中巨大的孤单/在破坏的心灵的废墟上，时间的斑纹/高贵而美丽，它重新落下清明雨滴”（《清明诗篇》），“我的往昔已沉入蔚蓝的天空，剩下回忆似星辰/若隐若现，安慰着我孤独而温暖的心”（《安慰》），“渺小而孤独的生活，将被一台/运转的机器收藏”（《生活》），“更多时候，她站在某个五金厂的窗口/背对着辽阔的祖国，昏暗而浑浊的路灯/用一台机器收藏了她内心的孤独”（《剧》），“我相信爱情与孤独，相信有一个人/会从遥远的地方赶来，与我相爱/除了相信，我别无选择”（《光阴》），在对“孤独”的心灵境遇进行反复提炼和不断咀嚼中，诗人凭借一种强烈的痛感而真切捕捉到自我的存在，在离群索居的生命持守中拱卫着个体的独特精神价值。

一台大功率的机器在时光中钻孔，那震耳的声响催迫着每个先知先觉者，进而也加速着思想者的思考步伐。在对“冷漠泛滥的工业时代”进行深度审视与绝地反击中，发问者郑小琼不仅敏锐揭穿了机器生产的非人性，也清醒意识到个体存在的孤独性命运，她以诗歌反映时代的发现与个体的挣扎，建构起一种异常独特而富有魅力的新诗美学，我将这种新诗美学命名为“凝重美”。在郑小琼诗歌艺术空间里，其凝重美主要体现为生命的撕裂感与意象的驳杂化。在工业生产的流水线上，随着产品的层出不穷，打工者的美好青春、爱情和理想被次第剥落，流水线的通畅和整齐与个体的被不断损毁和层层折断之间形成强大的张力，生动地展示了现代化建设中富有戏剧性而令人极度心痛的一幕图景。为了表现繁复的社会景观和错综的心灵情状，郑小琼的诗歌往往以驳杂的意象组构来呈现诗意，这里既有具体物象，也有抽象物象，既有客观事物，又有心灵事物，各种物象串接拼合起来，使诗歌的意义和情绪显得层层叠叠，复杂多重。郑小琼诗歌的凝重美，与工业时代个体生命被摧折又抗争的严峻现实是具有一致性的。郑小琼诗歌的底层情怀，是通过对个体生命遭际的书写和对工业文明的反思而折射出来的。

第三章　新世纪诗歌与地域文化

新诗的地域性触及诗性空间的问题，诗性空间与诗人生命经验的厚度和艺术表达的宽度是直接相关的。一般来说，一个诗人拥有的诗性空间越大，他在诗艺探索的路途上就将走得越远，他在诗歌中所能达到的境界也将越高。

地域性是每一个诗人的精神胎记，他意味着诗人精神的来历、情感的出处，是诗人开采不尽的生命矿场。地域性是诗歌的祖籍，一个没有祖籍的人将是一个终生漂泊的人，永远都处于无根状态，一个没有祖籍的诗人将是一个没有灵魂故乡的诗人，永远都无法将这个世界最本真的情与爱、苦与悲品尝并呈现出来。在中国新诗史上，出现了许多带有明显地域标志的诗人与诗歌群体，胡适自由自然表达中的徽派风范，朱湘摇曳多姿的江南抒情，昌耀苍莽大气的边塞气息，“非非”、“莽汉”冲决陈说、逆反变构的巴蜀野性等，都是新诗显露地域性特色的极好例证。地域性在某种程度上就是诗人的精神驻地和灵魂港湾，它积聚着源自久远的历史记忆和文明承传，是诗人无法摆脱并将终生受用的心灵底纹与集体无意识。

由于一个人的出生、成长总是与一定的地域环境、地域文化和地域个性紧密相连的，因此可想而知，每个诗人的心灵深处都会深深烙上较为鲜明的地理学印迹，那种特定的地域意识和地域特性也将在他们的诗行之间不时悄然地流溢出来。这种情形的存在，注定了从地域学角度研究诗人与诗歌不失为一种较为重要的学术方法。从地域学视野上考察当代诗人，既可以将他们以往被忽视的某些审美特征和艺术风格揭示出来，也能够从一个特殊的诗学维度上敞现当代诗人别具一格的地方性生命经验和独特的文学史意义。基于此，笔者拟从地域学的角度出发，对新世纪诗坛较为优秀的几个诗人加以粗略的分析和阐释，以期揭示他们诗歌中各自不同的审美内涵，并为人们重新认识当代诗人与诗歌提供一个新的方案和路径。

第一节　潘维诗中的江南意象

潘维号称“江南才子”，他是一个很性情的诗人。每次见到他，笔者总要半认真半打趣地问他一个问题：今晚的诗朗诵你准备念哪一首？而他的回答似乎是一成不变的：《今夜，我请你睡觉》。还没等我继续发问，他立即就笑着解释开了：我潘维有个习惯，别人都说的我不会再说，别人没说的我把它说出来。别人都说“今夜，我请你吃饭”、“今夜，我请你唱K”、“今夜，我请你洗脚”，我潘维只说——“今夜，我请你睡觉”。

“睡觉”是一个让人想入非非的词。如果不读原作，我们或许会想当然地认为，《今夜，我请你睡觉》一定毕现了潘维作为江南才子的风月之念与风流之情。但面对原诗，我们就会发现潘维创制出的新奇世界，大大出乎我们的意料：

> 永远以来，光每天擦去镜上的灰尘，/水无数遍洗刷城镇，/但生活依旧很黑，/我依旧要过夜。/茫茫黑夜，必须用睡眠才能穿越。//西湖请了宋词睡觉；/广阔请了塔克拉玛干沙漠睡觉；/月亮，邀请了嫦娥奔月；/死亡，编排了历史安魂曲；/非人道的爱情睡得比猪更香甜。//
>
> 睡觉，如苦艾酒化平淡为灵感；/如肥料施入日历，抚平紊乱；/使阴阳和谐，让孤独强大；/一种被幸福所代表。//
>
> 可没有人请我睡觉。/为什么?! 为什么/比愚昧无知还弱小多倍的地球上，/居然没有人请我睡觉。/怀孕希望，有智慧体从醒悟的眼光里跃出来，/全部喊道：潘维，汉语的丧家犬，/今夜，我请你睡觉。

“茫茫黑夜，必须用睡眠才能穿越”，读到这样的句子，只觉得一股对于人类生存莫大的绝望与悲观之情如飓风一般呼啸而来。“今夜，我请你睡觉”也许是一句极其俗气的话语，但被诗人赋予了深刻的文化、历史和哲学韵味，诗题与内涵之间巨大的意义反差鲜明凸显了全诗的审美张力，诗歌由此具有了不凡的艺术品质。“西湖请了宋词睡觉”、“广阔请了塔克拉玛干沙漠睡觉”，从如许非凡的造语中，我们已经领受到潘维逼人的才气。而最后一节里，诗人通过“为什么没有人请我睡觉”的质问与邀请其睡觉的众喊这两个情景的设置，将个体对于生存境遇和文化境遇的双重失望委婉而含蓄地表述出来。

熟悉潘维的人都知道，他有一句口头禅——“孤独啊!”潘维常挂于嘴边的这句道白，很多人只当作一种玩笑话来听取，但这话恰恰是他内在潜意识的不自觉流露。正是由于诗人内心深处有着无法排遣的孤独感，因此一个总喊着要“请你睡觉”的人，自己却常常是一个“失眠者”。《我，拥有失眠的身份》这样写道：

我，拥有失眠的身份。我愿献出/一个三角形：坚定的金字塔。/在无尽的旋转中，它跪向一条深蓝的水，/如仆人，用一条未调教好的狗/对着广阔，撒下季节的哀伤。/今夜，武装起来的明亮，匪徒般蜿蜒于/水乡阴寒密布的千丝万缕中。/记忆，割开多汁的风，转身留下凌乱的背影。/噢，酿蜜的脚步盘旋着皮革的沉重，/如挣扎的窗帘随着剧烈的一扯，便断了气。/从我的脉搏上，切得出汉语的命数，/仿佛我是藏身于根部的汉奸，随时准备/向世界公开灵魂的约会暗号。/在隆隆的接近里，铁轨中弹般卧倒，/沿渐渐微弱的往事，浓密如羽的睫毛开始松弛。/星光，滴破屋顶：冬天闯入。/寄生于花瓣上的，是最优秀的那滴黑夜，/它引领着拥挤的现实，穿过我的生命。

一向潇洒谈笑的潘维，为什么要在这里公开自己“失眠的身份”？一个异常看重“睡觉”的诗人，他为什么总是深陷“失眠”的困境之中呢？这是因为饱含忧患意识的诗人，痛感古典的消散、传统的沦失、现实的变味所致。在残酷的现实中，他理性地察觉自己所处的环境里，“明月”已被伪装，记忆只有凌乱，而异质性的东西正在慢慢浸透中国文化的肌体，“寄生于花瓣上的，是最优秀的那滴黑夜，/它引领着拥挤的现实，穿过我的生命”，古典的汉语文化，悠远的历史传统，连同充满神韵和风华的江南世界，正在默默地沉没于历史的风烟之中。一旦看清如此的惨相，谁还可能安然入眠呢？

在现代化的魔爪四处伸张的历史语境里，那个燕语呢喃、草长莺飞、如诗如画的江南早已面目全非了，代之而起的是喷着黑雾的高大烟囱，高分贝震响的重型机器以及大地上满怀纷乱与焦虑的现代人群。潘维用他的诗歌描画了令人沉迷的梦中江南、纸上江南，为那个逝去的锦绣江南唱出了最后的挽歌。你看他的《遗言》：

我将消失于江南的雨水中，/随着深秋的指挥棒，我的灵魂/银叉般满足，我将消失于一个萤火之夜。

不惊醒任何一片枫叶，不惊动厨房里/油腻的碗碟，更不打扰文字，/我将带走一个青涩的吻/和一位非法少女，她倚着门框/吐着烟，蔑视着天才。/她追随我消失于雨水中，如一对玉镯/做完了尘世的绿梦，在江南碎骨。

我一生的经历将结晶成一颗钻石，/镶嵌到那片广阔的透明上，/没有憎恨，没有恐惧，/只有一个悬念植下一棵银杏树，/因为那汁液，可以滋润乡村的肌肤。

我选择了太湖作我的棺材，/在万顷碧波下，我服从于一个传说，/我愿转化为一条紫色的巨龙。

在那个潮湿并且闪烁不定的黑夜，/爆竹响起，蒙尘已久的锣钹也焕然一新的/黑夜，稻草和像片用来取火的黑夜，/稀疏的家族根须般从四面八方赶来的黑夜，

我长着鳞，充满喜悦的生命，/消失于江南的雨水中。我将记起/一滴水，一片水，一条水和一口深井的孤寂，/以及沁脾的宁静。但时空为我树立的/那块无限风光的墓碑，雨水的墓碑，/可能悄悄地点燃你，如岁月点燃黎明的城池。

“江南的雨水”，那是多么富于柔情和缠绵的江南圣景，那是孕育了多少象征江南风情的故事与传说的自然之物，这次被潘维用来虚拟和描摹一个江南才子别具一格的死亡场面。“萤火的夜晚”、“太湖的棺材”、“无限风光”的“雨水的墓碑”，一场轰轰烈烈的生命远行，借重的却是风情万种、低徊婉约的江南物象，显露着“淡妆浓抹总相宜”的江南之情。一个人即使赴死也对这江南胜景不依不饶，千扯万拽，牵绊不已，这情景里折射着对古老江南的极端留恋。自然，潘维所塑的江南在现实人间已经难觅踪影了，只能在纸上、在梦里、在诗中寻见。在这个意义上，潘维的“遗言”不过是一次用诗行记下的思念江南、想象江南的梦话而已。

现实中的潘维在性格上比较清丽柔婉，有江南才子习惯性的轻软放怀之风，在生活的追逐中也不乏江南人的闲逸和快活。然而，他的诗是沉滞的，是凝重的，让人读来有喘不过气的感觉。只是由于人为按压进去的伤古之怀、念旧之意

过重，潘维的诗歌时而会不自觉地流溢出某种阴性化的脂粉气来。这一点或许也从另外的层面印证了潘维的诗是一个本真的江南人写下的有关江南的诗。

潘维在2004年杭州的一场大雪之中，所写出的《苏小小墓前》一诗，是一首以富有传奇色彩的古代江南女性为情绪背景来书写自我心灵世界的佳作。生于1964年的诗人潘维，在不惑之期写出了这样的诗句：

> 年过四十，我放下责任，/向美作一个交待，/算是为灵魂押上韵脚，
> 也算是相信罪与罚。/一如月光/逆流在鲜活的湖山之间，/嘀嗒在无限的秒针里，
> 用它中年的苍白沉思/一抔小小的泥土。/那里面，层层收紧的黑暗在酿酒。
> 而逐渐浑圆、饱满的冬日，/停泊在麻雀冻僵的五脏内，/尚有磨难，也尚余一丝温暖。
> 雪片，冷笑着，掠过虚无，/落到西湖，我的婚床上。

《苏小小墓前》总共三部分，上引是其第一部分，已可看出全诗的核心情绪。一个四十岁的男子，显然对世界、对人生、对自我都有了较为深邃的体验和觉识，这或许是古人称那些到了这个年龄段的人为“不惑”的原因。从常理推断，进入不惑之年，一个人有关生命的担负感和历史的责任感会若山石一样沉淀在心。但潘维却举重若轻，在四十岁之时居然能轻松放下责任、负担、使命，而立于一个沉埋在历史风尘中的烟花女子的墓茔之前，追索和寻觅某种诗意人生。这是怎样的襟怀和心意呢？或许只有情韵婉转的江南文化才能培育出这样的风流才子，培育这样洒脱飘逸的襟怀和心胸。“落到西湖，我的婚床上”，如此绝妙的语句，精彩地诉说了诗人对江南历史和江南文化的留恋和至爱。

第二节　陈先发的桐城情结

陈先发的诗歌创作牵连着中国当代新诗诸多值得关注和追问的问题，这注定了对他的阐释可以从许多径路上展开和延伸。首先，陈先发是一种“现象”，80年代末出道，90年代成名的他，新世纪之后在创作上发生了重大转型，骤变为一个以题材奇特、语言耐嚼、长短诗兼擅而独立于诗坛的个性鲜明的诗人，这种

个性使他既迥异于当下其他诗家，也迥异于90年代的自己。其次，陈先发代表了一种“经验”与“方法”的成功尝试，他的诗歌为当代诗人如何将传统文化的血脉与个体生命经验和精神气息融汇起来，灌注于诗行之间，从而构建心意辗转、余韵缠绕的集古典与现代于一体的新诗美学提供了范例。陈先发身上体现的第三点也是最重要的一点——他在一定意义上构成了当代新诗地理诗学和文化诗学建构的表征。在新的历史语境和文化条件下，陈先发不仅将桐城派的精神传统作了不失精彩的现代汉语的诗性书写，还以此为基点，扩延为对中国新诗的民族品格的思考与塑造上。他一方面寻找古典传统阐发的现代性出口，另一方面又注重新诗现代性的中国经验赋意，在以古观今和以今发古的双重维度上不断拓展着诗的疆土。他的诗体现出多重性，既是古雅的，典丽的；又是现代的，繁复的；是一种深烙着地域性格、民族色彩和现代性气质的艺术样式。

陈先发1967年出生于“户户翰墨馨香，家家灯火书斋”的桐城，他的骨子里流淌着桐城文人“多朴厚”、“尚气节”、“敦廉耻”（姚莹《东溟文集·吴春麓诗序》）的精神血液。“学行继程朱之后，文章在韩欧之间”（方苞语）的桐城派，为这个古老城市铸足了文化底气，也为后人树立了求学问道的励志碑铭。在桐城这块土地出生和成长，是陈先发的幸运，也给他以无形的压力。他日后的复旦求学和诗坛打拼，或许与这种无形的压力有直接关系。

几乎与一个历史朝代同兴衰、共存亡的桐城派，可以说是一个从特定的区域意识和地理经验上对中国文化本体加以接受和重新诠释的文学派别。从这一点来说，陈先发看重“地理灵性”的诗学主张，或许正是来自于桐城派成就自身的艺术启示。在长诗《写碑之心》中，陈先发写下了这样的句子：“我总是说，这里。/和那里，/并没有什么不同。/我所受的地理与轮回的双重教育也从未中断。”可以想见，诗人所受的这种教育中，一定少不了耳濡目染的桐城派文化传统。伟大的文学总是带着地气的精神产品，也就是“地理灵性”的衍生物。对诗人来说，地理既是他观照世界的思维起点，还是一种经验的原点和文化的气场。尊重“地理灵性”，就是对个体心灵经验和民族文化传统的尊重，就能对人类当下的生存现状作最为真实的记录和历史的还原。《黄河史》一诗如此写道：

源头哭着，一路奔下来，在鲁国境内死于大海。
一个三十七岁的汉人，为什么要抱着她一起哭？
在大街，在田野，在机械废弃的旧工厂

他常常无端端地崩溃掉。他挣破了身体
举着一根白花花的骨头在哭。他烧尽了课本，坐在灰里哭。
他连后果都没有想过，他连脸上的血和泥都没擦干净。
秋日河岸，白云流动，景物颓伤，像一场大病。

这是站在历史地理和文化地理的基点上，对“黄河”进行的诗意烛照，“黄河”的今非昔比、面目全非，被诗人予以病态的写照，并夹杂以哀痛和哭诉的情绪处理。诗人对现代性的反思和追问从而植根于一个富有历史景深的中国语境上，并借助民族化特征鲜明的中国经验而传达出来。

陈先发几乎所有的诗歌都以质疑现代性为思想起点，不过他从不空发议论，也不滥自抒情，而是有力地继承了桐城派主张“言有物”、“言有序”、“修辞立其诚”的文学理念，在具体的情景设置和触手可及的情绪伸展中，将自我对现代化的深邃反思与对中国文化的别样理解隐曲而精妙地呈现出来。《前世》启动了“陈先发式”的书写模式，在古代故事与民间传说的现代演绎中，既将自我的历史理解和超历史的诗化因子输入代表民族情感记忆的古事之中，又借古典事项侧面而隐讳地传达自我对现代文明的深层透视和理性考问。全诗如下：

要逃，就干脆逃到蝴蝶的体内去/不必再咬着牙，打翻父母的阴谋和药汁/不必等到血都吐尽了。/要为敌，就干脆与整个人类为敌。/他哗地一下就脱掉了蘸墨的青袍/脱掉了一层皮/脱掉了内心朝飞暮倦的长亭短亭。/脱掉了云和水/这情节确实令人震悚：他如此轻易地/又脱掉了自己的骨头！/我无限眷恋的最后一幕是：他们纵身一跃/在枝头等了亿年的蝴蝶浑身一颤/暗叫道：来了！/这一夜明月低于屋檐/碧溪潮生两岸

只有一句尚未忘记/她忍住百感交集的泪水/把左翅朝下压了压，往前一伸/说：梁兄，请了/请了——

梁祝化蝶的传奇故事，在陈先发富于个性化的诗歌版本里，有了许多新意。在《前世》里，爱情主人公原有行为的被动性已化为主动，凄绝的死亡已经孵化出令人惊艳的永生，他们反抗的决绝与爱情的坚贞之间构成互文互诉的映照关系。这不只是历史传说的重写，而是现代性生命体验的传递，对梁祝决绝反抗的叹赏里寄寓着诗人痛切地批判现代性、渴望逃离浮躁当下的精神立场。

陈先发观照现实的角度也是独特的，颇富意味的。他拒绝对眼下之景做直截了当的书写与阐发，而是以语意缠绕迂回，古今情景杂糅的艺术表现形态，在历史的纵深中展现并重构现实场景，巧妙抒发自我繁复的心声。《鱼篓令》一诗写道：

那几只小鱼儿，死了么？去年夏天在色曲/雪山融解的溪水中，红色的身子一动不动。/我俯身向下，轻唤："小翠，悟空!"他们墨绿的心脏/几近透明地猛跳了两下。哦，这宇宙核心的寂静。/如果顺流，经炉霍县，道孚县，在瓦多乡境内/遇上雅砻江，再经德巫，木里，盐源，拐个大弯/在攀枝花附近汇入长江。他们的红色将消失。/如果逆流，经色达，泥朵，从达日县直接跃进黄河/中间阻隔的巴颜喀拉群峰，需要飞越/夏日浓荫将掩护这场秘密的飞行。如果向下/穿过淤泥中的清朝，明朝，抵达沙砾下的唐宋/再向下，只能举着骨头加速，过魏晋，汉和秦/回到赤裸裸哭泣的半坡之顶。向下吧，鱼儿/悲悯的方向总是垂直向下。我坐在十七楼的阳台/闷头饮酒，不时起身，揪心着千里之外的/这场死活，对住在隔壁的刽子手却浑然不知。

这首诗是颇富意味的。虽然是在当代的地理中穿行，但诗人借助往前回溯的时间意识，将过往朝代巧妙地插入，使现实情景有了历史的厚度，中国本土文化的生命基因在现代性的情绪感知和灵魂体验中被激活。

陈先发在长诗创作上也是颇为成功的，《口腔医院》、《写碑之心》、《姚鼐》、《白发与过往》、《街道》都是结构巧妙、思想深邃的佳作。长诗《姚鼐》开启了桐城人写桐城人的新诗创作范式。这首长达266行的长篇诗作，全方位多角度展示了诗人读解、阐释历史与现实的智慧和能力。这首诗以追念古人为契机，在历史与现实中往来穿梭，比照互证，表达了诗人对古代文化传统的忆念与对现代文明的忧思。"在旁观者眼里/我们是完全不能相容的两个人"，"你有卫道的/松枝/我有世俗的桑葚。/你有一颗从袒卧的凉席上伸长了脖子，看门外/荸荠长出白花花身子的闲心。/我有无数个在街头厮混，/揽着声色的烤羊肉串，不愿回家的夜晚。/……你有鱼玄机。/我有麦当娜。"从上述关于古今生命情景的一一映照中，我们不难揣摩到诗人追慕先贤、叩问当下的鲜明情感底色。

为了追求诗歌气息的纡徐萦绕和不断升腾的诗意效果，陈先发采取了多褶皱构建诗歌句式与段式的艺术手段，这使他的诗歌常常显得风姿绰约，饶有趣味，同时也造成了其诗婉转有余，舒展不够；缠绕过多，清朗不足的毛病。这或许是注重义理、考据的桐城遗风在当代诗歌中的某种延传。不过，陈先发秉承的这种婉转和缠绕的表达方式，对于遏制当代诗歌写作日益口水化和直白化的不良趋势来说，又不失为一种极有价值和意义的写作策略。

第三节 雷平阳的云南书写

雷平阳的诗集《云南记》在2009年底出版。诗集刚一出版，一位远方朋友就打电话向雷平阳表示祝贺。他以自己熟悉的拆字术解说道："平阳，这书名好啊！你看'雲'，要雨水有雨水，要云彩有云彩，天公作美。再看'南'，上面有'十'，那是西方宗教符号，下面有￥，那可是人民币呢，这有中西合璧的意味。再说这'记'，是自己写下自己的话。三个字凑一起，占尽天时地利人和"。不知这位朋友的解释是否有道理，反正《云南记》的出版，的确给出版社带来了一笔不小的利润，也给雷平阳的诗歌添上了一个很有斤两的砝码。至于日后获得鲁迅文学奖，虽有机会、运气、人缘等成分在，但实力无疑最为关键，由此会给他带来更大的声誉和经济回报，那也是可想而知的。

《云南记》的书名的确好，雷平阳并不否认，但他做梦都没想到过他朋友所拆解的那些意义。雷平阳只想从一个草根的生命视角，写出他眼中所见的昭通和云南，写出他理想的云南与现实的云南之间的矛盾、摩擦、纠缠和搏斗，写出在现代化侵蚀和覆盖下，云南这块集聚着中国最多少数民族的土地上，历史生态和文化生态正在日益失衡、少数民族独特珍稀的文化传统正在不断沦失的残酷现实，写下他内心的不安、苦闷、彷徨和焦虑，写下他的爱与恨、歌与哭、奔走与停留、躁动与稍安。雷平阳的诗里，由此饱含着热量、血液、情感与体温。

在《亲人》一诗里，雷平阳以"逐渐缩小的过程"一语生动喻示自己对身边事物不断归于内心的真爱："我只爱我寄宿的云南，因为其他省/我都不爱；我只爱云南的昭通市/因为其他市我都不爱；我只爱昭通市的土城乡/因为其他乡我都不爱……/我的爱狭隘、偏执，像针尖上的蜂蜜/假如有一天我再不能继续下去/我只会爱我的亲人——这逐渐缩小的过程/耗尽了我的青春和悲悯"。在诗中，"逐渐缩小的过程"一语，诗意地诉说了爱的真谛，它有效抵制了那种把爱播向五洲四海的虚妄，以富于真理性的声音告诉我们，世上真正单纯、朴实、触手可及又温度不减的爱其实就是对亲人的爱。

雷平阳很长时间都是一个有争议的诗人，曾经有人把他当作21世纪诗歌中类型写作的代表，这是因为他的那首诗：《澜沧江在云南兰坪县境内的三十三条支流》。这首诗在地理学构图上显然是对郦道元《水经注》的一次盗版，而“向南流X公里，……河”，“又南流X公里，……河”，“又南流X公里，……河”的句式铺排，绝对不是一首正常诗歌的语言秩序。这首诗诞生之后，称赞者捧其上天，誉其为极有创新意义的诗作；反对者贬其入地，直接称其为复制性的无效写作。而我看来，雷平阳如此将三十三条河一路陈列下来，其实是在提醒人们关注它们的命运。这些河，有些暂时存在着，有些正在消失，有些早已名存实亡。现代化的魔掌正向它们一一伸过手去，它们的生命朝不保夕。

雷平阳深信诗歌的精神性力量，他将自己的诗歌看作“纸上的旷野”①，他希望用这“旷野”为迷人又渐渐远去的故乡准备广阔的承载空间，为不断沦丧的传统文明和少数民族文化提供可以永生的精神地盘。怀着某种悲切，他在《在坟地上寻找故乡》中写下了这样的句子：

从野草和土丘之间的空隙
眺望几公里外，我生活过的村庄
那儿灯火通明，机声隆隆，它已经
变成了一座巨大的冶炼厂
一千年的故乡，被两年的厂房取代，再也
不姓雷，也不姓夏或王。堆积如山的矿渣
压住了树木、田野、河流，以及祠堂
我已经回不去了

谢有顺称雷平阳的诗歌创作是“有根的”，“有方向感的写作”②，我认为是相当有道理的。雷平阳的根深扎在乡土中国的文化土壤上，而他的方向就是用诗的文字为不断逝去的那些文明星火和传统血脉提供最后一片栖息之地。面对“隆隆的机声”，“通明的灯火”，他丝毫不以目睹现代文明终于落户于偏远贫困乡村为喜悦，而是感到莫名的伤怀一涌而上，堵住了他的心灵。在现代中国，对“回

① 见雷平阳《云南记》“自序”，武汉：长江文艺出版社2009年版，第1页。
② 谢有顺：《雷平阳的诗歌：一种有方向感的写作》，《文艺争鸣》2008年第6期。

不去”故乡的抱撼，恐怕不是雷平阳才有的。

正是因为痛切地感受到现代文明的铁蹄正在肆意地践踏乡土中国的脊背，焦虑和不安便始终萦绕在诗人的心头。这种生命状况，促使诗人虽混迹闹市，却常有避世之念，身在红尘，却有看破红尘之心。《寺庙》一诗写曰：

> 有没有一个寺庙，只住一个人/让我在那儿，心不在焉地度过一生/我会像贴地的青草，不关心枯荣/还会像棵松树/从来都麻木不仁/我会把云南大学的那座钟楼/搬到那儿去，卸掉它的机关/不让他，隔一会儿就催一次命/我一旦住在那儿，就将永恒地/关闭，谁也找不到我了/自由、不安全、焦虑/一律交给朋友。也许，他们会扼腕叹息/一个情绪激越的人、内心矛盾的人/苦大仇人的人，从生活中走开/是多么的吊诡！可我再不关心这些/也决不会在某个深夜/踏着月光，摸下山来/我会安心地住在那儿/一个人的寺庙，拧紧水龙头/决不能传出滴水的声音。

“一个人的寺庙”，这是多么清明沉静的世界，它或许是雷平阳的某种生命理想，但又是充满悖论的永远也无法变成现实的理想。我想，真要给他一个孤悬于山岭上的清幽寺院，挚爱人间的雷平阳也未必就会入住。但他用这种独特的表述，突出地呈现了守住自我、归于内心的精神追求。

《祭父帖》是雷平阳近期创作的长诗，可以说是他长诗创作中的翘楚之作，也是当代长篇诗作的精品。诗人通过对父亲的祭奠和追忆，将那个特殊的年代放在历史的审判台上进行了诉讼和鞭挞，也以此深度反观和考问自己的灵魂。虽然诗歌与那段历史和政治有涉，但诗人的语言却是极为朴实、沾着泥土气息和味道的话语，丝毫没有政治的语词。父亲的仙逝给诗人带来的心灵痛楚无疑是巨大的，在诗中，雷平阳以一个独特的方式来表露这种痛苦：

> 我跪在他的灵前，烧纸，上香
> 灵堂中，只有他和我时，我便取出刚出的新书
> 《我的云南血统》，一页一页烧给他
> 火焰的朗诵，有时高音，烧着了我的眉毛
> 有时低语，压住了我的心跳。

“烧书”的细节展示，突出的是诗人悲痛已极的内心状况，“云南血统”字样的出现，则暗示着诗人与亡父在地域板块、生存空间、生命理解上的某种一致性。诗人接着用了很多的笔墨，追述父亲苦难和卑微的一生，尤其父亲的卑微，被诗人放在显微镜上加以精细的呈示：

无论何时，都应该是圣旨、律法、战争、政治
宗教和哲学，低下头来，向生命致敬！可他这一辈
以上的更多辈，乃至儿孙辈，“时代”一词，就将其碾成齑粉
退而求其次的生，天怒、土冷；只为果腹的生
嘴边又站满了更加饥饿的老虎和狮子；但求一死的生
有话语权的人，又说你立场、信仰、动机
没跟什么什么保持一致。生命的常识，烟消云散
谁都没有把命运握在自己的手心。同样活于山野
不如蛇虫；同样生在树下，羡慕蚂蚁

从这里可以看出，诗人的思考是冷峻的，也是深沉的。通过父亲生存现状的写照，诗人告诉我们，父辈（不只是父辈，其实还包括我们）卑微的生存，其实是与一个民族所处的时代氛围、政治气候乃至所属的文化传统分不开的。

在《祭父帖》中，一生卑微地苟活着，低着头走过人世的小路的父亲，到了晚年，则老迈颓唐为“灵魂走丢了”的人。雷平阳如此陈述道：

如今用作灵堂的地方，堆着玉米的小山，刚一进门
我就看见他苍白的头，像小山上的积雪
喊一声“爹”，他没听见；又喊一声“爹”，他掉头
看了一眼，以为是乡干部，掉头不理，在小山背后
一个锑盆里洗手。念头一闪而过，那小山像他的坟
走近他，发现一盆的红，血红的红。他是在水中，洗他的伤口
我的泪流了下来，内心慌张，手足无措
也就是那一天，我们知道，他患上了老年痴呆症
灵魂走丢了。

这样一个“灵魂走丢了”的人，他将在苦难与不幸中顽强求得生存的愿望，最后蜕变为一种无奈的符号。我们由此就能深切地体会到，一个人的生存与死亡，到了这个时候便显示出双重的悲哀。面对父亲最后撒手人寰的惨烈现实，雷平阳用一连串的问号将内心的疑惑与哀思倾泻而出：

用尽一生，他都被活的念头
所牵引，终于被岁月消耗殆尽。并用死亡，一次性否定了
自己的意志，他真的不能再等？他真的
已经平静地接受了死亡？他真的只想静静地皈依
他耕种了一生的那方土地？也许，只有在那儿
世界才合身，才是他身体的尺寸。也许，在那儿
浮世才如他所愿，等于零或比零还小一点
那儿真的很小，尽管出殡的路，孝子再多
也跪不满

《祭父帖》是为一个卑微的生命所作的传记。对于“父亲”，雷平阳没有将其圣化，而是将他放在平常人的生命层次上来定位，又将这个普通农民置放到真实的历史场景中去描述，具体而微地呈现他的沉重肉身，他的卑微灵魂。在一个平凡人的生命行旅中看到历史的踪迹和中国人的现实遭遇，这是《祭父贴》体现出的最大的思想价值。

可以说，雷平阳本质上是一个抒情诗人。他在诗歌尤其是长诗中常常会投入超剂量的感情因子，如果不用叙述，雷平阳诗歌中的抒情意味一定会过于浓烈而令人难以承受。好在诗人有着拿捏有度的本事，他在抒发情感的过程中，为了减缓抒情的强度，淡化抒情的浓度，惯于大量使用叙事性的艺术技法，诸多沉稳的叙述语的穿插和渗透，极大弱化了诗歌的抒情力度，从而也在一定程度上掩住了雷平阳作为本质上的抒情诗人的一面。

第四节　操川陕方言的伊沙

在国内最红火的诗歌论坛“诗江湖”① 上，那个网名为“长安伊沙”的，每个月都要将“伊沙新作”集中展示一次。一个诗人每月几十首诗歌的产量，这足以称为中国新诗创作的奇迹。在21世纪初的中国新诗舞台上，伊沙绝对是一个重量级的诗人，这是不容辩驳的事实。

历史常常是巧合或者有意的。在北京师范大学中文系85级男生宿舍，有一间房住着这几个人：吴文健、衡晓帆、徐江、宋晓贤。吴文健后来改名叫“伊沙”，衡晓帆后来改名叫“侯马”，当人们记住他们笔名的时候，原名却不怎么记得了。那间房应该是一个极为幸运的空间，因为曾在那里一同住过的这四个人，如今都成为了当代诗坛非常有影响的人物。

伊沙是一个不知疲倦地写作的诗人。从进入诗坛至今，伊沙究竟写出了多少首诗，恐怕连他自己都说不清楚。在当代诗坛，伊沙的诗歌荷尔蒙分泌是最为旺盛的，他的创作力如此强势，也许是与他身上鲜明的地域个性有关的。

伊沙出生在四川的首府成都，那个地方酒馆茶肆挤满大街小巷，麻将声总是不绝于耳。乐于休闲的人们，在酒席上，在茶桌上，三五成群，天南海北地摆起“龙门阵”，这是我们每天都司空见惯的最为典型的四川风景。伊沙的创作，或许正是用分行的文字，在中国诗坛上摆出的新诗“龙门阵”。而从地域性的视角来看，伊沙又可称之为操川陕方言的诗人。

伊沙有多个代表作，他的《饿死诗人》、《车过黄河》、《结结巴巴》都不愧当代诗歌的名篇。在新诗创作中，能够写出好作品也许并不困难，但能够写出足以光照史册的名篇和代表作，却是相当困难的。重温伊沙的这些优秀作品，我们还能异常鲜明地嗅到那个时代的精神气息。《饿死诗人》如是写道：

那样轻松的 你们/开始复述农业/耕作的事宜以及/春来秋去/挥汗如雨收获麦子/你们以为麦粒就是你们/为女人迸溅的泪滴吗/麦芒就像你们贴在腮帮上的/猪鬃般柔软吗/你们拥挤在流浪之路的那一年/北方的麦子自个儿

---

① 论坛地址为：http：//hk. netsh. com/bbs/661502。在该论坛活动的诗人主要有伊沙、徐江、沈浩波、南人等。

长大了/它们挥舞着一弯弯/阳光之镰/割断麦杆 自己的脖子/割断与土地最后的联系/成全了你们/诗人们已经吃饱了/一望无边的麦田/在他们腹中香气弥漫/城市中最伟大的懒汉/做了诗歌中光荣的农夫/麦子 以阳光和雨水的名义/我呼吁：饿死他们/狗日的诗人/首先饿死我/一个用墨水污染土地的帮凶/一个艺术世界的杂种。

当伊沙写下这首诗的时候，他其实深刻地意识到：属于诗人的那个黄金时代，已经一去不返了。而当时代的语境已然转换，也许只有真诚才能维护艺术的最后一丝命脉。伊沙由此对那些充满了虚假和伪饰情调的诗歌与诗人发出了大声的呵斥，那滴血的呼吁里饱含着对中国新诗的珍爱。

1989 年从北京师范大学毕业之后，伊沙来到了古城西安。这是一个具有深厚的诗歌传统和文化积淀的神奇地带，常年行走在古长安富有韵味的风中，伊沙的诗歌灵感或许会更加鲜活和丰富。在西安，伊沙写下了不少好诗，1998 年创作、2004 年发表的《张常氏，你的保姆》就是其中之一，诗曰：

我在一所外语学院任教
这你是知道的
我在我工作的地方
从不向教授们低头
这你也是知道的
我曾向一位老保姆致敬
闻名全校的张常氏
在我眼里
是一名真正的教授
系陕西省蓝田县下归乡农民
我一位同事的母亲
她的成就是
把一名美国专家的孩子
带了四年
并命名为狗蛋
那个金发碧眼

一把鼻涕的崽子
随其母离开中国时
满口地道秦腔
满脸中国农民式的
朴实与狡黠
真是可爱极了

这是口语诗中的佳品，写得机智、幽默。保姆张常氏对孩子的教育，是同高等学校的文化教育完全不同的，而在对外国崽子的呵护和照理之中，她的教育居然获得了奇效，“那个金发碧眼/一把鼻涕的崽子/随其母离开中国时/满口地道秦腔/满脸中国农民式的/朴实和狡黠/真实可爱极了”，在默无声息之间，一个普通的中国保姆，成功完成了对西方小崽子的语言教化和文化殖民。

这首诗也为我们重新审视知识分子写作和民间立场两派的诗学观念差异给予了新的启迪。以前我们常喜欢夸大知识分子写作和民间立场之间的诗歌差异，很少关注他们的类同性尤其是内在精神上的一致性。的确，在诗歌的语言选择和技巧运用上，二者可谓泾渭分明。不过，在表达的思想意识和人文观念上，二者其实并无分野，有时甚至是惊人相似的。伊沙的这首《张常氏，我的保姆》和欧阳江河的《汉英之间》在主题上就是非常一致的，都艺术地呈现了语言学习、思想影响和文化殖民的水乳关系。

从 1990 年至今，伊沙一直都是一个有争议的诗人，这从他曾登上年度“庸诗榜”就可见一斑。在 2007 年“南京汉诗研究计划”所颁布的年度“庸诗榜”上，伊沙的《崆峒山小记》名列榜首，一时间引来轩然大波。而伊沙这首十分不起眼的小诗，也因为这个“庸诗榜”的发布，意外受到了许多读者的关注和阅读。这是一首怎样的诗呢？我们读读：

上去时和下来时的感觉
是非常不同的——

上去的时候
那山隐现在浓雾之中

下来的时候
这山暴露在艳阳之下

像是两座山
不知哪座更崆峒

不论哪一座
我都爱着这崆峒

因为这是
多年以来——

我用自己的双脚
踏上的头一座山

这首诗写诗人登山前后对于崆峒山的不同感觉，“隐现在浓雾之中”与“暴露在艳阳之下”的这两种情景的对比，既写山的情态，也描述登山者的不同心情，还是很有意味的。客观地说，这虽然不是伊沙写得最好的诗，但绝对不是平庸的诗。要说它平淡，韵味还不充足，那倒是事实，或许这不是伊沙个人的错，而是口语写作自身存在的痼疾。在口语写作中，一味依靠现代汉语自身的诗性素质来组构语言，而不借助任何的修辞技巧，这是相当困难的一种诗写方式，因为要将日常语提升为诗家语，是需要极为深厚的艺术功力才能办到的。伊沙写的一些诗歌之所以相当优秀，就在于他恰到好处地将日常语组织在一起，让它们发生神奇的综合作用，进而产生令人意想不到的诗意效果。然而，有些诗之所以显得平淡寡味，正是因为它们之间没有产生深层的混响与共鸣，读者读起来不觉有些兴味索然。

近几年来，伊沙除了创作数量可观的短诗之外，也写下了不少长诗。他的长篇诗作，如《唐》、《灵魂出窍》、《车祸》、《蓝灯》等，都是具备了一定艺术水准的。在2007年点评“中间代”诗歌时，我给伊沙的长诗《灵魂出窍》写下了这样的评语：“伊沙的诗歌始终充满了机智、幽默、真率、另类的艺术性情，同时也以富有穿透力的理性洞察和尖锐批判而阻止传统的惯性流播，充满叛逆性的思想常常给我们带来巨大的心灵震慑。长诗《灵魂出窍》是伊沙的最新力作，诗人截取生命中一个特殊的时间段落，以‘瘤’的恶良与否这一悬疑为契机，牵带出个体对生与死、情与愁、痛与爱、低俗与崇高等精神内涵的对比性反思，揭示了人类命运的尴尬与无奈、生命的脆弱与卑微、死亡恐怖与存在挣扎的永恒纠缠等本质性人生要义。通俗易懂的口语，不离日常生活经验的平民视角，不事雕琢的叙述和议论，营构出充满亲和自然色彩的艺术世界。伊沙一直以来都保持着独立不羁、卓尔不群的先锋性姿态，不为流俗所动，义无反顾地沿着自己认定的艺术路子挺进，实在是难能可贵。”① 伊沙至今仍是“义无反顾地沿着自己认定的艺术路子”持续地向前挺进，这种勇气是难能可贵的。

自然，对于伊沙的多产，我们也应该冷静地审视和客观地评估。我们知道，一个人熟悉的故事是有限的，一个常年在讲故事的人，他的故事肯定会不断地兑些水分，不断地失去精彩程度，这是可想而知的。在中国诗坛大摆“龙门阵”的伊沙，他的诗歌写得太多了些，也写得太快了些。这一多一快，就难免会产生泥沙俱下、良莠不齐的现象。因此，有人说他的诗歌创作是“克隆性”写作②，有人说他的诗歌呈现着“互文性”交汇③，这都是有一定道理的。这说明了伊沙诗歌中突出存在的复制现象。

不过，换个角度来看，结论可能就不一样了。在中外文学史上，经典与平庸往往是一对难兄难弟，一个作家经典之作往往是在写出了成千上万的平庸之作之后才可能诞生的。没有哪个诗人在动笔之前就拍着胸脯说，我敢保证，这首诗必定是传世之作。从某种程度上说，文学创作不过是用无数次的不成功来换取偶尔的成功而已，而这偶尔的成功，又是一个作家最难以控制和把握的。因此，具有旺盛的创作精力和巨大的语言能量的伊沙，始终是值得期待的。

第五节　沈苇诗中的新疆风情

新疆也许本质上就是一片诗的沃土。在这块土地上，各个少数民族的民歌浩如烟海，让人荡气回肠；各种民族舞蹈姿态万方，令人赏心悦目。50 年代，诗

---

① 《中间代 21 家》“评点语”，张德明评点，《诗歌月刊》（下半月），2007 年 5、6 合刊。

② 张礼：《评论伊沙的现代克隆式写作》，见云南张礼的 blog，http：//blog. sina. com. cn/zhingli。

③ 陈仲义：《伊沙诗歌论》，《文艺争鸣》2009 年第 10 期。

人赵文节（笔名闻捷）在这片诗的沃土上，为妩媚的民族风情所打动，用深富情韵的笔墨，写下了《苹果树下》、《夜莺飞去了》、《葡萄成熟了》、《舞会结束以后》、《赛马》、《吐鲁番情歌》等优美的诗章，在政治抒情诗铺天盖地的时代，谱写出了具有民族风情和个人化风格的诗歌旋律，某种程度上可以说，是新疆的地域文化成就了闻捷的艺术个性。40年后，诗人沈苇也在这片土地上，被眼前迷人的风光和边疆民族火热的激情所感染，接连写出了《新柔巴依》、《一张名叫乌鲁木齐的床》、《楼兰美女》、《伊犁草原》等艺术质量颇高的诗作，成为新的历史时期用分行文字艺术呈现这个地域的文化风采与人文景观的优秀诗人。

沈苇的诗将新疆这个特定地域的个性精彩地彰显出来，从而为他所工作和生活的边地谱上了艺术的和弦。诗评家耿占春说："不能把沈苇视为一个地域性的诗人，但他确实是一个具有地域色彩的诗人。"[①] 意思是说，沈苇的诗歌写出地域的特性，但他没有为狭隘的地域性所拘缚。从地域性描画出发，他以诗歌抵达了"存在主义"的生命哲学高度。

在沈苇的地域性诗歌中，对新疆地理的诗性观照和艺术传达是其突出的表现形式之一，作为新疆首府的乌鲁木齐是其中演绎得最为精彩的地理空间。在古准噶尔蒙古语里，"乌鲁木齐"是"天然的牧场"之意，这个辽阔而碧绿的疆域，既喂养了洁白的羊群，也哺育了内心纯善的人们。沈苇在2006年创作的《一张名叫乌鲁木齐的床》一诗，将"乌鲁木齐"喻为舒适的床，通过奇幻、幽雅的风景描画，将我们带到了一个诗意盎然，情采娟娟的曼妙世界之中：

一张名叫乌鲁木齐的床
那位白发苍苍的保姆：博格达峰
至今认为，在床上睡去、醒来的
仍是"美丽牧场"时期的羊群

像羊群，人们游移闪烁的梦境
隔着一座绵延千里的天山
那些不被认识的心灵

① 耿占春：《身体的边界：沈苇的诗歌地理学》，见沈苇《新疆诗草》"附录"，乌鲁木齐：新疆人民出版社2009年版，第224页。

是另一些心灵的长夜
只有梦中的呢喃、酒后的醉歌

像内心的表情，毋须翻译
睡去，然后醒来
甚至抓住一缕晨光登上了天山——
一张吱嘎作响的床：乌鲁木齐
漂泊在雪山与沙漠之间

在乌鲁木齐，辽阔的草原，绵延千里的天山，终年积雪的博格达峰，组合成充满宗教氛围的迷人梦境。长年生活于这样的世界里，人们芜杂的俗念将被涤荡一空，心灵会不知不觉地得到净化。在这首诗中，“羊群”如“游移闪烁的梦境”，“乌鲁木齐”是“一张吱嘎作响的床”，“漂泊在雪山和沙漠之间”都是精妙传神的比喻，道尽了乌鲁木齐的奇幻和妙美。

沈苇不仅对处身其间的地域进行了诗意阐发，也善于继承新疆这块土地上的诗歌传统，组诗《新柔巴依》即为这一诗学策略的具体例证。作为维吾尔诗歌的一种传统形式，“柔巴依”可以视为新疆民族的艺术结晶和文化记忆。“柔巴依”一词源于阿拉伯文，意思为“四的组合”，因此“柔巴依”译为汉语也称“四行诗”。沈苇的组诗《新柔巴依》在维吾尔传统诗歌形式中输入了现代性精神内涵，用四行的诗体写出了当代人的生命经验和人文情怀。

这首诗从“黎明”开始写起：

醒来吧！黎明的大幕徐徐拉开，
黑夜不是撤退了，而是已为白昼殉葬。
是谁排遣了太阳的劲旅？光芒之箭
射中天山之峰：一顶中亚的皇冠。

黑夜退去，黎明醒来，太阳照耀着天山，这瑰丽的景象是令人着迷和流连的。这样的开篇既散发着神秘气息，又洋溢着宗教情怀。在第三章里，诗人站在历史的维度上，写出了西部边陲的内在底蕴。诗曰：

火车向西行驶像在抒写一部长篇，
辽阔是它的页码，荒凉是它的文字。
向着腹地：古道、西风、瘦马，
黄沙起伏如喘息，如末日的大海。

紧接着，诗人在历史与现实回复往来，借助二者的交互对话展开诗情，既回眸这片土地过往的峥嵘岁月，又凝视这里的当下蓊郁风物，将一个立体多元、风光无限、内涵丰厚的边陲呈现在我们面前。第 14 节如此写道：

群山上升，宁静的湖泊好像蓝色的睡眠，
使低处的梦倒映高处的梦。当树叶的金币
齐声丁当作响，鸟儿的歌唱也汇入了天籁。
白云追逐着白云，谁在吞食大团大团的阳光？

群山高耸，湖泊宁静，树叶翻飞，鸟儿欢唱，白云悠悠，这是诗人在诗中描画的一幕引人入胜的图景。这图景无疑是奇幻而美妙的，是充满神秘气息而令人梦绕魂牵的。

《新柔巴依》一共 33 节，最后一节以"落日"收束，同第 1 节首尾呼应，使整首诗形成其完整的环状结构。诗为：

从天山到昆仑，永不停息的是沙漠的浪涛，
是大鸟的飞翔和新夸父的逐日运动，
小小的爱和伟大的爱展开了奋飞的翅膀。
让落日的圆满下降，请新月的福祉上升！

以这样的语言形式收尾，不仅在结构上使全诗完美统一，而且在意味上也耐人咀嚼。诗人在此通过对时日轮回的描述，艺术地昭示了生命轮回、人生永续等深层含蕴。

沈苇不仅用诗歌的形式，大量描写新疆当下的风土人情、山光水色，也将思维的触角伸向远古，站在现代人的视点上，对古西域大地上曾经的历史风云进行丰富的想象和重构。《楼兰美女》一诗写曰：

死亡是一种隐私
我们却将她公之于众
死亡是一种尊严
我们却在她身边溜达
嘀嘀咕咕，指指点点

如果我能代表盗墓贼、
考古队员和博物馆
那么，我将请求她的原谅
原谅人类这点
胆怯而悲哀的好奇心

我无法揣度她的美貌
也不能说，她仅仅是一具木乃伊
如果我有一辆奇幻马车
就将她送回沙漠，送回罗布泊
在塔克拉玛干这个伟大的墓地
让她安息，再也不受
人类的惊扰和冒犯

死亡是她的故乡，她的栖息地
我们岂能让她死后流落他乡？
岂能让美丽的亡灵继续受苦？

她的无言就是告白
她的微笑使我敬畏
因为我知道，她精通死
胜过我们理解生

诗歌对考古学发现的楼兰女尸进行了富有哲理又包含情韵的艺术表述。“死亡是一种隐私”、“死亡是一种尊严”，这建立在理解同情基础上的闪烁着睿智的诗句，既是对古代美女的深深悼惜，又是对今人提出的严正警告。“如果我有一辆奇幻马车/就将她送回沙漠，送回罗布泊……让她安息，再也不受/人类的惊扰和冒犯”，在神奇而大胆的想象中，诗人巧妙传达了对古人的尊重与敬畏之情。

可以说，沈苇的诗歌为当代新诗的地域性观照提供了一种别具意味的美学范本。中国新诗的地域写照有以下两种形态：一种是故土性观照。即诗人诗歌中的地域是他的出生地、成长地，这个地域渊积着诗人的童年记忆、少年情怀、青春风采以至成年后的踪影，这是他自小就熟悉的地带，山水草木与诗人个体间有一种血源性的亲情关系。这样的地域写照显示着质朴和本真的一面，自然也会因眼前的景物交往太多，太过熟悉，诗人写作时可能会产生一种审美疲劳和表达困倦。雷平阳诗中的云南、潘维诗中的江南、古马笔下的甘肃等，都是在这种基础上生发出来的。另一种是异域性观照。即诗歌中着意点染的地域本非他的出生地，诗人与这个地域之间并没有直接的血缘关系，但诗人成年后因为工作需要，在这里土地上留下了自己的行迹、呼吸和心跳，也无时无刻不为这块土地所感动，因而要借助诗章文句将这感动书写出来。与诗人的家乡相比，他乡不是故土而是异域，他从异域性的视点来打量这块土地，因此时刻体验到风物的神奇、人情的妙美。沈苇的“新疆诗章”正属于这种类型。

“新边塞诗”的代表诗人周涛曾这样分析沈苇文学创作的“混血”现象：“他是个地道的江南人，他的混血是他从江南来到新疆后，对新疆各民族文化发自内心的热爱，使自己文化的血脉流进了异域的血。……他的语言，是一种超现实而又完全概括现实的语言。现在，很多人都在以模仿的方式表达生活，而沈苇在概括生活。”[①] 在诗歌创作中，概括生活绝对比模仿生活要有难度得多，艺术境界也高妙得多。周涛的这段话，准确勾勒了诗人沈苇艺术个性中独特而深沉的一面。

沈苇的诗歌中，有不少是以独具民族特色和异域风情的地理名词作标题的，如雅玛里克、叶尔羌、喀什噶尔、塔什库尔干等。写到“伊犁”的诗歌也有好几首，如《在伊犁》、《伊犁草原》等。短诗《伊犁草原》如此描述这个迷人的地带：

---

① 周涛：《混血之美》，见沈苇《新疆诗草》“附录”，乌鲁木齐：新疆人民出版社2009年版，第223页。

一碗羊奶中漂浮的月亮起航了
一个马腹中藏着乌孙墓和大毡房
远逝的荷马啊，仍活在草原阿肯身上
如果冬不拉开始轻轻地弹唱
不是因为手指的移动，而是晚风
送来了罂粟的摇曳和草尖的颤栗

在这草原上，朦胧的月光、诗才横溢的青年、清雅的旋律、徐徐的晚风，万物尽显灵性，这不乏神秘和韵味的空间，实在让人心迷神醉。

自然，我们必须看到，沈苇的诗歌写出了新疆的地域特色与人文景观，但他对“地域性”写作始终保持着高度的警惕。沈苇曾说过：“当一个人置身于地域色彩很强——譬如像新疆——这样的地方时，这是他的幸运，也是他的尴尬。在铺天盖地的地域的赏赐中，人的个性被淹没了。”① 正是因为深刻意识到地域性既彰显空间特性又阉割诗人个性的双刃之力，沈苇在他的诗歌中，极力探索用历史想象来激活程式化的地域时空，以普遍的人性描写来超越地域性的狭隘和封闭。这使他的诗既显露着鲜明的地域性特点，同时又体现出超越地域性的美学品质。

第六节　古马诗中的文化甘肃

“地理诗的光芒首先照亮的是地理本身。”（安琪语）这话用在古马身上同样适宜。作为一个有个性的地域诗人，古马不仅用诗歌照亮了现实的甘肃，而且照亮了拥有敦煌文化和楼兰传奇的古老甘肃。他用富有魅力的文字书写了甘肃的历史、文化和现实的风采，让辽阔的陇原闪烁迷人的诗意光泽。

古马出生在甘肃武威，他的生活基点、生命记忆和人生领悟都是与甘肃密切相关的。甘肃是个有历史文化内涵的神奇地带，深厚的历史底蕴为当今人们的生活环境镶嵌上神秘的精神氛围，这种历史底蕴，时常出现在古马的诗篇之中，成为一个独特的美学标记。在《焉支花》里，古马这样写道：

---

①　沈苇：《尴尬的地域性》，《文学报》2007 年 3 月 15 日。

根下单于睡觉
头上牛羊乱跑
焉支花
颜色在你手里
你举着一年一度的云

风儿吹手儿摇
祁连山下的女子
脸似胭脂腰似草

因为有古老的文化滋养，现实生命从而显得更为妩媚，更有神韵。在古马这首有着古风色彩和意味的诗歌里，我们看到了积淀着丰厚历史基因的陇原大地上，无论牛羊、花朵，还是女子，都是神采飞动，令人着迷的。诗评家沈奇曾称赞古马是一个“种玉为月的诗人”，评价他的诗歌表达着“布清辉而耀千古”的人格精神和审美理想①。这是颇有见地的。

古马的诗与纷扰喧嚣的物质世界拉开了很大的距离，他的诗清朗、干净、纯朴，这是陇原上散逸的悠悠不绝的黄河文明和敦煌文化长年熏染的结果。

这首《西凉月光小曲》将我们带入到梦幻般的时空之中，令人流连沉迷：

月光如我
到你床沿

月光怀玉
碰见你手腕

月光拾起木梳
半截在你手里

---

① 沈奇：《种玉为月的诗人——古马印象》，见黄礼孩主编：《古马：种玉为月》，兰州：敦煌文艺出版社2009年版，第183~187页。

另外半截
插在风前

一把锈蚀的刀
插在焉支以南

大雪铺路
向西有牛羊的尸骨

借光回家
取盐在你舌尖

在月光的笼罩之下，万物都散发着光泽和神性，爱情变得美轮美奂。古马在这里呈现了前现代的诗意趣味，这趣味无疑是充满诱惑，让人神往的。

古马的诗中有许多意蕴丰厚、情采隽永的历史学名词：敦煌、西夏、玉门关、西凉、焉支、河西走廊、丝绸之路等。当我们在现代诗行中与这些聚集着神话故事和历史传说的历史学语词不期而遇的时候，那种意外的惊喜将会油然而生。《玉门关小立》如此道来：

冰草黄芦
大宛马和匈奴的黄骠马
都跑作了风中沙粒

仰天弯弓
哪还有一双掂量过
和田玉的粗糙的大手
颤栗星月

飞鸿压低翅膀
将口衔的芦管掷给我

九万里风声倒无半点杀气
这个，你拿去玩吧

在“玉门关”小立，历史的剪影会从记忆的深处纷纷来到眼前，诗人的情绪一定是丰富和多变的。古马以玉门关为思维起点，抚今思昔，既感慨历史风尘已如烟散尽，又体味到今朝的某种无奈，写得轻巧而沉重，不经意间流溢着无限深意。“大宛马”、“匈奴”、“黄骠马”、“和田玉”，这些具有历史意味的词语次第映入眼帘，不断激起我们心灵的波纹和情感的涟漪。

古马说：“我的诗应是一种强暴。把风马牛不相及的事物强行粘合，转化为我们生命中遥远而亲近的东西，拓展想象无限可能的空间。”① 这是古马对他独特的诗学观念的形象表述。古马以超越时空界域的大胆行动，将诸多关联并不强烈的语词、意象和事物组合在一起，从而创生出一个崭新的世界，一个与现实社会大异其趣的空灵曼妙的诗性空间。

古马组合词语和事物的举动尽管大胆，但由于他的诗多用歌谣式的书写手段，读来不仅不觉得生硬别扭，反而感觉格外亲切自然。古马的诗是流水潺潺，也是清风缕缕，给人带来温馨和甜美的阅读感受。

地域诗人对自我出生、成长和生活的土地有着本真的生命体验，他的情感总是与那片迷人的土地有着千丝万缕的联系。这既使得他一旦进入诗歌创作的境界中，熟悉的山水人物都会蜂拥而至，又使得他即便在观照其他地域的人事物象时，也摆脱不了那种独特的“地域视野”。读《短歌》一诗，我们就不难领会到这一点：

我的心在什么地方
你在什么地方 什么地方空气就发蓝

我的眼睛在什么地方
你在大海边徜徉 贝壳中隐含着月亮
羞闭的光 我要和海水说话

① 转引自黄礼孩《穿越诗歌，诗人在世上》，见黄礼孩主编：《古马：种玉为月》，兰州：敦煌文艺出版社2009年版，第2页。

我要看着你 和你说话 和月光说话
骨头敲打马鞍 黄沙飞扬 从朔漠到海滩
九死一生 我经历所有黑夜 我要去
从潮水摊开的手掌里找回你 找回我眼睛

我的嘴唇在什么地方
什么地方的清晨 朝霞从你梳妆的镜子里
初次发现 它小巧玲珑的标本 红光湿润——
永远珍藏你美和骄傲的镜子 才配埋葬我的歌声
鸟儿是这么说的 我心是这么想的
我的心已离你很近
像那些早早苏醒的鸟儿 缀满花枝的露水

诗歌以“心”、“眼睛”、“嘴唇”等生理器官为线索，层层推进地描画出抒情主人公对恋人的思念和珍爱之情。从第二节中我们不难发现，诗人对于大海的想象和描述中，也掺入了“骨头敲打马鞍”、“黄沙飞扬”、“从朔漠到海滩”等西部色彩浓郁的地域性意象。这是“地域视野”在诗歌中的直观表露。

第四章　新世纪诗歌中的后现代书写

新世纪以来，中国新诗的审美格局更趋多元化，作为其中重要一员的后现代主义诗歌，是后现代思潮对新诗创作产生深刻影响的结果，这类诗歌不仅在艺术技法的变革上新招迭出，而且也以文本建构上的超凡脱俗一次又一次地刷新了读者的阅读期待，为诗坛添设了不尽的生机与活力，自然也引发了持续的诗学辩驳和争议。对于新世纪诗歌中的后现代书写加以细致研究和阐释，不仅有利于认识朦胧诗后先锋诗歌的艺术流变轨迹，也能借助诗歌这一独特的文学文体洞察到当代人的思想图貌和心灵踪影，更深入地了解文学艺术与社会生活之间的互动互生关系，以及西方后现代主义思潮对当代中国文艺发展所产生的深远影响。

第一节　第三代诗歌与后现代主义

我们知道，后现代主义文化思想和美学观念进入中国新诗的艺术天地，并非自新世纪始，早在第三代诗人那里就已有了突出的表现，后现代意味甚浓的诗歌文本诸如李亚伟的《中文系》、韩东的《有关大雁塔》、于坚的《尚义街六号》、伊沙的《车过黄河》等，在新世纪之前早已为众人所熟悉。不过，客观地说，此前的诗歌尽管运用了后现代主义创作技巧，但思想和艺术的主要立足点仍属于现代主义的，也就是说，第三代诗歌的主体仍然是现代主义的。看看“非非”名字的来历，我们会发现它与西方的“达达主义”的出笼是如此惊人的相似。周伦佑曾如此追忆这个诗歌流派命名的来因：“这之后的某天下午在王世刚（蓝马）家，当他再次郑重地提到搞流派，并催促我取流派名称，在我信口说出几个之后，不经意地说出‘非非’这两个字时，我仍然不很认真的。倒是王世刚比我多了几分严肃和敏感，他说‘这是一个重要的日子’并在日记本上记下来。”①

① 周伦佑：《异端之美的呈现》，见周伦佑选编：《打开肉体之门——非非主义：从理论到作品》，兰州：敦煌文艺出版社 1994 年版，第 2 页。

这就如周伦佑本人承认的："'非非'绝不是某个人（一般指我）深思熟虑和刻意为之的结果，如同'非非'这两个字从我嘴里吐出是完全偶然、突然、事先毫无准备的一样，作为诗歌艺术流派的非非主义的出现，也完全是偶然的，突如其来的，甚至是被动的。"① 非非主义艺术流派生成的偶然性和被动性，与"达达主义"的现身有异曲同工之妙。随便翻开一本外国文学史教材我们就不难得知，"达达主义"这个术语的降生是充满偶然性和戏剧性的："1916 年，以德国作家雨果·鲍尔为首的一批避居中立国瑞士苏黎世的知识分子，自发组成了一个'伏尔泰小酒店'俱乐部，表达对自己所生存世界的憎恶。一次俱乐部聚会上，罗马尼亚人特里斯当·查拉当众把一裁纸刀随意插入一本法德辞典中，然后翻开辞典，取刀尖所指之词'达达'作为自己小团体的名称。"② 不言而喻，"达达主义"的得来实在是偶然之极。由此可见，从命名的偶然性上，"非非主义"和"达达主义"如出一辙，也许可以说，"非非"诗人的艺术行动某种程度上正是对西方的模仿与追逐。如果说，从命名的来历上寻找中西的相近性，进而来判断第三代诗歌主体上是现代主义，可能还显得有些牵强附会的话，那么，从文本上来分析第三代诗歌的现代主义特征，颠覆此前有关这一派别属于后现代主义的说法，肯定更有说服力。在第三代诗人群中，以欧阳江河、王家新、西川等为代表的知识分子写作无疑给历史提供的一般是现代主义诗歌作品，而"非非"、"莽汉"、"他们"这几个诗歌派别虽然已经涉足后现代主义的创作领地，但即便是一些被评论家公认为后现代主义诗歌的作品，其意义的指向都是十分明了的，都体现出诗人对价值、理性和传统等现代主义精神的追求，并没有完全达到深度意义的消解、语言游戏化和非逻辑性等后现代主义艺术境地。

我们试分析韩东的《有关大雁塔》。原诗为：

有关大雁塔/我们又能知道些什么/有很多人从远方赶来/为了爬上去/做一次英雄/也有的还来做第二次/或者更多/那些不得意的人们/那些发福的人们/统统爬上去/做一做英雄/然后下来/走进这条大街/转眼不见了/也有有种的往下跳/在台阶上开一朵红花/那就真的成了英雄/当代英雄//有关大雁塔/

① 周伦佑：《异端之美的呈现》，见周伦佑选编：《打开肉体之门——非非主义：从理论到作品》，兰州：敦煌文艺出版社 1994 年版，第 1 页。

② 刘建军主编：《20 世纪西方文学》，北京：高等教育出版社 2000 年版，第 239 ~ 240 页。

我们又能知道些什么/我们爬上去/看看四周的风景/然后再下来

这首诗刊载于1985年3月出版的《他们》第一辑上，从诗歌创作的时代背景上看，作为现代主义内核的精英意识和理性精神仍然是当时的历史主题，而给予后现代精神立足之地的消费文化语境尚未形成，这首诗因而内在地折射着这种时代精神，虽然表面上看，它似乎在解构崇高、呼唤平常，究其实，诗歌在无奈的叙述语气中，散发着想做英雄而不得的壮志未酬之感，有着生不逢时的强烈心灵焦虑。所以笔者认为，我们不能被诗歌表面的语言叙说层面所迷惑，还应该拨开语言的迷障看到更深层的现代性思想纽结，这样才能避免不假思索地以后现代来称冠之的武断与盲目。

第二节　新世纪诗歌中的后现代主题

新世纪以来的后现代书写，与此前的所谓后现代主义诗歌是有所差别的，它们不是对后现代精神的一星半点儿的阐述与表达，或者零打碎敲的挪移与借用，而是将文本的生成与构建整体性地置入后现代的意义框架中，通过运用各种后现代的表达技巧，来呈现消费文化语境下的物质世界的历史面影。也许只有从后现代的理论层面上全面缕述，触类旁通，我们才可能看清楚它所具有的不凡艺术价值，领悟其思想内涵上的独特性。后现代是一个语意杂多的术语，它源自于知识分子对当代人文生存状况的极大困惑和深度反思，在反思之中，不少知识分子都提出了自己对于“后现代”的界定与阐述，他们的界定和阐述为我们理解政治、经济、文学和艺术等方面所反映出的后现代特征提供了富有启发性的理论视角和思想资源。在下文之中，我们将以西方后现代主义理论大师对后现代的阐述为理论背景，来揭示新世纪以来后现代主义诗歌独具特色的方方面面。

后现代文化的一个基本特征，就是对宏大叙事的消解，这是法国社会学家利奥塔在《后现代状态：关于知识的报告》一书中提出的重要观点。在这本著作里，利奥塔简明扼要地指出：“简化到极点，我们可以把对元叙事的怀疑看作‘后现代’。”[①] 这里的所谓元叙事也就是宏大叙事，即“精神辩证法、意义阐释

---

① 利奥塔著，车槿山译：《后现代状态：关于知识的报告》，北京：生活·读书·新知三联书店1997年版，第2页。

学、理性主体或劳动主体的解放、财富的增长等”[①] 元话语，这些元话语构筑了“现代”的特定内涵，因此也就成为了后现代质疑与讨伐的目标。戴维·哈维也指出了质疑宏大话语之于后现代的重要性，他阐述道：“分裂，不确定，对一切普遍的或‘总体化的’话语的强烈不信任，成了后现代主义思想的标志”[②]。换句话说，后现代语境是一种特殊的生存氛围，在这个特定氛围里，那些支撑着现代性的价值立场和精神向度土崩瓦解，人类共同的生活目标已经失效，社会集体进入一种离散状态。这个时候的主要精神现象表现为“生活目标由每人自己决定。每人都返回自我，每人都知道这个‘自我’微不足道”[③]。刘不伟的后现代主义长诗《狗镇风云录》第7节这样写道：

很有可能下一个
就是
你
你你你
艺术节

最微笑使者
最折那使者
最友爱使者
最友谊使者
最卡通使者
最诗意使者
最小说使者
(输入有误：搜狗拼音国际智能联想输入法2008版，苟注。)
应为

---

① 利奥塔著，车槿山译：《后现代状态：关于知识的报告》，北京：生活·读书·新知三联书店1997年版，第1页。

② 戴维·哈维著，阎嘉译：《后现代的状况：对文化变迁之缘起的探究》，北京：生活·读书·新知商务印书馆2003年版，第15页。

③ 利奥塔著，车槿山译：《后现代状态：关于知识的报告》，北京：生活·读书·新知三联书店1997年版，第32页。

最笑烁使者
准备好了吗
时刻准备着
好滴好滴
请亮出您的答案：
艺术节以我为荣
我为艺术节奉献（嘟嘟，抢答成功，加 8 分）

“艺术节”是诗歌所描述的对象，如果按照现代性叙事思维，诗歌本应该交代这个节日对于促进社会发展、带来区域经济腾飞所具有的重大作用，以此彰显这样的庆典活动隆重举办的非凡意义。然而该诗却另辟蹊径，只交代艺术节和个人参与之间的密切关系，个体的狂欢代替了高远的立意，在全民同乐的节日性仪式中将艺术节背后本应蕴含的政治意义、经济意义和文化意义作了无情的消解。在诗歌中，作为艺术节亮丽符号的“使者”被加上了各种修辞，“最微笑”、“最拆那”、“最友爱”、“最友谊”、“最卡通”、“最诗意”、“最小说”等，都属于主观性极强的评价指标，并没有确切的科学性内涵和具有操作性的评判标准，这其实也表征了艺术节的平民化取向和吸纳全体民众眼球的目标预设。如此的艺术节将个人抬到前台，将娱乐和狂欢奉为精神要旨，这也预示着宏大叙事的默然隐退。恰如利奥塔所云，“每人都返回自我，每人都知道这个‘自我’微不足道”，可以想见，当每一个个体都成为自我中心的独立主体，也就意味集体意志的全面离析。

在后现代文化语境中，精神辩证法、意义阐释学、理性主体等一系列隶属于“启蒙话语”的宏大叙事的消解，其罪魁祸首在于知识合法性产生了前所未有的动摇与危机，当利奥塔、福柯、德里达等西方哲学家和社会学家从不同层面来解构西方由来已久的逻各斯中心主义时，也就对原来极为稳定的精神世界的意义结构来了一次釜底抽薪似的消解与颠覆。利奥塔在《后现代状态》中提出了两种合法化，即“科学合法化”与“立法者合法化”，前者属于“判断真理的权利”，后者属于“判断正义的权利”，在考察了科学知识目前的状况和地位之后，利奥塔尖锐地指出：“虽然科学知识似乎比过去任何时候都更依附于权力，虽然它可能会随着新技术的出现而成为权力冲突的最主要赌注之一，但双重合法性的问题不仅远没有淡化，而且必然会变得更加尖锐。因为这一问题是以它最完整的形式——转换的形式提出的，这种形式表明：谁决定知识是什么？谁知道应该决定什么？在信息时代，知识的问题比过去任何时候都更是统治的问题。”[①] 知识合法化的危机与后现代思潮的隆兴是密切相关的，当这种危机出现的时候，对“真理”、“正义”、“理性”等宏大主题的质疑与反叛也就成了后现代的一种典型的精神现象。丁目的《我的暴力就是砸碎一个人的脑袋》写曰：

有人跟我打招呼
我通常的回答是
我可以砸碎你的脑袋吗
我喜欢直截了当
当然，我对面的人
通常都会显得惊讶
然后愤然的转身而去
他还要伪装人而继续在人间努力多年
磨练他绕舌的本领
玩弄挂羊头卖狗肉的把戏
像一个政客或知识分子
而我不认为我有绕舌的必要
所有问题都会有
一个暴力的解决途径
我的暴力
就是砸碎一个人的脑袋

在这首诗中，诗人以“砸碎一个人的脑袋”的暴力这种出格的思想动机，宣示了对现存的思想、制度、文化的强烈不满。在诗人看来，“绕舌的本领”、“挂羊头卖狗肉的把戏”等，都是当代社会中令人不齿的行为举止，都需要借助某种暴力来“解决”。很显然，诗人以一种相当极端的方式，公开质疑了“科学合法性”和“立法者合法性”，体现出鲜明的后现代主义精神特质。

---

① 利奥塔著，车槿山译：《后现代状态：关于知识的报告》，北京：生活·读书·新知三联书店 1997 年版，第 14 页。

后现代主义另一个重要特征就是历史感的消失。我们知道，现代性来自于生命个体对历史和时代的强烈感受："正是从这样的感受——焦虑和骚动，心理的眩晕和昏乱，各种经验可能性的扩展及道德界限与个人约束的破坏，自我放大和自我混乱，大街上及灵魂中的幻象等——之中，诞生了现代的感受。"[①] 这就是说，在现代性体验之中，尽管个体面对着种种芜杂和充满悖论的情形，但那种深切的历史感还是十分突出和强烈的，按照马歇尔·伯曼的解释，"他们即便身处被毁坏了的现在，也能够想象一个开放的未来"[②]。进入后现代文化语境，人的生命体验发生了显著的变化，其中一个独特的表现就是时间、时间性、历史记忆的失效，诚如詹明信指出，后现代主义是晚期资本主义的文化逻辑，这一逻辑体现为"历史感的消失，那是这样一种状态，我们整个当代社会系统开始渐渐丧失保留它本身的过去的能力，开始生存在一个永恒的当下和一个永恒的转变之中，而这把从前各种社会构成曾经需要去保存的传统抹掉"[③]，换句话说，后现代社会里"时间割裂成一连串永恒的当下"[④]，没有了过去、现在与未来的明确界限，历史意识和历史观念因此成为一种虚无的东西。长诗《狗镇风云录》第12节为：

遥控一下
有
遥控一下
无
遥控一下
神州音画
遥控一下
天下财经
遥控一下

---

① 马歇尔·伯曼著，徐大建、张辑译：《一切坚固的东西都烟消云散了：现代性体验》，北京：商务印书馆2003年版，第19页。

② 马歇尔·伯曼著，徐大建、张辑译：《一切坚固的东西都烟消云散了：现代性体验》，北京：商务印书馆2003年版，第32页。

③ 詹明信著，张旭东编，陈清侨等译：《晚期资本主义的文化逻辑：詹明信批评理论文选》，北京：生活·读书·新知三联书店，伦敦：牛津大学出版社1997年版，第418页。

④ 詹明信著，张旭东编，陈清侨等译：《晚期资本主义的文化逻辑：詹明信批评理论文选》，北京：生活·读书·新知三联书店，伦敦：牛津大学出版社1997年版，第419页。

F8 一级方程
遥控一下
CCTV8 恋爱中的莎士比亚
遥控一下
废墟
遥控一下
建筑工地
遥控一下
刘春天小朋友就来了
遥控一下
偶就飞了
遥控一下
我是愤怒
遥控一下
拆那花园路人咬狗事件
遥控一下
股神说股
遥控一下
大妈砍价
遥控一下
快乐
遥控一下
不快乐
遥控一下
地震
遥控一下
不地震
遥控一下
传统相声：关公战秦琼

这是对当今人们收视电视情状的形象写真，同时也是对当代社会人们“活在生活表面”这一现实的艺术再现。自从有了电视，人们的生活方式被极大地改变，电视节目日益挤占了人们的时间与空间，将一个个生命个体变成“单向度的人”（马尔库塞语），也就是没有个人主体性、没有自我独立思想而只有公共化思想的平面人。当人们拿着遥控器对准电视屏幕不断调动频道的时候，表面看来好像人是自由的、自主的，实际情况是人并没有什么选择，电视节目是电视台事先安排好的，而这些节目的设置都将时尚、娱乐、大众口味等消费指标考虑进去，坐在电视机面前的人都只是被动消费者，都是现代社会里不知不觉的“玩偶”。一当人们沉迷于影像世界，在各种节目之间切换、穿梭之时，个人存在的历史性便被无声地消解了，时间碎裂为永远的当下，人文世界的文化景观从此退隐而去，这也正是詹明信所指出的后现代世界的“主体之死”。在诗歌中，“遥控”一词的反复登场是颇有深意的，它其实是对现代社会里个体主体性不复存在的残酷现实所作的高度概述和精准象征。当收看电视的人在“遥控”电视节目的时候，实际上也是电视节目在“遥控”着看电视者，电视节目的变动引发了收看者内心的律动和情绪的起伏，电视节目和收看者之间因此构成了一种“互文”的关系，它们彼此“遥控”，完成了打发与消磨时光、“机械复制”（本雅明语）生活的合谋。

无论是宏大叙事的解构，还是历史感的消失，并不意味着总体性或普遍性话语在现实世界的全面失效以及时间能指的就此终结。事实上，来源于启蒙叙事的总体性话语仍然是我们认识世界和自我的重要范式，而规划人类生存秩序和发展链条的时间神话也继续显示着生生不息的精神效能。这种情况的出现，让我们理解到，后现代主义出现在历史的地平线上，并不标志着现代主义会因此而退出历史舞台。在西方人文学辞典里，“现代主义”本已是一个聚讼甚重、意义纷纭的术语，而“后现代主义”的语意更是难以捉摸，不能确定。美国人哈桑曾强调指出：“‘后现代主义’是一个包含了某种内在的悖论，一种让人在试图对它进行界定的时候总要顾此失彼、捉襟见肘，因而永远无法囫囵个儿地把握的文化难题”[①]。在哈桑看来，“后现代主义”一词词义本身的不确定性，恰好对应了它所描述的时代以及这个时代的不可把握性。哈桑是美国学界最早对“后现代”和“后现代主义”进行系统阐释的文论家，他所指出的后现代语意的无法把握与时

① 盛宁：《人文困惑与反思：西方后现代主义思想批判》，北京：生活·读书·新知三联书店1997年版，第5页。

代特征的无法准确把握和描述相对应这一点，应该说是充满真知灼见的。它实际上阐明了在元话语遭到质疑、历史感悄然隐身的时代里，社会呈现出多元而无序的混沌局面。哈桑将这种难以把握的时代特性命名为“不确定的内向性”，根据中国著名学者、后现代主义研究专家盛宁的分析，哈桑这个命名的意思无非是说：“后现代主义”是与“现代主义”既有联系又有区别、既相承继又有断裂的一对矛盾的统一体①。哈桑命名的“不确定的内向性”，或者称“内在的不确定性”，是与宏大叙事的消解与历史感的消失并立的后现代主义的重要特征之一。“中间代”诗人祁国的长篇诗作《晚上》呈现出鲜明的后现代主义倾向，其中的各个部分都印证了“不确定的内向性”这一后现代主义特征，例如诗歌的第14部分：

霓虹灯喘着粗气
不停地输着 ABCDEFGHIJKLMNOPQR
STUVWXYZ 各种不同颜色的血
一个歌女
躺在舞台的大床上
学猫叫
通过音箱
传给了
生日晚会
毕业典礼
直达奥运会

奥运会是家夜总会

大腿
胸
快

① 盛宁：《人文困惑与反思：西方后现代主义思想批判》，北京：生活·读书·新知三联书店1997年版，第6页。

尖叫
同性
男女混合
兴奋剂
钱

诗中写到了霓虹灯、血、歌女、生日晚会、毕业典礼、奥运会，想象不拘一格，又写到了大腿、胸、兴奋剂、钱等杂七杂八的生命情态和社会内容，各种内容杂合在一起，在扩充诗歌容量的同时，也消减了“晚上”这种时间符号的中心角色和主体地位，使诗歌内在的不稳定因素得到强化，同时也达到同现实层面上众声喧哗、乱象云集的真实境况相一致的仿真效果。换个角度，“不确定性”也可以理解为意义的暧昧性、模糊性和多义性，这在现代社会的各种文化符号中体现得异常充分，一定程度上，符号的暧昧性与挑逗性可以说正是后现代社会的一种基本文化本质。在这一部分中，不少诗句都呈现出语意暧昧和理解多义的美学特征，例如“喘着粗气”、“各种不同颜色的血”、“大腿”、“胸”、“尖叫”、“男女混合”等，都是闪烁其词的后现代书写，暧昧的语言表述与人的欲望本能之间形成呼应关系，也在另外层面解构了社会文本的内在一致性和深度模式，彰显了“内在的不确定性”的后现代主义观念。

第三节　新世纪后现代诗歌的表达策略

解构宏大叙事、消解历史感、内在不确定性等后现代文化内涵，在新世纪诗歌中的后现代书写中得到了极为丰富和精彩的演绎，这些后现代主义诗歌文本，因为思想内容的深峻和艺术形式上的别致，从而在当代诗歌史上体现出突出的文本意义和美学价值。概括起来，新世纪诗歌中所采用的后现代艺术表达策略，大致包括以下几个方面：

（一）平面化、零散化

后现代主义强调对原有的表层意义—深层意义这一结构主义模式的解散，达到对中心的取消，这也使得后现代作品不再追求文本背后必须携带深厚意蕴的结构主义神话，只是注重对表面的、日常的生活状况进行直写与直录。这样，诗歌语言表述的平面化与零散化也就在所难免了。在中国现代主义诗人那里，运用多个意象来进行暗示和象征构成一种较为普遍的艺术表达模式，文本的形象层面之后还深藏着一个意蕴丰厚的象征世界，这个深层的象征世界需要读者细心地揣摩、探究，才能有所领悟。然而在后现代主义诗歌中，拒绝隐喻、拒绝象征、拒绝意义、拒绝深度成为它们共同的审美旨归。刘川的《一车一车的西瓜进城开什么会呢》是某种现实生活的直观写照，在铺叙现实世相的同时，解构了社会生活的某种深度，让世界呈现出平面化、零散化等特征，无论在思想上还是在美学上都构成了对传统诗歌的大胆挑战，给读者带来了强烈的视觉冲击。诗歌写道："卖西瓜的老汉身后/摆满了西瓜/一个一个一个一个/一个一个一个一个/一个一个一个一个/一个一个一个一个/我想这样一个一个地/写下去，直到把它们一个也不剩全写出来/以符合我写实主义诗人的风格/可是写着写着我就想起了/大会议室里正开会的脑袋们/也是这个样子摆放的/他们开会开会开会/但西瓜们这样子摆放在一起/开的什么会呢?"，毫无疑问，"开会"是这首诗的关键词，也是打开该诗精神之门的钥匙。诗人以"开会"来形容西瓜的整齐摆放，又以西瓜摆放的无意义特征嘲弄了"开会"这种政府机关和行政部门极为重要的事务活动，显露这种活动的价值残缺和人类思想与精神的麻木不仁，从而揭穿了当代社会缺乏思想深度的平面化真相。

（二）非逻辑性

现代主义诗歌都有一个深层结构存在，所以诗歌的推进有明确的行进线路和意义链条，诗句与诗句之间衔接紧凑，有一环扣一环的组构效果。例如顾城的《一代人》："黑夜给了我黑色的眼睛/我却用它来寻找光明"，"黑夜"——"黑色的眼睛"——"光明"的语意连接传达出在不幸的时代仍然顽强地追寻理想和未来的心声，这种语意连接是富有逻辑性的。然而后现代主义诗歌却不一样，"后现代主义诗歌的主体性也随着中心的消解而零散成碎片，昔日以诗人为中心的视点被打破，诗歌创作成了一堆破碎的物象。碎片与碎片之间没有逻辑联系，一切都被随意组合在一起。"① 刘不伟《狗镇风云录》、祁国《晚上》、远村的《大飞》都是新世纪诞生的体现出后现代主义艺术倾向的长诗，这些长诗中的不少节次都显示出语意组合的非逻辑性，有前言不搭后语的随机性，给人零碎和分

---

① 曾艳兵：《西方后现代主义文学研究》，北京：中国社会科学出版社 2006 年版，第 58 页。

裂的后现代感觉。例如《狗镇风云录》第16节描述“八大国际知名导演联袂为艺术节拍摄宣传短片”，各种短片之间并无逻辑联系，还有名词解释的补充和画外音的次第插入，更增强了诗歌的零散化、碎片化色彩，强化了非逻辑性的后现代艺术特征。

（三）拼贴与杂糅、“拼盘杂烩”

后现代文化是一种无中心的文化，诸般事物之间是随意拼接在一起的，“东拼西凑”从而构成的“拼盘杂烩”也正是后现代文化的重要景观。利奥塔曾指出：“东拼西凑是当代一般文化的零度：人们听雷盖乐；看西部片；中午在麦当劳吃饭，晚上吃地方菜；在东京用法国香水，在香港穿重新流行的早年服装款式。”某种程度上，后现代主义诗歌中的平面化、零散化、非逻辑性等表达效果的取得，也依赖于这种“东拼西凑”的后现代美学创作原理。祁国《晚上》最后一部分正是典型的“拼盘杂烩”，诗人写到了各种生理病症、中西药方、体育活动、生活场地、娱乐场所等，将科学的与人文的、有价值的与没价值的、正儿八经的与胡思乱想的等诸多论题罗列拼凑在一起，充满滑稽甚至荒诞之感，同时给人以深刻的社会启示。

（四）反讽与戏拟

现代主义诗歌一般要求表达一种深刻的人生或者社会的主题，因为这种表达的需要，诗歌语言的表述必须做到严肃、深沉，必须“有话好好说”，不能做到“一点没正经”。但后现代主义诗歌站在质疑和嘲讽现代性的立场，可以灵活自由地遣词造句，那种平时在现代主义诗歌里难登大雅之堂的各种艺术模式，在后现代主义诗歌中都找到了容身之地。反讽和戏拟可以说正是后现代诗歌发挥批判和讽刺功能的常用的两种诗歌表达方式。反讽与戏拟在某种层面上是意义切近的，都可以说是一种“紧张严肃的讽刺性模仿”（布鲁克斯语），以假装正经的方式达到调侃和批判社会的目的。比如伊沙的《性感诗评》：“总之这首诗/写得十分阿富汗/主题十分塔利班/手段有点本·拉登/语言的质地/像炸过十遍的焦土/作者的控制力/像遍地都响的地雷/结构像灰飞烟灭的/基地组织/速度像坎大哈城外/公路上的汽车/意图毕露/好似耗子们藏匿的山洞/在这样的一首诗中/大佛被炸/电视被埋/不戴面纱的/妇女被杀/人性和文明/惨遭践踏/总之这首诗/写得非常阿富汗”，这是对某种国际形势和文化现象的讽刺，也是对当下不尽如人意的诗歌创作和诗歌批评的一种机智调侃，这样的反讽与戏拟增加了诗歌的戏剧色彩和氛围，同时也使诗歌的批判力量在新的表达途径上得到了实现。

（五）语言游戏

语言游戏也是后现代文学和文化的基本表现策略，西方后现代主义思想家德里达、福柯等，都从语言学的角度对西方现代文化进行了新的分析和评判，并指出后现代某种程度上就是“能指滑动”、“能指漂移”，能指与所指之间并没有必然的稳定的联系，后现代书写本质上就是一种“语言游戏”。乌青创作的《对白云的赞美》作为新世纪后现代诗歌的典型文本，一经出现便引起诗坛哗然，同时也饱受争议。诗云：“天上的白云真白啊/真的，很白很/白非常白/非常非常十分白/极其白/贼白/简直白死了/啊……”作者原意或许是：天上的云彩洁白无垠，除了用“白”来形容，恐怕再也找不到另外的词汇。不过这样的诗歌表达显然违背了现代主义诗歌往往需要借助隐喻和象征来暗示诗人的思想情感的美学原则，按照现代主义的诗歌审美标准来衡量，这样的诗歌肯定是不合格的。不过，如果从后现代主义的层面来评定这首诗，我们又不难发现它巧妙运用了“能指滑动”、“能指漂移”的表意策略，体现出语言游戏化的后现代主义特征。

新世纪诗歌中的后现代主义书写，是新诗这一文体在新的历史时期艺术表达上的先锋探索和积极实践，它们无论是在思想内容还是艺术形式上都为当代读者提供了不少新奇而有价值的东西。自然，由于这种创作思潮与当代社会的核心价值并不完全合拍，新世纪诗歌中的后现代主义文本因其诸多惊世骇俗的艺术征象，而受到了不少人的批评和指责。似乎可以说，对于新世纪以来的后现代主义诗歌的社会意义和美学价值的争议，将会是一个长期存在的诗学现象。

第五章　新世纪诗歌中的女性写作

第一节　“新红颜写作”：新世纪女性诗歌的新景观

一、近三十年来女性诗歌的发展历程

以朦胧诗为发端，历经20世纪80年代、90年代和新世纪第一个10年，新时期以来的诗歌创作呈现出较为鲜明的阶段性特征，其中，女性诗歌写作尤为突出。如果说五六十年代属于调子高亢的颂歌时代和战歌时代，女性诗歌根本没有存身场所和出场机会的话，那么，在70年代末80年代初，以舒婷、王小妮为代表的女性诗人借助朦胧诗的先锋浪潮而顺利登上诗歌舞台，则标志着女性诗歌重新在新诗的阵营里找到了自己的位置，从而发出了属于这个特定性别群体的艺术之声。由于朦胧诗承载了反思历史、启蒙大众的文化重责，舒婷、王小妮等创作的女性诗歌自然也离不开当时时代的这一精神诉求，不论是《致橡树》、《双桅船》还是《我感到了阳光》，朦胧诗时期的女性诗歌都呈现出生命觉醒、文化启蒙的精神迹象。可以说，舒婷、王小妮等诗人的诗歌，是站在女性生命视点上对启蒙思想的生动演绎，她们诗歌中由此也或多或少地流溢出女性主体珍奇而鲜活的生命感觉和情感特质，细腻、深沉、婉丽、坚贞等，朦胧诗时期的女性诗歌所展露的这些精神内涵与男性诗歌的雄浑、厚重与大气之间构成一种明晰的互补关系。从某种意义上说，舒婷、王小妮等女诗人在新时期的崛起，昭示着女性情感体验在当代新诗创作中的复活。

继朦胧诗之后而崛起于当代诗坛的第三代诗人群体中，女性诗人的诗歌作品则呈现出新的审美景观。由于受到西方女权主义思想的深刻影响，这一时期女性诗歌的性别意识不断彰显，女性对于自我独立地位的追求、对于女性身体意识的敞现和性别优势的张扬，都在诗歌中有所体现。“我一向有着不同寻常的平静/犹如盲者，因此我在白天看见黑夜”（翟永明：《女人·预感》），以翟永明的组诗《女人》为代表，第三代女性诗歌将潜藏于内在深处近乎本能的黑夜意识进行大

量的书写，这种黑夜意识的彰显，恰似打开了女性身体内的某种暗箱，那种独异的、私密的女性精神图景、“内心私藏的激情、异教徒似的叛逆心理”（翟永明语）在诗行中呼之欲出。1987 年《人民文学》第 1、2 合期上刊载的伊蕾的组诗《独身女人的卧室》，则将这一时期女性诗歌所具有的女权主义思想情绪推向极致。在这首诗里，独身女人对自我身体的由衷欣赏与赞叹，对舒适生活乃至两性性爱的热烈呼唤，无不流溢出现代女性追求个性解放、释放欲望本能的生命态度。

80 年代中后期，中国学界对西方现代主义思潮不遗余力的引介仍是一种极为显在的文化景观，第三代女性诗歌对于黑夜意识和欲望本能的呈现，可以看作是女诗人对这股现代主义思潮学习和追慕的结果。不过，由于诗歌发表中必然遭遇的严格的审稿制度，女诗人们并没有将这种较为先锋的女权主义思想发挥到淋漓尽致的程度，除了翟永明、伊蕾等少数诗人走得稍远之外，其他的女诗人在表达此方面内容时都显得欲说还休、“犹抱琵琶半遮面”。而伊蕾在发表《独身女人的卧室》不久，即遭受多方面的责难与批判，诗人被迫主动放弃那种先锋性的艺术姿态和剑拔弩张的欲望倾泻，大胆书写女性意识的诗歌潮流由此迅速退潮，女性诗歌写作中的前沿性艺术探索也随之减缓。

尽管女性诗歌的先锋探索在 90 年代远远比不上此前那么突出，但女诗人对于西方艺术观念和西方诗歌技巧的学习始终没有中断，90 年代中国诗界极为活跃的一些女诗人，诸如安琪、蓝蓝、娜夜、林雪等，她们的背后都站着一些来自西方的诗歌老师。以安琪为例，庞德、超现实主义诗人、杜拉斯等西方作家都对她的诗歌创作产生了直接和深远的影响。藉于对超现实主义诗歌的学习，她的诗歌往往将许多意义相距甚远的物象与事项强行捏合在一起，由此生成奇特的陌生化艺术效果并碰撞出神秘而繁复的诗意来；对于庞德的模仿与借鉴，使得她的诗歌尤其是长篇诗作呈现出驳杂、多序的精神情状；杜拉斯对安琪的影响也是不言自明的，《像杜拉斯一样生活》融贯着诗人对这位法国作家的欣赏、赞美乃至渴望摆脱和超越她的各种思想感情。由于对西方诗歌积极的学习、借鉴与模仿，90 年代的女性诗歌一般有着较为明显的“西化”倾向，无论是思想的呈现、句式的营构和情绪节奏的处理，都能窥见西方诗歌的斑斑印痕。90 年代女性诗歌的西化倾向，某种程度上是当时诗歌创作与发表环境对诗人加以规训和引导的必然结果，这迫使诗人个体的精神图式只能借助一个较为曲折的孔道折射出来，与此同时，诗人原生态的生命经验和多样化的情绪因子也由此而受到不同程度的打压乃至遮蔽。

网络平台的出现使新世纪的诗歌生态发生了极大的改变，女性诗歌写作呈现出新的艺术风貌。以往纸介媒体时代由于编辑部审稿程序多、周期长、要求严，一首诗从创作到发表一般要经历短则几月长则一两年的时间，而且为了求得编辑的赏识以便作品能见诸报刊，诗人们往往要费尽心思研究市面流行的诗歌文本，仔细揣摩编辑们的意图，在诗歌写作上主动向刊物妥协，而自我生命世界中某种真实的、鲜活的思想和情绪，因为与编辑和刊物的审美眼光不太吻合，不得不暗自放弃。网络的出现使创作、发表、评述等诗歌流程得到了全番的改写，诗人可以随意书写自我心声，及时发表心情文字，丝毫不受传统媒介系统的约束。2004年之后，随着诗歌博客的出现，诗人的写作变得更加便利和自由。博客是个性鲜明的私密空间，诗歌博客就是诗人创作和发表诗歌作品的最为方便的数字化刊物。在诗歌博客时代，女性诗歌写作步入新的历史阶段，以往受到家庭角色、社会身份、交际场所等多种条件限制的女性，无论是诗歌的写作还是投稿发表都会遭遇诸多不便，而今借助网络界面获得了新的人生境界，她们可以足不出户就享受许多现代化资源。网上阅读，网上创作，网上发表，女诗人们将诗歌博客变成施展艺术才华的极佳舞台。与此同时，消费文化语境下对读图行为的格外青睐，也是女性诗歌写作日趋繁盛的一大助推剂，女性诗人以男性难以匹敌的影像优势而成为网络读者乐于前往的文学站点和不断点击的阅读目标，女诗人的诗歌一经写出，马上就有许多人来阅读、评点、对话甚至转载，这对写作者而言无疑会形成极大的心理冲击与精神鼓励，她们的创作欲望在这种积极的阅读反应中必定愈燃愈炽。受网络的自由化特征和开放性氛围的影响，诗歌博客时代的女性诗歌写作最为真实地呈现了女性情感世界的方方面面，也最为丰富地展示了女性在诗歌艺术探险和审美呈现上的不拘一格，一个时代多维而生动的女性形象得以精彩地展示在我们的面前。我们将博客时代的女性诗歌命名为“新红颜写作”，正是看重这个新的历史时期女性诗歌写作呈现出与80、90年代大为不同的审美面貌和文学格局。毋庸讳言，“新红颜写作”已然构成了当下较为显在的诗歌现象，值得我们大力关注，并加以细致研究和系统阐发。

二、值得关注的“新红颜写作”诗群

在“新红颜写作”的女性群体中，能够纳入观照视野的诗人数量是非常多的，她们犹如群星一般在新世纪诗歌天幕熠熠闪烁，并以自己创作的具有不俗艺术品位的诗歌作品，逐渐获得了人们的认可和喜爱。在此我们拟从几个具有代表性的诗人出发，从不同侧面来描述“新红颜写作”的现实样貌，呈现这一现象中所蕴含的某些诗学特征。

在山城重庆，积聚着一群钟情于诗神缪斯、不倦地读诗写诗的女性诗人，她们俨然构成了当代诗坛的“红粉军团”。这些女诗人包括金铃子、西叶、沈利、梅依然、白月、宇舒、梅花落、重庆子衣、红线女、忧伤樱桃、尹小安、海烟、吴维等人，她们最初以“界限”这个国内开办最早的诗歌论坛为交流平台，在互联网的虚拟空间中频繁发表新作，相互切磋技艺，并通过网络与外界取得广泛联系，诗歌的天地由此不断打开。2004 年之后，这些诗人又相继创建了自己的诗歌博客，在网络中开辟出有个性的私人空间，而今她们多以博客为阵地，勤奋地写作，不停地更新，网络和博客将她们对诗歌的虔诚和热望从容地承载下来。金铃子可以说是重庆“红粉军团”的最典型代表，她接触诗歌的时间并不算短，但真正的诗歌写作是从2005 年开始的。诗人回忆说：“05 年 8 月 6 号的下午，我在百度里输入两个字‘诗歌’，出现了一个网站，中国诗歌网。我当时非常惊讶，啊，还有这么多人在写诗。我仿佛一条即将干枯的河水，一下子来到了大海。”[①] 由此可见，网络为金铃子诗歌创作迸发出前所未有的激情与能量提供了契机。从 2005 年到 2008 年，短短三年时间，金铃子就写出了大量颇具分量的新诗作品，迅速实现了由起步时的稚嫩到三年后的渐臻成熟的转变。2008 年秋，金铃子荣幸地成为诗刊社第 24 届青春诗会成员，《诗刊》对她的诗歌给予高度评价：“她的诗作常常有出人意料的神思，这体现出她敏锐的直觉，让人看到她诗歌中的灵动之气。她也有奇异的想象力，让我们感受到一份新颖和独特，而她的想象力来源于生活，也来源于她个体体验的凝结。这也使她的诗细小，却包含着尖锐，有时直击我们心灵中，疼痛的一部分。”“她充满活力与个性的表达，抒写了现代都市女性的情怀和生活状态，呈现出生命本真的律动。”[②] 这样的评语是对金铃子诗歌的充分肯定，也意味着诗坛对诗人的认同和接纳。而今，在网上读诗写诗已经成为金铃子生活中必不可少的一部分，诗歌在她的生命中占据着日益重要的位置，诗人说：“诗歌是有灵魂的，它也有精神性格，精神与自然的二

---

① 金铃子：《我的诗路历程》，见金铃子博客“金铃子文集《奢华倾城》”，http：//blog. sina. com. cn/ brightstar。

② 金铃子：《在幸福的瀑布下》“推荐理由”，唐力执笔，《诗刊》下半月 2008 年第 12 期，第 95 页。

合一成为美，美极了。我更愿意把它看成一个人，他迷住了我。一切都很美好。”① 可以预见，那种对于诗歌的极端虔诚和无比热爱，必将使金铃子的创作之路不断向前延伸。

“1987 年读师范时加入学校的文学社，开始写诗歌和小小说。诗歌投稿不中，倒是小小说还得过一个不错的奖。这种爱好持续到 1992 年，在一个荒凉偏僻的小镇上工作两年后，坚持不下去了。首先是没有人和我交流文字了，其次是这个地方连买一本书都很难，投稿也困难了。自然而然就断了写的念头，开始学打麻将，开始谈恋爱，开始世俗的一切，开始受伤。那时候再也没有奢想能回到文字场中来。只想努力去过一个女孩子应该过的生活，恋爱，结婚，生孩子。1993 年遭受生活重创，年底第一次离开家乡，到了甘肃靖远。1994 年回家乡短暂停顿，1995 年再次离乡。从此正式开始了在西北的生活。如果生活稳定安逸，我也许与诗歌绝缘了。2004 年学会了上网，看别人玩论坛，自己也很想把多年的奔走诉于文字。经历了生活的很多打击和磨砺，再次写作，感觉到了庄严和凝重。”② 这是横行胭脂应某刊之约而写的创作谈中对自我生命历程进行简要追述的一段文字，从这段文字中我们不难发现，网络对横行胭脂的诗歌创作乃至生存勇气起到了某种激发和拯救的功效。横行胭脂可以说是“新红颜写作”的某个特定群体的代表，她们生活的道路并不平坦，经过了很多的磨难、挫折甚至失败，但借助网络平台，她们找到了书写自我、与人沟通和交流的快捷路径，生活中的坎坷并没有摧折奋进的意志，倒是培育了她们善解人意的心怀，借助诗歌这种分行的情感文字，她们将心中的温热和慈爱默默传递给周围的人们。对于横行胭脂的评价，也许这样的文字是可行的：“横行胭脂的许多诗歌呈现的情绪底色与其说是光亮的、温煦的，不如说是灰暗的、苍凉的，这是诗人经受的坎坷的命运遭际而冶炼成的某种人生理解，她用分行的文字真诚地传递了自己略显低调和颓然的心声。但她懂得适可而止，并没有把诗歌写成向人乞怜的泪雨，写成呼天抢地的吼声，而是努力隐忍内心的悲怆，向读者尽可能敞开富于温暖、富于希望的一面”③。

---

① 金铃子：《我的诗路历程》，见金铃子博客“金铃子文集《奢华倾城》”，http：//blog. sina. com. cn/ brightstar。

② 横行胭脂：《发肤深情：关于诗歌的九点供词》，见横行胭脂博客“祖国的灰姑娘”，http：//blog. sina. com. cn/yanzhiguniang。

③ 张德明：《城市地理、乡村经验与现代性情绪——横行胭脂诗歌臆读》，未刊稿。

邱华栋说，李成恩是“80后女诗人中的异数”①，这个概述一点也不夸张。在“新红颜写作”群体中，李成恩代表了新生力量所爆发出的艺术潜能。作为一个年轻的诗人，李成恩的诗歌写作时间可想而知是不长的，但她凭借《汴河，汴河》、《春风中有良知》等两部诗集的出版，凭借对一个蕴含着丰厚历史和文化意味的汴河等“地理符码”的精彩刻写，迅速获得诗界同仁的认可，其诗作也在读者中获得广泛的关注和好评，这在当代诗歌创作虽不算是特例，但至少是一个奇迹。在“汴河”这一组诗章中，诗人以“汴河”为诗情展开的特定地域空间，采用铺排的语势和镜头剪辑的笔法，在历史的追味与现实的采写之中，将诗人的童年记忆和少年感知艺术地呈现出来。诗人视野开阔，想象力强，以一个小地域呈现可以推广的空间意味和时代底蕴，李成恩的诗显示出超越年龄的成熟与大气。李成恩创建新浪博客的时间是2006年10月，从这个数字符号来看，诗人触网写诗的时间可谓短矣，不过，博客创建后，李成恩的诗歌创作无论是数量还是质量都明显提升，最终借助“汴河”组章的撰写而实现了从网络走向诗坛的嬗变。对于当代诗人而言，李成恩的意义是可以从很多方向加以言说的，当代诗人如何寻找创作的素材、开掘创作源泉、如何实现写作与自我生命踪迹的交汇，如何建构具有个性化意义的艺术图式等，都可在李成恩的诗歌写作中找到某种答案。李少君说：“在大部分诗人雕琢于小技小艺的时候，她默默奔走于乡间田野，村庄城镇，风餐露宿，披星戴月，写尽汴河两岸的风土人情，民间疾苦。事实上，由于李成恩出道不久，刚在网络上陆续贴出汴河系列诗歌之歌时，人们以为李成恩是一位男性。一位小女子具大情怀，必有其特殊的成长历史与生活背景，李成恩在其诗集最后的文章中也有所交代：皖北天空的照耀、汴河的陶冶、文化徽派的影响、在拍摄大量纪录片时与底层民间的深入接触、对古典英雄主义的推崇，当然，还有大时代的风气与激情，个人独特的诗歌追求与精神探索……这些，也许都是探解诗人心路历程与创作源泉的密码。”② 这段评语为我们深入理解李成恩诗歌的艺术成因提供了诸多启示。

在“新红颜写作”群体之中，我们还必须关注一个新近刚一出现就立马令人眼前一亮的女诗人，她的名字叫施施然。根据她博客中的自我简介，我们了解

① 邱华栋：《“电影镜头语言诗人”李成恩：80后女诗人中的异数》，见李成恩《汴河，汴河》，北京：西苑出版社2008年版，第1页。

② 李少君对李成恩诗集《汴河，汴河》的评语，见李成恩的博客，http：//blog. sina. com. cn/wo333。

到，这位女诗人“身在今天的北方，心在民国的江南。四分之一旗人血统。美术专业毕业。写诗，是为真实地活着”。从中可以发现，诗歌在诗人那里已经不是随意涂鸦的性情文字，而是有着不同寻常的意味，甚至成了“灵魂的出口”（施施然语）。如果根据她异常看重诗歌与生命间的重要牵连这一点，而判断她可能是一个习诗多年的女子，那就会犯主观臆断的错误。事实上，施施然真正开始诗歌写作是2009年11月。半年内施施然就相继写出了《带上我的名字去轮回》、《我常常走在民国的街道上》、《预谋一场两千年后的私奔》、《印在书上的码头》等颇有艺术质量的诗歌作品，并相继在《羊城晚报》、《诗选刊》、《山东文学》、《天涯》、《诗刊》等刊物上登载，不少诗作已为读者所熟悉和喜爱，这种诗歌生产、发表与传播的速度是非常迅猛的，在传统纸质媒介时代简直无法想见。施施然在当代诗坛的横空出世，恍若一个令人难以相信的神话，而只有网络时代才能造就这样的神话。谭延桐异常赞赏施施然的诗歌才华，他说：“站在最本质上的立场上来言说，施施然无疑是一位天才诗人。很多人写了一辈子的诗，未必就有她的诗歌的修为和造诣。诗歌的修为和造诣，真的不是发狠或咬紧了牙就能够得来的，这还要看一个人的骨血里究竟有没有诗人的基因和播撒诗歌的种子。施施然的诗歌基因和诗歌种子显然是备足了的，要不她也不会从她的生命里一掏就掏出许多的诗来，而且都是出手不凡、出奇制胜的好诗。”① 谭延桐说的一点没错，必须承认施施然的诗歌才气，如果没有足够的才气，一个人要想在短时间内就创作出为数不少的精美诗歌几乎是不可能的。但我们更应该强调当下的诗歌发表、阅读、品评和互动的环境，博客时代自由活跃的诗歌氛围，无疑给施施然诗歌的广泛传播而迅速得到读者认可提供了最为便捷的通道。

三、“新红颜写作”的美学特征

凭借互联网的媒介优势，借助博客空间的发表阵地，代表当下女性诗歌趋向的“新红颜写作”显示出勃勃的生机与活力，她们正以群体性的诗歌力量，展示出女性在新的历史语境下所迸发出的强大的创造才能，带给我们应接不暇的美学惊喜，也引发了我们对中国新诗当下形态和未来走势的重新思考。

“新红颜写作”由于邂逅自由宽松的创作与发表环境，她们的创作显示出不

① 谭延桐：《古典与现代的协奏——施施然诗歌整体考察》，见施施然博客，http：//blog. sina. com. cn/ lurushi。

拘一格的自由自在情态，一写就是一大串，一写就感觉收不住笔，感觉思如泉涌，不可遏止，是当下女性诗人所呈现的较为喜人的写作状态，对长诗、组诗的垂青是“新红颜写作”中显露出来的比较普遍而突出的诗学现象。金铃子“动笔于2007年10月10日晚上8点，稿毕于2007年11月5日”[①] 的《越人歌》，即是一首由33章构成，总共371行的长诗，不到三周的时间写出如此长篇巨制的诗作，没有强烈的表达冲动、充沛的创作激情和良好的写作状态是万难成功的。横行胭脂以自己居住和生活的地理空间“秦岭”为表述对象，在2008到2009年间，写出了几十首交织着各种情感的诗章，“秦岭”组诗一定程度上成为显现诗人生活状态和经验模式的代表性诗作，同时也构成诗人对过去零散创作的突破而向整体性创作跃升的一种标志。李成恩除了写出“汴河”系列诗歌之外，还以“孤山营”和“高楼镇”为地域标记，连续创作了几组诗歌，每一个地理名词经过诗人的艺术刻画，都闪烁出独具情味的人生内涵和历史印记。施施然一出场就抓住“民国”这个时间符号集中用墨，文化转型时代的人文景象和情感色调最适合用古典与现代交融的笔致来表达，一种既怀恋过往又憧憬未来的复杂情绪在诗行间氤氲。因为有一个统一的时间符码来统筹，施施然能从容地写来，一组组的诗行便纷纷出现在我们面前。

由于没有受到外界过多的干预和挤压，“新红颜写作”可以充分伸展诗人的艺术个性，将每个女性本然的生命状态和情感底色全息曝光，女性诗人们由此呈现的艺术风格也就更为多种多样，表达方式相当灵活和多变，中国新诗的自由本性在这里毕现无遗。横行胭脂的诗写得自由而大胆，用词有时很泼辣很出奇，内心的辽阔与现实生存的拮据在诗人身上构成了鲜明的反差，她用诗歌实现的是对当下的反抗，对有限生活的无限超越。“一朵瘦小的花推翻了冬天/最遥远的枝头落下一滴露水/一朵花，一滴水/被春天信任”（《暴动与温柔》），花的凌寒怒放给人多少温馨和骄傲的感觉，这悄然的暴动中蕴藏着无限的温柔，这是诗人赞美人世中闪光的温爱，渴望幸福美好生活的一种喻示。《风在夜里偷偷地吹》中，诗人写道：“今夜风吹/吹沙砾里的黄金/黄金在古道苍凉/吹未来的河流/未来的河流丢失了宗教一般的安详”，在诗里，“沙砾里的黄金”，“古道苍凉”，“未来的河流”，“宗教一般的安详”等短语，无不饱含着诗人的脉脉深情，是诗人对

---

① 金铃子：《我的诗路历程》，见金铃子博客“金铃子文集《奢华倾城》”，http：//blog. sina. com. cn/ brightstar。

吹风之夜的感触、想象与阐发。吹风之夜在诗人心头弹奏出数不清的乐音，各种生命的滋味由此潮涌而来。金铃子的心思细腻而敏锐，对于外界的感知异常独到和出奇，比如这样的诗句“我一夜一夜地独坐，我悄悄地想你/夜太静了，我真怕弄出什么响动来/怕我大叫一声，把它们叫醒/沉睡的荒野，那荒野上的石楠//我这个被大地诱惑了的人/命里注定需要忍受，我内心废弃的那条小溪，源源的水声/忍受那流经我嘴唇边的，多余的句子”（《我一夜一夜地独坐》），诗歌袒露的是静默的力量，诗人将心思寄托于静夜，用无声来暗示大爱，语词之间充满了震慑人心的气脉和韵味。而新近创作的《曲有误》一诗更显得性灵十足，情韵款款，“曲有误啊，公瑾。来点风，懒懒地吹。/你左眼皮往上一扬的姿势，腰挂宝剑，/云收雨住。/我会悄悄的瞟上一眼。/八面埋伏，混着青巾白袍，虚扎营寨。//我爱，取我刀来，我要统兵三千。/我不能说出那些思念，/不能说出，我想你了。想那些被江水冲刷千年的苦啊，/在暗夜的江火中，口含铜弦。/我两臂高高举过头顶，合上双眼/我今偷生而来，乘着风月，放养马匹。/只等一个宿醉未消的清晨，/直取西川”。这是一首巧妙传达当代人爱情理想的优秀诗作，诗歌借传统事典述说今人情怀，在古典的爱情悲欢中渗透当代女性的痴心一片，历史和现实在情感这种永恒的生命主题中达成惊人的默契和沟通。李成恩从创作“汴河”诗章开始起步，她的诗歌显示着时代的真实性与历史纵深感的统一，《汴河，外婆》有这样的诗句：“汴河，你是外婆的汴河，也是我的河流/外婆老了，我却走了。汴河你收藏了我的身影/为何不挽留我的青春？我是汴河的游子/我是汴河里漂向下游的一截断枝//只有在外婆明亮的双眼里，我哀伤的思念/才是明亮的。汴河没有哀伤/汴河是明亮的汴河，像我依然健朗的外婆”，年逾八旬的外婆是乡村发展的见证，也是汴河悠久历史的见证，诗歌以外婆为抒写主体来验证汴河的史迹，并将诗人对故乡的忆念，对青春的缅怀，对亲人的热爱等情感都包容在诗行之中，简洁的诗句将多重意蕴巧妙复加在一起，显示出年轻诗人开合自如的艺术表达功力。施施然对诗歌的理解很独到，她说：“我拒绝做一个沉浸在唯美意境里的纯粹的古典派，力求在吸收古典文化营养的同时更着重融入现代人的观念和事物，以我自己的心灵做投射点向外辐射，试图将古典文化瑰宝与现代意识、个性传承等融在一起，从而尝试形成真正属于自己的独特的诗歌精神与风貌，表现当下却穿越当下。”① 基于这样的诗学观念，她的诗歌常常将带有旧时代印记的审美意象和从传统沿袭下来的江南情趣交叠组合在一起，从而显示出别样的情味，读之令人口舌生津。《带上我的名字去轮回》写道：“我要在你心上盖个戳。这个戳/以骨头做材料，以爱做刻笔/上面工工整整篆写着我的名字/再蘸取生命的颜料，就是那/吻痕一样的红蓓蕾，重重地印在你的胸前/还要釉上赫卡忒的咒语，作为最后一道工序/这样，就算轮回到来生，并且/喝了孟婆汤，你的胸口也依然烙着我的痕迹/你会在时间的玫瑰里，不停地找啊/找啊，像为你的左心房/寻找挚爱的右心室。倘若不小心/你被别家的小姐爱上了，只要/给她看看你前世带来的施了咒语的名字/告诉她，你终要找到我，结为连理/她就会退还不属于她的爱情”，在人世轮回的生命假定中，以爱的烙印为聚焦点，从而表达对天长地久的爱情的向往与渴求，构成了这首诗撩人心襟的表达意旨。

网络平台的宽松、自由、便捷优势，加上互动性很强的诗歌交流氛围以及诗歌博客相对独立的存在形式，都为“新红颜写作”的崛起创设了相当有利的文学环境。在这样的文学环境下，女诗人的创作能量得以尽情释放，独异的艺术个性也纷纷形成。金铃子的敏感而睿智，横行胭脂的奇崛而温爱，李成恩的开阔而大气，施施然的典雅而纯真，这些女诗人诗歌都形成了各自独特的艺术风格，正是因为有众多各具风格和特点的女性诗人和诗歌文本的存在，“新红颜写作”在新世纪的文学天地里，奏响浑厚而动人的诗歌乐章。

必须指出的是，由于受到日渐浓厚的消费文化的影响，也由于网络过于宽松和随意的书写氛围，当下“新红颜写作”往往显得有些匆忙，作品降生的速度过快，有些诗歌本来还需经过一段时间的沉淀和打磨后才可能将文字所能携带的审美内蕴淋漓地写出，但一些女诗人为了追求诗歌创作的数量，为了使自己的博客能日见更新，为了让读者能持续地来此光顾浏览，她们往往会将一些并不完全成熟的诗作迅速挂到网上，这些仓促而就、未及细致斟酌和删改的诗歌作品常常会显露出某种明显的瑕疵，在意象的选用和语言调配上还有诸多不尽完美之处。同时，由于诗人没有对写作速度加以有效遏制，她们诗歌的雷同性与自我复制现象普遍存在，诗歌表达有时是在一种惯常的路径上机械滑动，没有在技巧的有效提升和人生领悟的不断深化上做文章，这也使得当下的“新红颜写作”出现了

---

① 《自由、性灵、超越，以一颗古典柔软心，穿越而今当下——施施然访谈录》，见施施然博客，http：//blog. sina. com. cn/lurushi。

一定程度的创作瓶颈，虽然具有一定审美价值的作品并不算少，但还缺乏堪称经典、足以载入史册的厚重之作。尽管如此，“新红颜写作”作为新世纪诗歌创作中的一种重要现象，体现了网络文化语境下尤其是博客时代女性借助现代传媒手段提供的优势而对自身观察细腻、情感丰富等性别特长的有效发挥，它的前景仍是值得期待的。

第二节 “新红颜写作”命名与新世纪女性诗歌重审

2010 年的到来意味着新世纪第二个 10 年的大幕已经拉开，这一年 5 月 1 日的晚上，笔者和诗人李少君在海口湾海边领事馆酒吧的露天茶座上闲聊，谈到新世纪女性诗歌写作的话题，不觉碰撞出灵性的火花。我们两人对网络诗歌的现状观察已久，早就注意到网络时代尤其是私人博客出现之后，女性诗人呈群体性崛起之势，女诗人们诗歌创作上的数量之大质量之高着实令人刮目相看，这在以往的诗歌史上是难以想见的。“新红颜写作”的命名，就在这次自由的闲谈中脱颖而出。在国际劳动节的夜晚，我们面朝大海，品茗论诗，不自觉地拎出这个语词来概述当下女性诗歌存在和发展的新型样态，一种激动和兴奋的情绪在心头缭绕，劳动后收获的喜悦洋溢在每个人脸上。事后我们分头将谈论的话语稍作整理，然后组成完整的文章，这就是《海边对话：关于“新红颜写作”》的来历。

5 月 7 日那天，笔者和少君同时在博客贴出了这个对话的博文，立时引起了大家的关注，这则 6 000 余字的对话在很多诗人和评论家那里迅速产生了强烈的反应。首先对这个对话发表意见的是诗人，包括吕布布、夏春花、沈鱼、红土、古筝、书女英慧、狂客青衣、旧海棠、重庆子衣、李浔、胡雁然等，都撰文表述自己对“新红颜写作”这一提法的不同看法，并对对话中的若干观点作了一定程度的分析和辩驳。诗人总是最敏感和活跃的一群人，从这件事上可见一斑。紧接着，一些批评家如霍俊明、张立群、刘波、符力、龚奎林、赵金钟、何平、何言宏等，也纷纷发出学术之声，对“新红颜写作”的内涵和外延进行更有深度的阐发，对其中的某些诗学问题以及可能存在的思维误区也作了较有理性的剖析。

“新红颜写作”提出不到一个月，就引起诗歌界如此强烈的反响，而且相关的讨论还在继续，这是我们始料未及的，它也反映了我们归纳的这一创作现象已构成很多诗人和评论家的共识。至于一些诗人对“新红颜”这一命名所具有的准确性和有效性提出的质疑，对于“新红颜写作”诗人代表的不同举例，对于“新红颜写作”诗学特征的各自相异的概述等，都在正常的诗歌争鸣的范围之内。面对诗人们的一些质疑和辩驳，少君申述了自己的立场，他强调说：“不是因为有了我们的对话，才有了‘新红颜写作’，而是‘新红颜写作’早已存在，我们才有了命名和对话的基础和可能。网络时代尤其是个人博客出现后，大量年轻优秀女诗人的涌现是一个客观事实，不会因我们怎么命名而改变。她们才是真正的主体和主角，至于怎么命名，其实是可以讨论的，也许可以提出更好的称呼。但这一现象也总需要理论家和评论家去把握、研究和总结。”诚如少君所言，或许存在更准确的称呼来概述当下女性诗歌蓬勃旺盛的群生性态势，但由于个人水平有限，“新红颜写作”到目前为止还是较为恰切的命名，因为这个命名并不是一个锁闭的话语空间和无意义的能指滑动，不是掮着沉重的道德律令、政治说教和自我私欲的阴暗性语词，它是光亮的、鲜活的、开放的，具有不可多得的生产性特质。

有必要从语言学的角度对“新红颜写作”这一命名作些说明。在“新红颜写作”这样的词语搭配里，令一些诗人和批评家感到疑惑的是“新”这一形容词的使用，在他们看来，既然你们提携的是一群“新红颜”，与之相对应的必定有“旧红颜”，那么谁是“旧红颜”？谁又是“新红颜”？“新红颜”究竟“新”在何处？是年龄上的还是诗歌风格与特征上的呢？这些朋友的质疑也不无道理，种种质疑一定程度上表征着这个命名在意义指涉上的多向性和现象陈说上的模糊含混。这里的“新”并不是用来修饰“红颜”的，而是和“红颜”一起来修饰“写作”的，中心词前面的两个修饰语处于平列关系。之所以对当下女性诗歌创作冠之以“新”的修饰语，是因为女诗人们时下恰逢一个极好的写作环境，网络尤其是博客为女性诗歌创作提供了前所未有的开放性空间和自由化舞台，网络一改传统纸媒时代的规训化和禁忌性等法则，赋予每个诗人极为宽敞的表达语域和极为自然与自由的书写姿态。创作环境的宽松自由，使得当下的女性诗歌创作多元多姿的审美特质尽显，在这样的话语空间中畅述意绪、表写心声，女诗人显得如鱼得水，随性率意，从而能毫无挂碍地拣选最有表现力的文字来构建诗意氤氲的艺术世界。

也有不少人对“红颜”这一提法表达了异议。在他们眼中，“红颜”是一个脂粉气十足的词汇，用作学术的术语有点差强人意。同时，中国历史上早就有“红颜祸水”、“红颜薄命”的古训，加之吴三桂“冲冠一怒为红颜”所导致的晚明迅即溃灭的事案，“红颜”一语自有晦气、灾祸的旁蕴，于国、于民、于家、于己均为不利，以“红颜”来命意“写作”，在相互示意的构词学规则上并非完全妥当与适切。必须承认，在通常性理知中，“红颜”一语确乎有某种不祥的贬斥之意，以“红颜”来称冠“写作”，乍一看去似乎诸多不当。不过我们还应该了解到，“红颜”一词远不是我们理解的那样简单和单一，它的意义是丰厚的，是复杂的，而且也多为褒扬之义。根据《现代汉语词典》，我们可以得知，“红颜”一词被解释为“貌美的女子”，这解释无论怎么看都不是贬义了。而在古典诗文中，“红颜”一语也反复出现，在多个层面上呈现它的繁复意涵。“红颜”首先指年轻人红润的脸色，杜甫《暮秋枉裴道州手札》诗云：“忆子初尉永嘉去，红颜白面花映肉。”龚自珍《己亥杂诗》中有：“此去东山又北山，镜中强半尚红颜。”其次，“红颜”亦指少年。南朝沈约《君子有所思行》一诗写道：“共矜红颜日，俱忘白发年。”李白《赠孟浩然》诗有云：“红颜弃轩冕，白首卧松云。”王安石在《客至当饮酒》诗中写曰：“自从红颜时，照我至白首。”“红颜”在这些诗句中都是年龄符号的别指。再次，“红颜”很多时候特指美丽女子的容貌。曹植在《静思赋》中写道：“夫何美女之烂妖，红颜晔而流光。”汉代傅毅《舞赋》中有句：“貌嬚妙以妖蛊兮，红颜晔其扬华。”南朝诗人徐陵写有《和王舍人送客未还闺中有望》一诗，其中两句：“倡人歌吹罢，对镜览红颜。”清代李渔《玉搔头·讯玉》中则有“青眼难逢，红颜易改”的对仗句。与前述诸义相较，这几句中“红颜”指称的性别倾向是极为鲜明的。最后，“红颜”在一些时候专指美女。如《汉书·外戚传》中，班固写有“既激感而心逐兮，包红颜而弗明”的文句，此处“红颜”代指汉武帝宠妃李夫人。清代吴伟业《圆圆曲》中“恸哭六军皆缟素，冲冠一怒为红颜”二句，其“红颜”用来代指吴三桂喜爱的女人陈圆圆。由此可见，“红颜”的意蕴历来就是丰富和多义的，并不像我们平素理解的那样单一和片面。

也有人认为“红颜”一语颇不明确，不如用“女性”一词取而代之。我们的看法是，女性是一个没有年龄和时间限定的通称，以之来概述博客时代女性诗歌群体性崛起的诗学景观并不十分准确，只有以“红颜”这样的限指性语汇才可能更为确实一些。按照我们的理解，“新红颜写作”之中的“红颜”，意指年轻的、充满朝气和活力的、已经显示出创作才能并且还在不断成长和进步的女性诗人。

从命名之日起，对于“新红颜写作”诗人群体而言，我们并不在意她们是否业已成为当今诗坛的巨擘和旗帜性人物，而是在意她们身上体现出的开放性、可塑性和可期待性。我们对当下活跃的女诗人给予现象学意义上的语词定位，其目的在于引起诗界同行的注意和关心，优化她们的生长环境，也有意为那些可能被历史遮蔽的女诗人们提供出场的机会，提供可以展示自我价值的历史舞台。而“新红颜写作”这一命名，从一开始就具有生产性、发展性和可变性的美学潜质。具体而言，“新红颜写作”的生产性体现在下述几个方面：

第一，创作环境的生产性。“新红颜写作”诗人群体所处的创作环境是互联网极为普及而传统媒介并没有衰落的立体化文学环境，她们受惠的互联网语境尤其是个人博客环境，为她们写作的自由自在、随心而为提供了极为便利的条件。网络是一种数字化的虚拟空间，是一种可以无限扩容的比特世界，这使得“新红颜写作”诗人群体能够尽情书写自我生命感喟和个体经验，随时随地地将这些诗意焕然的文字张贴面世，丝毫不受发表版面和产品检疫等外在因素的限制。传统媒介时代，由于受到各种因素的影响和干扰，诗人创作普遍体现出一种“影响的焦虑”。而网络天生具有一种“去焦虑化”性能，它给了诗人最大的书写自由度。网络的自由敞开特性赋予诗人大胆发挥天马行空的想象、自由自在地穿越时间和空间的界域等特权，网络时代尤其是个人博客时代女性诗歌写作比以往任何时候都显得视野开阔、想象无羁。不久前，著名诗人杨克在评论施施然的诗歌时说：“施施然为现代诗歌打通了一种新的审视空间，‘网络风格’呈现了诗的新形式，也正切合了虚拟空间视及万里之外的特性。”这个评语可谓一语中的，它非常精准地阐明了网络这一虚拟空间对于诗人创作的重要影响，网络环境的生产性由此可见。

第二，诗人阵容的生产性。在我们的理论预设中，“新红颜写作”主要是指70后、80后的女性诗人个体，这些诗人的诗歌目前已经具有了基本的美学风貌，体现出一定的创作个性，而且还有着极大的发展潜力。不过，我们也没有将这种年龄上的设限死板地扣严，而是相对开放和灵活地处理和对待。上至“60后”的少数诗人，经过许久的知识储备和创作历练，以往因为种种原因未能如愿跻身诗坛，而今借助互联网的平台而迅速上位，我们也可以考虑纳入这个诗人群体。下延到“90后”诗人，她们有些其实已经在诗界崭露头角，显示出逼人的才气以及少有的语言与思想的敏感性，也是这个写作群体将要接纳的对象。总之，“新红颜写作”的诗人阵容是具有生产性的，处于不断生成、不断更新的过程之中。而相比男诗人，女诗人们受家庭、社会的影响要大得多，有些女诗人一段时间精力充沛，创造力旺盛，佳作迭出，不过好景不长，时过境迁之后，她们将全身而退，从诗坛上消隐，再也找不见她们光芒四射的会心之作，这样的例子不胜枚举。而这样的诗人个体，很可能最终被历史所淘汰。

第三，领军人物与代表诗作的生产性。诗人群体的术语概述，一般是对既有历史的盖棺论定，当这样的命名出现之时，相关的代表诗人和代表诗歌作品均已产生，比如“九叶派”、“朦胧诗”等。“九叶派”这个术语产生于20世纪80年代初，它的出现，得益于《九叶集》一书在1981年的出版，也就是说，当“九叶派”这个诗学术语被学者提炼出来的时候，这个诗人群体的代表性诗作早已完成。再如“朦胧诗”这一命名，它来自章明的《令人气闷的“朦胧”》一文，该文发表于1980年第8期的《诗刊》，当这篇文章发表的时候，“朦胧诗”的代表作如食指的《相信未来》、北岛的《回答》、舒婷的《致橡树》已经面世。“新红颜写作”的命名与前述命名不尽相同，它不是一种朝着过去的历史总结，而是一种立足当下的现象描述和指向未来的美学期待。这个诗人群体的领军人物正处于建构之中，一些迹象已露出端倪，但要指明谁是举大旗者似乎为时过早。而经典诗作也在酝酿之中，她们的部分诗作体现出了某种经典性潜质，但还需要时间的检测，而更多更好的诗歌作品，或许正隐伏在未来不远的路途之中，等待着诗人以不倦地追索和超人的智慧将其捕获。

在《恐惧与战栗》中，克尔凯郭尔以庄严而荒诞的启示录式的自信宣称：“愿意工作的人将生下他自己的父亲。”克氏的这段名言，被美国学者布鲁姆在《影响的焦虑》一书中反复引用，以此来强调文学应具有的创造性、陌生化以及对前人的有意识偏离。“新红颜写作”诗人群体处在一个极好的文学环境里，只要她们辛勤劳作，不言放弃，也是可以建设出富有独创性的艺术世界的。这是值得期待的一群诗人，我们以富有生产性力量的“新红颜写作”这一短语来命名，正是看中了迎候在她们生命进程中的那金光灿灿的未来。

第三节　新世纪女性诗歌的主体建构

新时期以来，女性诗歌创作一直呈现出不断成熟和完善的发展态势，主体意识的强化便是其中极为重要的诗学表征，这里将以诗人阿毛为例来阐释女性诗歌在新世纪的这种主体凸显情状。

作为当代女性诗人的代表，阿毛始终坚持着以诗歌建构一个富有独特精神气质的强大主体，这个主体既是历史的，也是现实的，更是生活的。经由诗歌这种形式，阿毛向读者展示了她的个性，她的禀赋，她对现实生活的敏锐感知，对宇宙人生的特定理解，对历史和时代的理性介入以及对诗歌本体、对语言本身的独特认知和个性化演绎。在诗人最近出版的《变奏》这部诗集中，努力建构富有女性特征的生命主体，试图从特定的诗歌孔道将诗人观照世界的情感因子和阐释人生的奇思妙语流溢出来，更是构成了其显在的诗学特征。诗评家霍俊明说："在《变奏》这部诗选集中，我强烈地感受到一个女性特有的性别立场、身份意识、阅读经验、人生阅历、涉世情怀和个人化的历史想象力的契合性的呈现与交融；看到了一个女性特有的幽微而深入、敏感而脆弱、迟疑而执拗的对生命、爱情、性、语言、命运、艺术、时代、历史和诗歌本体的持续思考与检视。我私下里更认为《变奏》是一个中国女性诗人的个人成长史和精神传记，她也在很大程度上见证了这10年来中国女性诗歌的成长、成熟与变化的轨迹。"① 这段话是颇有见地的，它其实也触及了阿毛诗歌中的主体性问题。本文将在这个问题上作进一步展开，从介入的诗学、超越的视野、元诗意识等几个角度，揭示阿毛借助诗歌这种艺术形式所达成的对女性主体的多向建构，以期通过对阿毛诗歌的个案研究，从一个侧面展示当代女性诗歌主体建构的历史面影。

一、介入的诗学

笔者将阿毛的诗歌理解为面向生活的艺术，应该说是比较符合阿毛的诗歌观念与审美表达的。在诗集《变奏》的跋里，阿毛说道："我的诗歌的语言不高于生活，也不低于生活，而是要与生活水乳交融。语言在生活中就像是寻求光的一种形式，使暗处闪亮或者使刺目的光变成柔光。诗在我这里，它对生活是一种矫正、一种修补、一种抚慰；同时，生活对诗歌，不仅是装着诗歌原材料的一种器物、一些媒质，也是一种引导、一种启示。我所说的生活既是生活的，又是诗歌的；而诗歌，既是诗歌的，又是生活的。"② 毫无疑问，阿毛对诗歌与生活关系的理解是独到的，也是切实可行的。在创作过程中，她始终坚持将诗歌与生活对接在一起，用生活补给诗歌，以诗歌照亮生活，她的诗歌不是脱离生活的凌虚蹈

---

① 霍俊明：《她仍穿着海蓝色的绸裙——关于"变奏"与"坚持"对话阿毛》，见霍俊明"诗生活"专栏"在批评中展开的激情"，2010－8－17。

② 阿毛：《跋：关于〈变奏〉》，《变奏》，武汉：长江文艺出版社2010年版，第291页。

空，不是漫无边际的无厘头咏叹，而是踏在生活地基上的有根的写作，是源自生活的艺术表述，散发着浓郁的人间情味和迷人的生活气息。

我坐着不动，像个思想者
其实，我不在思想
我只是忧伤
只是忧伤：母亲的白发
和我自己的沧桑
爱甚至不是一件往事
不是去年，去年的马伦巴
我写的字余温还在
呼吸还在
可你不在，你从我面前走过
就像东逝水
我坐着不动，像个思想者
只是我不再思想，我只是忧伤

这首《在场的忧伤》准确地凸显了阿毛诗歌的"在场"性特征，对现实中一些残酷的事实：岁月无情，青春的流逝，爱的消散，诗人情不自禁地流露出忧伤之情。"我坐着不动，像个思想者/只是我不再思想，我只是忧伤"这样的诗句在首尾重复出现，极力地渲染了诗人的忧伤并非一时心血来潮，而是由内心深处滋长起来的深重忧郁与伤怀，"思想者"的忧伤，这样的句式构造较为特别，用刀刻般的思想来喻示流水样的情感，这使"忧伤"的程度得到极大的强化。

阿毛的诗歌总是从生活中来，从诗人对生活的洞察与感悟中来的，从她的诗中我们能觉察到生活在诗人心灵际野上留下的斑斑印痕，触摸到诗人与生活之间的血乳联系。不过，阿毛对生活的传输从来不是客观再现式的，不是对生活照相机一般的原样呈现，而是经过了诗人一再的咀嚼与反刍之后借助文字而显现出的生活之思和生命之思，因而打上了诗人鲜明的主观烙印。在诗与生活的接轨过程中，我们能清楚地捕捉到诗人的主体介入，通过介入，一方面显示诗人对生活的个性化考察与主观性领悟，另一方面也便于更深层地揭示出人生的真意与生活的本质性内涵。

在代表作《女人辞典》里，阿毛以这样的诗句开头，启动了对于女人一生成长和命运的寻思之旅：

暗夜里的种子怎样变成一个花骨朵?
或者说女人的命运怎样由女孩开始?
她，生来就不同于他。被叫做
夏娃或女娲，一开始
姓名中的偏旁就是性别
没办法改变的不仅是
身上的那朵深渊

作为女性诗人，阿毛对自我身份的理解与认同无疑是鲜明而强烈的，她采用了推己及人的方式来触及女性成长与命运的问题。诗歌的第一节看似平淡，其实也是不乏深刻意蕴的。诗人从字体构造、从中西文化渊源、也从女性自身的社会定位等层面，翻开了女性辞典的“第一页”，在历史与文化的纵深空间打开了女性这样一个既古老又新鲜的话题。

如果说这一节由于意在为女性的生命寻思开设一个最为阔大的思维场域而在个性色彩和主体意识上稍显不够的话，那么接下来，阿毛一边述说女性的成长历程，一边将带有强烈主体之思的个性话语植入诗歌的行节之中，对于女人的陈述，由此呈现出阿毛式的有着自我标签的生命感悟和情感经验。

麻烦不是从闹肚子开始。伤怀
却从一朵花的怒放开始。
所有的教育都让她开成一朵花
既要美丽又要带刺。可她并不想伤害爱人，
尤其是里尔克，他竟死于玫瑰。
可这不是玫瑰的错，错在太爱便是伤害。
而情人节这天，当你拿着玫瑰
满街串，她却在枯萎

“成为一朵花”，这是男女双方都认可的社会性公约，是女性在成长与受教育过程中人们对她们的普遍期许。阿毛对于这种期许的态度可谓是复杂和矛盾的，她从“花的怒放”中领略到的是“伤怀”的思想情状，在玫瑰的“美丽又要带刺”中，看到了爱与伤害的双重蕴涵。而在情人节的罗曼蒂克中，本来是女人们千娇百媚的时刻，阿毛又与众不同地告知人们“她却在枯萎”。在这一节中，阿毛从一个独到的视角窥见女性青春美丽而短暂的残酷命运，对女人成长过程中一个特定的阶段作了个性化的表述。

而当一个女人历经沧桑、化茧成蝶以后，又将是怎样的情态呢？阿毛如此来描述这种经受岁月冲刷之后的成熟女人的本真生命样态：

她从来就不是花瓶，
也不是插图，却成为
一首永远读不淡的诗。
一些顺流而下的句子，
里面住着男人、女人和爱与责任。
一年一年，孩子大了，爱人老了，
她终于发现：
原来天这么近，地这么亲。
她凋零着，让灵魂最终跨出肉体
还原成来处的一朵花，
或一只鸟，栖息在时间里。

“灵魂跨出肉体”，定格在时间之中，还原为花或者鸟，这是阿毛对女人曾经沧海之后的返璞归真的生命状态的形象化归总。阿毛站在女诗人特定的视点上，用自己的方式来读解女人的一生，以独特的意象和词句写出了自我对于女人生命中各个不同阶段的理解和期待。这是阿毛所发现和演绎的一个女人的一生，这个在人类社会、历史与文化发展中承担着重要角色的性别，通过阿毛情韵婉转、哲思不迭的诗歌阐释，呈现出令人难以忘怀而又深受启迪的一面。

总体而言，阿毛的诗歌体现出强烈的介入性，这种介入性表现为两个方面：一方面，她的诗歌是对生活的介入，她让生活进入诗行之中，她用诗歌来演绎、概述和提升生活，她的诗歌因而显示出对平凡人生的倾注，对现实万象的看取，对于生活点滴的记录，这在一定程度上折射出诗人热爱生活、拥抱人生的思想情怀；另一方面，她在诗写生活之时，不是采用照相机般的直录形式，不是现实生活的客观呈现，而是采用“以我观物”的方式，让万物“皆著我之色”，因此，她对生活的理解与表达是个人化、个性化的，独具情采和色泽。在阿毛描述的有关生活踪影的方方面面里，我们时时处处都能感受到一个富有主体性的诗人个体的存在。

二、超越的视野

阿毛的诗歌是与生活息息相关的，但阿毛从不满足于只对生活现实作客观描摹和真切呈现，而是力图写出平淡生活中所藏蕴的思想深度，她告诉我们：“我所追求的是在看似简单的句子中呈现生活的深度，世界的深度，甚至是生命的深度。”① 其实不光阿毛，世界上每一个志存高远的诗人都希望自己能发现生活内在的奥妙，能窥见世界的深层底蕴，能洞悉人生的真谛。自然，要想用诗歌准确而生动地呈现“生活的深度，世界的深度，甚至是生命的深度”，诗人自身就必须具有深厚的知识涵养和敏锐的洞察力，必须具有一个个性十足的精神主体，才能做到“寂然凝虑，思接千载，悄焉动容，视通万里”，从而“与风云而并驱焉”（刘勰《文心雕龙·神思》），否则的话，他的希望终将落空。阿毛显然是有备而来的，在创作诗歌前，她有了比较充足的知识储备，加上作为女诗人先天就具有的对世界的敏感和多思，她的诗歌创作真正做到了对世界、生命和生活的“深度”呈现。在这样的“深度”呈现中，我们不能不佩服她在诗行文句中所体现出的一种超越性的视野与意识。

阿毛诗歌的超越性视野从她的每一首诗中都可以睹见，这种超越性视野，是借助多种书写策略而实现的，首先体现在对典型的生活场景和生命物象的采撷与抓取上。阿毛的诗歌是对生活的艺术表述，但阿毛书写生活不是随意而为的，不是漫不经心的，而是用心灵的眼睛去捕捉，用智慧的巧手去采摘，从而能越过现象的表层直抵事物的内核。在具体写作中，她常常能做到以点带面，以一当十，凭借典型性的场面、意象和情绪的写照，将自我对生活的独特理解，对世界的深刻发现巧妙彰显出来。《像春天一样》如此写道：

春天是一个绿色的词，

---

① 阿毛：《跋：关于〈变奏〉》，《变奏》，武汉：长江文艺出版社2010年版，第292页。

它落进我的诗里，
让清风、细雨、幼芽
做了她的形容词。

春天是一种暖色的颜料，
它落进我的画里，
让阳光、花朵和蝴蝶
做了相爱的人儿。

我坐在书桌前，
像春天一样，
已无法阻止幸福的秘密
四处荡漾。

“春天”是一个诗意葱茏的季节符号，古往今来书写这个季节的诗章可谓数不胜数，阿毛的“春天”又是怎样一幅景象呢？她抓住了“清风、细雨、幼芽”，“阳光、花朵和蝴蝶”等典型的物象来呈现春天的姿色，可以说是简明有效的。更为奇妙的是，阿毛还将“清风、细雨、幼芽”比喻为春天的“形容词”，将“阳光、花朵和蝴蝶”描述成“相爱的人儿”，这样的春天就不再是简单的时间概念和季节符号了，这样的春天是经过了诗人主体过滤后而显现的独特的春之景观，因而更显得情味盎然，意趣十足。

阿毛诗歌的超越性视野其次体现在对生活与世界的哲理性观照上。阿毛是哲学专业出身的，这使她对于自我与世界的认识有了比较可靠的思想武器，与此同时，阿毛又是一个善于思考的女性诗人，她的诗歌往往与大多数女诗人不同，不是以多絮状的情感流溢见长，而是以富有硬度和穿透力的思想表达取胜。在阿毛的诗歌之中，闪烁智慧光芒的妙言警句俯拾即是。“两手空空，好过双眼迷蒙”（《致春天》），“原谅我提前写好悼词，/因爱要先于身体死去”（《声明》），“爱可爱，非常爱”（《人鱼之爱》），“不论多少个轮回，/我们的敌人不是彼此，/是死亡和时间”（《死亡打击爱》），“它的美是必须空着，/必须干净而脆弱”（《玻璃器皿》），“波浪般起伏的怀抱，/等同于诗歌的美学”（《从芦苇丛到咖啡馆》），“一个躯体置身十字路口，/比心灵更易见”（《钻石的形成》），“一个人被爱毁了，/但可能因美而得救”（《途中的美学》），“女人成为花木兰，其实是现实的悲哀一种”（《理想矫正现实》），“在生活面前，天才有一幅疯子或愚人的面孔”（《从茶馆到书店偶得》），“人有野性，动物有人性”（《野马》），“走得越远，离家就越近，/这是现代逻辑”（《中秋节变奏诗》），“时代过分虚弱，才挡不住黄沙漫漫……”（《将进冬》），“任何一个事物的疼，/都是我们的某一部分在疼”（《石头在疼》）。显而易见，阿毛诗歌中的妙语警句并非诗人闭门造车冥思苦索而刻意雕琢出的，而是从生活的芳草地上自然采撷而来，源自于诗人对生活的发现和领悟，源自于诗人以超越性的视野对外在世界和内在心灵的提炼与概括。

阿毛诗歌的超越性视野还体现在她对生活的反向进入，对世界的逆向思忖之中。世间万象各具情态，每一物象其实都是一个多面体，都有着万千意味，不同的人从不同的角度切入，看到的总是不同的风景，得到了不同的生命结论。在当下高度同质化的时代，人们认识事物的方向显现出惊人的趋同性，对事物的结论也相差不离。但有个性的诗人，主体性很强的诗人，总能从独特的路径进入事物，从而能看到与众不同的景观，发出令人耳目一新的感触。阿毛的《转过身来》就是一首另辟蹊径而再度发现事物新意的佳作：

春天走了。转过身来
爱，爱夏天，爱它的红颜，
和身体里阵雨般的蝉鸣。
转过身来
爱，爱世间的每一颗露珠，
在静止的荷叶上面；

白天走了。转过身来
爱，爱黑夜，爱它的衣衫，
和身体里丝绸般的寂静。
转过身来
爱，爱天空的每一颗星星，
在行走的灵魂里面。

在对季节的情感中，人们对春天的赞美远远多于夏天，在对昼夜的态度中，人们习惯歌咏白天而漠视黑夜。然而，昼夜更迭，四季交替，这是自然的约束，世界的法则，谁也无法更改，当春去夏来，当昼去夜来，人们又会显示怎样的情感呢？从习惯的态度出发，一般人会选择怀念和回忆来对待逝去的时日，选择伤怀和感叹来面对眼下的实况，但在阿毛看来，这样的情感态度实在是值得商榷的。因此，她选择了以“爱”来迎接到来的时日，通过发现夏日和黑夜的曼妙之处来抒发出自内心的真诚咏赞。阿毛采用的这种逆向思维方式，从别致的角度赋予夏日和夜晚以新意，并表露出与一般人有别的情感态度。应该说，这种情感态度是理性的，也是切实的，自然更是一个主体意识强烈的诗人的心灵表征。

阿毛以超越性的视野来审视世界，思考人生，并用诗的形式将这种审视与思考艺术地呈现出来。在对世界和人生的独特思考与艺术表达中，阿毛得以建构了女性诗人富于现代生命经验与思想情怀的主体性空间。

三、元诗意识

文艺学中将那种直接谈论诗歌的诗称为元诗，阿毛写过不少论诗的诗作，可以说将元诗这种独特的形式发挥到一定的艺术境地。不仅如此，阿毛还有不少的诗歌作品明显体现出元诗意识，也就是说，这些诗歌尽管不是直接论述诗歌的特性与写法，但诗人写着写着就会情不自禁地将她所描述的生活图景与诗歌这种艺术形式勾连在一起，诗行之中因此频繁出现“语言”、“词语”、“诗”、“文学”、“象形”、“对偶”等与诗歌相关的意义符码。元诗意识在阿毛诗歌中的充分体现，一定程度上是诗人对于艺术的本体性自觉，对于诗歌事业的极度钟爱、苦心经营等生命意识和文学史意识的直观反映。

热爱词语，珍视诗歌，对诗歌不遗余力的投入和护卫，构成了阿毛精神生活的一个重要情节，这也可以看作是一个有着强大主体性的诗人个体对于文学事业有着近乎虔诚的生命热度的生动折射。阿毛说：“有时候，词在躯体里，就像血在血管里。它们是顺着句子流动的。在我们热爱的词语中，我们获得了爱与甜蜜，光明与芬芳。”[①] 诗歌创作给阿毛带来了源源不断的爱与甜蜜，光明和温暖，这使得她时常将诗歌写作看作是热爱汉语的一种形式：“我写诗，不是在纠正错音，/是用诗歌这种形式爱母语”（《形式》）。与此同时，她还将诗歌当成发现世

---

① 阿毛：《语言的时间》，《旋转的镜面》，福州：海风出版社2006年版，第164页。

间奥妙、弥补生活不足的有效方式，“信神的信神吧，信科学的信科学，/我信那些被心抚摸过的文字：//每一处的奥妙都是诗。/包括科学馆，在光线下巨大的阴影，/还有神殿，那些鬼魅之蛊。//用诗这种形式解决它们，搭救自己；/改变秩序，但不改变万物的位置”（《更坚定地写诗》）。“白天我写诗，是替不能再爱之人，/还原夜晚的盛宴，/是用骨中之磷，点燃星星和露珠；/晚上我写诗，是用滴血之夜，/替不能倒流的时光，/还原青春的天空和大地”（《多么爱》）。正是因为诗歌有着如此神奇的魔力，有着许多不同凡响的功效，阿毛才对这种文学形式投以非凡的热情，不断探寻着艺术表达的最佳路径，“为流浪的身躯找一个依靠，为心找一个家园，/为手找一架琴，为眼泪找一颗珍珠，/为镜子找一些完美的形象”。诗人在《午夜的诗人》中写下的这些句子，活化了她在艺术创造之中上下求索、乐此不疲的生命情态。

阿毛习诗多年，又对这种文体异常珍视，所以她对于诗歌的艺术真髓，自然有着超过常人的洞察，有着许多非同寻常的见解，这些见解不仅在阿毛的随笔和散文中有所体现，而且她还用诗歌的形式来加以阐述。这就构成了阿毛创作的元诗。在这些元诗中，阿毛告诉人们，诗歌往往不是在舒适的条件和温馨的环境诞生的，而总是出现在那些非常态的生活场景之中：“好诗不是坐在天鹅绒的椅子上写下来的。//它们或者诞生于天灾，/或者诞生在医生的手术刀下、疯人的尖叫声中”（《极端解释：好诗的另一种环境，或反讽》）。诗歌写作是一种个人性很强的活动，在公共空间谈诗因此总会显得不合时宜：“不是和你们作对，是保护写作的气场。/我不跟你们谈诗，是有太多的秘密要我沉默”（《不聊诗的理由》）。一首诗的成功不仅需要功夫，更要有绝技：“无所谓大功夫，小功夫。只要有绝技。/活着，要用劲。写诗，要用劲，用狠劲”（《经验之谈》）。在阿毛创制的元诗中，从整体上论诗显得最为独到和别具匠心的要算《有关生活与诗》、《位置》等几首。《有关生活与诗》写曰：

常常这样：我不为衣食而犯愁，
但会因不写诗而心慌。

丈夫说：你像孩子，不事家务，只读书写字。
你的诗，藏着秘密。
任何句子都经不起生活的推敲。

我不想遏制你的自由，
你写吧，我不读。

儿子说：妈妈的跳跃性太强，
她没有江湖经验。
（他也懂江湖？看来我是彻底落伍了。）

唔，身边人的不读。
我写什么？为谁写？为那不明确的极少数？

亲人啊！原谅我，这么单纯、笨拙，
不尚生活的技艺。

在这首诗中，诗人设置了与家人一起交流诗歌的生活情景，在一种常见的家庭关爱和对白之中论述了有关诗歌与生活关联的诸多问题。作为自己的家人，丈夫和儿子也许并不理解诗歌的真正意义，但他们之所以关心“我”的写作，是出自彼此之间的亲缘与情爱，爱是无私和伟大的，但爱并不能完全替代诗歌对诗人所具有的强大魅惑。这就是说，生活与诗歌之间虽然有着很多交接，但生活与诗歌无法等同。一个在诗歌中如鱼得水的诗人，很可能在生活中会显出几分笨拙和稚弱。在家人的关爱面前，诗人不免对自己的创作产生了一丝的怀疑与动摇：“唔，身边人的不读。/我写什么？为谁写？为那不明确的极少数？”这是生活与诗歌发生龃龉时而自然引发的诗人的心灵波动，不过这个“不为衣食而犯愁，/但会因不写诗而心慌”的诗人，并没有由此放下手中的创作向生活缴械，而是用一种执着和坚守来捍卫了对于这项事业的决心。从阿毛的这首诗中我们不难发现，生活与诗歌的关系是复杂、多重的，互相之间还存在着矛盾和纠葛，但对于一个有定力、有抱负的诗人而言，他（她）自会找到解决生活与诗歌矛盾的合理方案。

《位置》一诗表面上看不是直接谈诗，但细读之后就会发现诗人论述了有关诗歌创作的“位置”意识：

我一向不在乎，但生活却逼着

我弯腰找。“……在哪里?”

我的脑子命令骨头
远离中心和漩涡，一个人站在一边。
这样的立场，和边缘，

多了几分危险和寂寞。
“你置身悬崖，小心落入
无人俯视的深渊。”

万物在自己的位置上一伸一缩。
不是我后退到策马前行的那一页，
是马及时勒住了前蹄。

写作，是这一连串动作中的嘶鸣。

这首诗歌写得很巧妙，诗人并不直接点明是要阐释诗歌创作，而是选用了一个颇有弹性的语汇“位置”来侧面写照，不过只要加以细心阅读，我们是不难发现诗人所要言述的基本要领的。在这首诗里，诗人谈到有关诗歌创作的立场、角度、方法和经验，那种独立的立场，远离中心的自我意识，在危险与寂寞处寻觅诗思展开的独特路向的策略，都是诗人对自己在多年诗歌实践中所获得的写作经验的形象展示。

从上述篇章和诗句中我们了解到，阿毛的元诗意识是相当突出的，以诗谈诗，或者频繁启用“语词”、“文字”、“诗”等来抒发情怀表达意味，成为阿毛诗歌中一个极为显在的文学风景。之所以如此热衷于谈诗论歌，念念不忘“文学”、“语言”、“意象”等文艺理论语词，是因为诗人在多年的文学生涯中，已经将诗歌与个体生存密切关联在一起，诗歌在诗人的心目中占有至为尊崇的位置，一定程度上业已成为诗人安身立命、实现自我价值的必要手段。而借助对诗歌的谈论，借助以诗谈诗的特定表述方式，诗人完善自我、追求历史化的主体意识也得以彰显和建构起来。

余论　有关“新世纪诗歌史”的书写问题

新世纪的历史序幕刚刚拉开，仅仅10年的步履无法丈量整个世纪的精神空地。新世纪的中国新诗也刚刚起步，10年来的发展历程也不能将整个世纪的诗学风貌完全展示。对于刚刚发生和正在发生的当下诗歌历史，我们该如何记录和书写呢？

唐弢曾说过，当代文学不宜写史①，按照这种思路，为新世纪诗歌写史更是危险的。因为从现象层面说，当下诗歌是真相与假象并存的，有些假象甚至比真相还来得真切，对于这些现象内在本质的窥探必须事后若干年才能辨别清楚。从文本层面说，当下诗歌泥沙俱下，良莠不齐，由于受到诗学标准、审美观念和时代语境等多方面因素的影响和制约，我们对许多新近诞生的诗歌作品一时之间很难得出准确的结论，给予客观恰切的评定。而当下流行的文学思潮、艺术技巧对于诗歌生存与发展的意义，也须待到将来才可能认清。种种这一切，都给新世纪诗歌史的书写造成了繁难。

不过，换个角度来看，当代人写当代史又十分必要。身处当下，我们对于很多事物都是现场经历和现场感受，我们所作出的评判，所下的结论，与当代中国的社会情势和时代气场有着血肉的联系。在这个意义上，我们对于诗歌现象、诗歌思潮和诗歌作品所得出的评判，由于与我们对当下历史语境的认知密切关联在一起，因此必定有着后来人无法比拟的方便和优势。历史学家王学典就认为，“最真实的历史可能是当代史”，他说：

> 写历史最好能设身处地、感同身受，也就是说，最好能“回到现场”，那么，基本在“现场”范围之内或离“现场”不远的人当然理应比不在“现场”或远离“现场”的后人更有资格和更可能写好这一段历史。大浪淘沙，时间之流不知过滤掉了多少对于认识历史而言最有价值的材料、信息、

① 唐弢：《当代文学不宜写史》，《文汇报》1985年10月29日。

> 线索和现场感，使得许多对当代人而言是常识的东西有可能永远变成后人难以索解的历史之谜。一方面倡导“写如实在发生一样的历史”，一方面又竭力回避或有意无意压抑最有可能成为这种历史的当代史研究，实在是历史研究中的一个悖论。而这一切从认识上都可能根源于上面所说的那种谬误：总是顽固地认为后人比前人更聪明、掌握的真理更多、受到的局限更少，因站在前人肩上而对历史看得更清，这可能是进化论所导致的一个后果，是“现代性自负”在历史认识论领域中的一个突出表现。现在应该承认一个基本事实：在某些方面，后人不如前人，局外人不如局内人，对历史的记载尤其如此。①

在这段话里，王学典一方面批判了那种认为“后人比前人聪明、掌握的真理更多、受到的局限更少”的片面历史观，另一方面又正面肯定了“在某些方面，后人不如前人，局外人不如局内人”的历史态度，这为我们有理由相信我们书写的新世纪诗歌史也具有某种真理性提供了强大的理论支持。

新世纪诗歌刚刚露出端倪，许多现象都处于“犹抱琵琶半遮面”的状态之中，对之加以客观的描述和深刻的分析实在不易。对于“新世纪诗歌研究”这个选题，笔者事先设计了多个方案，一个方案为“文化转型与新世纪诗歌”，从文化与文学的互动关系角度来审视新世纪诗歌的现实样态，阐释它的深层原因。其思路为：

（1）导论。新世纪以来，随着市场经济体制的不断完善和全球化语境的日益浓厚，中国文化正逐步实现从单一的体制型文化向多元的市场型文化转型，从精英文化主导到精英、大众文化并重转型，从政治型审美文化向消费型审美文化转型。新世纪文化的上述转型也引发了新世纪诗歌的一系列变化，新世纪诗歌在新世纪文化的影响之下也发生了悄然转向。

（2）新世纪诗歌的基本特征。将新世纪诗歌与20世纪末的诗歌加以比照，从价值取向、文本形态、传播方式、主题范型、诗歌语言等方面阐释其所具有的转型特征，分析它积极的诗学意义与相应存在的不足和缺陷。

---

① 王学典：《最真实的历史可能是当代史》，《历史学家茶座》第八辑，济南：山东人民出版社2007年版，第1页。

（3）新世纪诗歌的日常生活美学。新世纪诗歌频繁使用日常口语、大量书写日常生活经验、频频进入人们关注的视线和交流的话语中，这些与新世纪以来生活审美化与审美生活化和谐统一的消费文化语境关系甚密。

（4）新世纪诗歌的草根性特征。在大众文化语境下，新世纪诗歌表现出先锋性弱化，平民性强化，草根性凸显，地方性诗歌力量崛起，诗歌的地域性内涵鲜明，底层写作活跃等特征。

（5）新世纪诗歌的网络化倾向。网络为新诗提供了新的生存和发展空间，网络的自由化、平民化、低门槛化、高速度化、无限承载量等带来了新诗创作、发表与传播等方式的重大变革。在互联网语境下，新世纪诗歌呈现出极为繁兴的创作态势。

（6）新世纪诗歌的女性书写。女性诗歌力量的群体性崛起是新世纪诗歌中一道不可忽视的美学景观，在朦胧诗和“第三代”那里，女性诗人所占的比例相当有限，而新世纪以来，女性诗人数量庞大，而且创作实力丝毫不逊男性诗人。女诗人在新世纪的群体性崛起，一方面受惠于中国社会日益开放和自由的政治、文化环境；另一方面也与中国人尤其是女性受教育程度的大幅度提高有关，同时，网络文化环境也给女诗人的成长提供了有利的条件。

（7）新世纪诗歌中的主题范型。在新世纪诗歌中，田园乡愁、文化怀旧、生态抒写、灾难吟叹等主题范型格外突出，这是由新世纪中国特殊的历史境遇和文化氛围造成的。田园乡愁主题，体现了城市化过程中当代诗人对“乡土中国”的怀恋或回味；文化怀旧主题，体现了全球化时代中国诗人对民族文化的守护和珍惜的思想情感；生态诗歌的繁兴，与新世纪人类环保意识的凸显，“绿色”文化语境的形成有关，是由人类中心向生态中心的文化转型所导引的；新世纪10年是中华民族遭遇重重灾难的不平凡十年，新世纪诗歌中次第而生的灾难咏叹体现了中国当代诗人可贵的道义、良心和责任。

（8）新世纪诗歌的语言特征。新世纪诗歌体现出杂语共生的美学特征。一方面，经典诗歌借助网络和平面媒体的立体传播，使具有诗性素质的审美语言得到更广泛使用；另一方面，由于网络、民刊等无限开阔的诗歌阵地的存在，诗歌写作成为一种很容易的事情，各种日常生活话语都被纳入到文本之中，造成了“非诗”语言在诗歌中的泛滥。“非诗”语言不断地扩大新诗表达的疆域，给新世纪诗歌创作带来了不少活力和生机，同时也不可避免地削弱了新诗的美学内涵。

(9) 结语。新世纪10年来，在多元和开放的文化语境下，中国新诗取得了不俗的成绩，同时也存在着很多亟待解决的问题。只有诗人们不断强化审美认知，努力加强艺术自律，有效抵御世俗化和娱乐化，不断提升诗歌在生命关怀和历史承担上的精神品位，才可能逐步解决这些问题，使新世纪诗歌沿着正确的轨道健康前行。

这个方案应该是较为系统和全面的，既有宏观的把握，又有微观的考察，若能按此展开，相信会写出一部扎实的学术论著。不过这个方案的顺利实施需要建立在研究者大量的资料搜集整理和广泛的诗歌文本阅读基础上，因此其难度是相当大的。

另一方案为“新世纪诗歌语言研究”，从语言学和语言哲学的角度来阐释新世纪诗歌的语言现象和语言问题，基本思路为：

(1) 引论。从强调新世纪诗歌语言问题异常凸显的客观实际入手，阐明本课题的意义、问题、思路和研究方法等。

(2) 上世纪末诗学论争的语言学检讨。20世纪末期，以“盘峰论争”为主的诗学论争，涉及“知识分子”话语与“民间”话语、“叙事性”与“口语”等诸多诗学命题，都可以从语言学角度重新检讨和反思。“盘峰论争”一定意义上构成了新世纪诗歌的历史起点，对这一论争的检讨，正是对新世纪诗歌的话语资源和潜在的语言问题的一种追问。

(3) 后现代主义思潮对新世纪诗歌语言的影响。后现代主义思潮自80年代中后期始就一直在影响着中国诗人的观念与表达，这种影响在新世纪显得尤为突出。后现代主义思潮为诗歌变革提供了理据，打开了诗人的艺术视野，开辟了诗歌语言的新天地，在此影响下生成的许多新世纪诗歌作品带给读者不少新颖的阅读体验。不过，后现代解构思维又使得新诗中无深度无意义的语词泛滥、游戏之作丛生，这给新世纪诗歌的审美升华带来了阻碍。

(4) 网络、民刊对新世纪诗歌语言的影响。网络和民刊是新世纪诗歌发表与传播的重要媒介，其作用呈现出两面性：一方面，经典诗歌借助网络和民刊得以立体传播，具有诗性素质的审美语言得到更广泛接受和大量使用；另一方面，由于网络、民刊具有低门槛和大容量等特性，诗作发表（“准发表”）变成了极其容易之事，诗歌写作的随意性无形中增大了，难度被降低，“非诗”语言在文本中泛滥。“非诗”语言大量入诗，不断拓宽了新诗表达的语言疆域，给新世纪诗歌创作带来了活力与生机，同时也大大降低了新诗的美学成色。

(5) 新世纪诗学命名与新诗语言观的转变。新世纪以来诞生了若干诗学术语，诸如“下半身写作”、“低诗歌”、“垃圾运动”、“神性写作”、“第三条道路”等，这些诗学术语都体现出一定的诗学观念，表征着新世纪诗人对新诗旧有的若干表达禁区的打破，它们的出现折射出新世纪诗歌语言观从“欲说还休”到“欲罢不能”的重大转变。

(6)“70后”诗人的语言选择。“70后”诗人是新世纪10年中最引人注目的诗歌阵容，也是创作力最旺盛的代际群体，他们的诗歌语言主要包括焦虑话语、欲望话语、身体话语与日常口语，显示出鲜明的文学史自觉和强烈的原创性冲动。

(7)“80后”诗人的语言选择。“80后”是伴随着互联网一起成长起来的，也以青春岁月见证了中国现代城市化飞速发展的历程，他们的诗歌语言主要包括饱含想象性的乡村话语、富于梦幻性或者冰冷性的都市话语、有着玄幻与幽秘气息的神性话语等，显露出努力超越现实的激情和尽快完善自我的渴念。

(8) 新世纪诗歌的语言学阐释。从语言学和语言哲学角度审视新世纪诗歌语言的美学构成，并以诗歌语言为窗口来透视新世纪中国的思想与文化。

(9) 结语。新世纪诗歌的语言选择，与新世纪的文化环境、思想潮流与诗学观念息息相关。在新世纪，随着许多新的话语领域被垦拓，诗歌语言也显得丰富而芜杂，新奇又纷乱，诗歌观念和表现形态显示出转型的特征。只有经过一定时间的沉淀与清理，新的诗歌美学才可能被孕育出来。

这个方案口径虽小，但不乏意义，从语言学角度审视新世纪诗歌，可以准确地描述新世纪诗歌的审美创造，也能异常清晰地烛照出其中存在的美学症结，有利于新诗对症下药，更顺利地前行。这个方案的实施需要研究者有相当的语言学、哲学和美学功底，尤其要对现代主义、后现代主义哲学思潮和西方现代语言学观念非常熟悉，才可能对新世纪诗歌的语言问题进行精彩的阐释，得出科学的结论。同时，这个方案实现起来也非一时之功，也需要持久战。考虑再三，我也暂且搁置。

本书最后选择了相对简单的方案，从网络语境、主题范型、地域文化、后现代思潮、女性书写等几个层面对新世纪诗歌作了一次粗略的巡礼。这样的巡礼虽然也从一定程度上烛照了新世纪诗歌的若干面影，但不能将它的整体风貌系统展示出来。总体来说，这样的巡礼是一种蜻蜓点水、跑马观花式的研究，对新世纪诗歌的描述与阐释显得还不够深入，而且存在着“拼凑”之嫌。希望以后能有机会，对这个论题展开更有深度的阐释和论述，对这次的草率研究进行一定程度的弥补。

参考文献

一、理论部分

[1] 杰姆逊著，唐小兵译：《后现代主义与文化理论》，北京：北京大学出版社1997年版。

[2] 利奥塔著，车槿山译：《后现代状态：关于知识的报告》，北京：生活·读书·新知三联书店1997年版。

[3] 戴维·哈维著，阎嘉译：《后现代的状况：对文化变迁之缘起的探究》，北京：商务印书馆2003年版。

[4] 马歇尔·伯曼著，徐大建、张辑译：《一切坚固的东西都烟消云散了：现代性体验》，北京：商务印书馆2003年版。

[5] 詹明信著，张旭东编，陈清侨等译：《晚期资本主义的文化逻辑：詹明信批评理论文选》，北京：生活·读书·新知三联书店，伦敦：牛津大学出版社1997年版。

[6] 德里达著，赵兴国译：《文学行动》，北京：中国社会科学出版社1998年版。

[7] 尼葛洛庞帝著，胡泳、范海燕译：《数字化生存》，海口：海南出版社1997年版。

[8] 让·鲍德里亚著，刘成富、全志钢译：《消费社会》，南京：南京大学出版社2001年版。

[9] 乔治·里茨尔著，顾建光译：《社会的麦当劳化：对变化中的当代社会生活特征的研究》，上海：上海译文出版社1999年版。

[10] 迈克·费瑟斯通著，刘精明译：《消费主义与后现代文化》，南京：译林出版社2000年版。

[11] 海德格尔著，孙周兴译：《荷尔德林诗的阐释》，北京：商务印书馆2000年版。

［12］毕光明、李少君、张德明主编：《新红颜写作及其争鸣》，海口：南方出版社 2010 年版。

［13］陈爱中：《中国现代诗歌语言研究》，北京：中国社会科学出版社 2007 年版。

［14］陈仲义：《百年新诗百种解读》，合肥：安徽文艺出版社 2010 年版。

［15］陈仲义：《中国前沿诗歌聚焦》，北京：中国社会科学出版社 2009 年版。

［16］程光炜：《程光炜诗歌时评》，开封：河南大学出版社 2002 年版。

［17］程光炜：《中国当代诗歌史》，北京：中国人民大学出版社 2003 年版。

［18］邓程：《论新诗的出路：新诗诗论对传统的态度述析》，北京：中国社会科学出版社 2004 年版。

［19］霍俊明：《尴尬的一代：中国 70 后先锋诗歌》，桂林：广西师范大学出版社 2009 年版。

［20］敬文东：《诗歌在解构的日子里》，北京：北京大学出版社 2008 年版。

［21］刘春：《一个人的诗歌史》，桂林：广西师范大学出版社 2010 年版。

［22］龙泉明：《中国新诗的现代性》，武汉：武汉大学出版社 2005 年版。

［23］罗振亚：《20 世纪中国先锋诗潮》，北京：人民出版社 2008 年版。

［24］罗振亚：《朦胧诗后先锋诗歌研究》，北京：中国社会科学出版社 2005 年版。

［25］吕进：《吕进文存》（1—4 卷），重庆：西南师范大学出版社 2009 年版。

［26］姜涛：《“新诗集”与中国新诗的发生》，北京：北京大学出版社 2005 年版。

［27］欧阳友权：《网络文学本体论》，北京：中国文联出版社 2004 年版。

［28］沈奇：《沈奇诗学论集》，北京：中国社会科学出版社 2005 年版。

［29］盛宁：《人文困惑与反思：西方后现代主义思想批判》，北京：生活·读书·新知三联书店 1997 年版。

［30］唐晓渡：《唐晓渡诗学论集》，北京：中国社会科学出版社 2001 年版。

［31］唐晓渡：《与沉默对刺：当代诗歌对话访谈录》，北京：北京大学出版社 2012 年版。

［32］王光明：《现代汉诗的百年演变》，石家庄：河北人民出版社 2003

年版。

［33］王家新：《为凤凰找寻栖所：现代诗歌论集》，北京：北京大学出版社2008年版。

［34］王泽龙：《中国现代诗歌意象论》，北京：中国社会科学出版社2008年版。

［35］西川：《大河拐大弯：一种探求可能性的诗歌思想》，北京：北京大学出版社2012年版。

［36］杨匡汉：《中国新诗学》，北京：人民出版社2005年版。

［37］于洋、汤爱丽、李俊：《网络文学的自由境界》，北京：中国编译出版社2004年版。

［38］曾艳兵：《西方后现代主义文学研究》，北京：中国社会科学出版社2006年版。

［39］张德明：《新诗话·21世纪诗歌初论》，北京：九州出版社2011年版。

［40］张清华：《猜测上帝的诗学》，北京：北京大学出版社2010年版。

［41］张桃洲：《现代汉语的诗性空间：新诗话语研究》，北京：北京大学出版社2005年版。

［42］赵金钟：《中国新诗的现代性与民间性》，银川：宁夏人民出版社2007年版。

［43］赵思运：《边与缘：新时期诗歌侧论》，长春：时代文艺出版社2006年版。

［44］赵卫峰：《当代诗观察》，北京：作家出版社2008年版。

二、作品部分

［1］阿毛：《变奏》，武汉：长江文艺出版社2010年版。

［2］柏桦：《水绘仙侣》，北京：东方人民出版社2008年版。

［3］陈先发：《写碑之心》，武汉：长江文艺出版社2011年版。

［4］谷禾：《大海不这么想》，西安：陕西师范大学出版社2011年版。

［5］古马：《西风古马》，兰州：敦煌文艺出版社2003年版。

［6］古马：《红灯照墨》，兰州：敦煌文艺出版社2009年版。

［7］横行胭脂：《这一刻美而坚韧》，北京：作家出版社2011年版。

［8］江非：《练习曲》，福州：海风出版社2007年版。

［9］金铃子：《奢华倾城》，北京：长征出版社2008年版。

［10］李成恩：《春风中有良知》，北京：中国戏剧出版社2009年版。

［11］李成恩：《汴河，汴河》，北京：西苑出版社2008年版。

［12］李少君：《草根集》，上海：上海文艺出版社2010年版。

［13］李少君、张德明：《诗歌读本：三十二首诗》，武汉：长江文艺出版社2009年版。

［14］李少君、张维、张德明主编：《新红颜集》，南京：江苏文艺出版社2012年版。

［15］雷平阳：《雷平阳诗集》，武汉：长江文艺出版社2006年版。

［16］雷平阳：《云南记》，武汉：长江文艺出版社2009年版。

［17］路也：《我的子虚之镇乌有之乡》，北京：长征出版社2006年版。

［18］路也：《地球的芳心》，武汉：长江文艺出版社2012年版。

［19］潘维：《潘维诗选》，杭州：浙江文艺出版社2008年版。

［20］沈苇：《我的尘土 我的坦途》，乌鲁木齐：新疆人民出版社2004年版。

［21］施施然：《柿子树》，武汉：长江文艺出版社2011年版。

［22］田禾：《野葵花》，武汉：长江文艺出版社2008年版。

［23］伊沙：《我的英雄》，石家庄：河北教育出版社2003年版。

［24］郑小琼：《郑小琼诗选》，广州：花城出版社2008年版。